홍수는 내 영혼에 이르고 2

KOZUI WA WAGA TAMASHII NI OYOBI
by OE Kenzaburo

Originally published in Japan by SHINCHOSHA Publishing Co., Ltd.
Korean translation rights arranged with OE Kenzaburo, Japan
through The SAKAI AGENCY and BC Agency

홍수는 내 영혼에 이르고 2

오에 겐자부로 장편소설 김현경 옮김

洪 水 は わ が 魂 に 及 び

은행나무

차례

일러두기

1. 본문의 주는 모두 옮긴이의 것으로, 괄호 안에 글씨 크기를 줄여 표기했습니다.
2. 원서에서 가타카나로 표기된 부분은 이탤릭체로, 강조점으로 표기된 부분은 고딕체로 옮겼습니다.

13장

오그라드는 남자의 심판

멀리 밖에서 훈련하는 사람들이 외치는 소리가 들렸다. 실내 온도가 올라 담요도 그 무엇도 덮지 않았는데 몸에서 땀이 난다. 더구나 기온과는 별개로 확실한 열원이 존재하여 더욱 땀을 부른다. 이사나는 그 열원을 물리치려고 손바닥을 뻗었는데 거꾸로 작고 뜨거운 손바닥에 그의 손바닥이 밀려났다. 진이 병에 걸렸다는 깨달음은 전기 충격처럼 일순간 그의 잠을 싹 달아나게 만들었다. 진이 이사나가 건네는 말 혹은 손길을 거절하는 건 그 몸이 병에 걸려 괴로울 때 말곤 없기 때문이다.

“진, 덥니? 아파? 진, 진, 어디 아픈 거야?” 이사나가 안쓰러운 마음에 급박해진 목소리로 속삭였다.

진은 대답하지 않았다. 더구나 그 침묵에서 어린아이가

깨어나 이미 오랫동안 홀로 외로이 육체의 이상 상태와 마주하고 있었다는 것이 느껴졌다. 오그라드는 남자가 이사나보다 먼저 일어나 기회를 엿보고 있었던 자의 냉정함으로, 그러나 입속에 탁구공을 물고 있는 듯 불편하게 입을 놀리며 말을 걸어왔다.

"왜 전등을 안 켜는 거야? 밖은 대낮이야, 이제 등화관제는 의미 없어."

이사나가 스위치를 켜고 천으로 싸인 원뿔형의 빛을 향해 몸을 돌렸다. 그 한가운데 눈을 감고 있는 진의 얼굴은 고추처럼 새빨갛고, 부드러운 머리카락은 땀에 젖어 두개골의 형태를 드러내며 살에 달라붙어 있었다. 그런 진을 향해 무릎걸음으로 다가온 오그라드는 남자는 열이 나는 진과 마찬가지로 이질적인 느낌을 주었다. 그는 머리 전체가 부어올라 마치 몸통에서 곧바로 돋아나 있는 것처럼 보였다…….

"이건 병이야, 열이 날 때 몸에서 나는 냄새가 나잖아. 일단 오줌을 누여야겠네." 오그라드는 남자는 눈곱이 잔뜩 낀 부은 눈꺼풀 사이로 이사나를 뚫어져라 보았다.

이사나는 오줌을 누이기 위해 움츠리듯 조심스러운 손길로 진의 몸을 일으켰는데, 어젯밤 이후 쭉 배설하지 않았는데도 오줌량이 가슴 아플 만큼 적었다. 탈수 증상이 있는 게 분명했다.

"자유항해단에 햇병아리 의사가 있어. 보이가 병이 나자 그 필요성을 느끼고 끌어들였거든. 그 친구한테 보여야겠어."

"당신도 치료를 받아야 해." 이사나가 말했다.

"*나는 이제 회복하고 싶은 마음 없어.*" 오그라드는 남자가 결연히 말했다.

이사나는 금방 돌아오겠다는 뜻을 어린아이에게 텔레파시로 전하려고 했는데, 진은 힘없이 기침을 한 번 하면서 다른 사람은 필요치 않다는 듯 찌푸린 눈썹 아래로 눈을 떴다 바로 다시 감아버렸다.

"문을 열어줘. 다카키한테 할 말이 있어." 이사나가 습격을 당해 구조를 요청하듯이 급하게 말했다. 즉시 문이 열렸고 눈이 머는 듯한 느낌을 받으며 강렬한 빛 가운데로 나온 그는 좁은 베란다에서 균형을 잃었다. 옆구리로 단단한 물체가 들어와 이사나를 받쳤다. 겨우 다시 중심을 잡고 보니 계단에 한쪽 발을 딛고 뒤로 몸을 젖힌 다마키치가 라이플 총신을 들이대고 있었다.

"총을 쏠 거라고 생각해서 눈을 감은 거야?" 다마키치가 일종의 집요함을 드러내며 조롱했다.

이사나는 잠자코 베란다를 내려갈 수밖에 없었다. 정면의 관목림 너머 용암 자갈 비탈을 올려다보며, 어젯밤에 보았던 소귀나무를 다시 발견하고 방향감각을 회복했다. 동시에 그는 소귀나무의 혼에게, *어린아이의 열을 내려줘* 하고 마음속으로 기도했다. 라이플총을 어깨에 메고 걷는 다마키치의 뒤를 따라, 이사나는 어젯밤 발을 끌다시피 걸었던 작은 길을 되짚으며 판자로 용암 자갈이 무너지지 않게 막아놓은 계단을 내려갔다. 그들은 대형 트럭이 자유롭게 방향 전환할 수 있을 정도 넓이로 땅을 다져둔 곳으로 내려갔는데, 넓은 공터의 서쪽을 그 가운데 두고 골짜기처럼 통로로 만들어 둘러싸고 있는, 양팔 너비를 뛰어넘는 크기의 화산탄 벽이 눈부셨다. 거무스름해진 적자색의 화산탄 하나하나에서 아주 맹렬히 아지랑이가 피어올랐다.

"소나기가 지나갔어. 햇볕에 데워진 돌이 물기를 증발시키고 있지." 다마키치가 말했다.

내려선 공터의 북쪽 높은 곳에 이사나가 밤을 보낸 산장이 새장처럼 걸려 있었다. 그것은 창고 모양의 2층짜리 사무소 건물 위에 3층을 이루는 형태로 비탈에 바로 올라앉은 듯 보였다. 바다를 향해 내려가는 관목 원생림을 남쪽으로 하고, 정동쪽에는 식당처럼 보이는 커다란 조립식 건물이 또 하나 있었다.

"다카키, 너한테 용건이래." 다마키치가 공터를 성큼성큼 질러가 열려 있는 그 조립식 건물의 문간을 신발을 신은 채로 밟고 넘어가 소리쳤다. 잔걸음으로 따라 들어간 이사나는 토방 오른편 안쪽 한 단 높은 곳에 다다미가 깔려 있고, 책상 앞에 다카키가 앉아 있는 것을 보았다. 다카키가 그를 향해 얼굴을 든 순간 그 대각선 옆 판자벽이 기세 좋게 열리며 햇볕 한가운데 있는 옥외 취사장이 보였고, 벽 사이로 러닝셔츠만 걸친 상반신을 내밀며 이나코가 소리를 질렀다.

"어째서 진을 안 데려왔어? 자고 있어?"

"아파. 열이 난다는 것밖에, 정확한 건 모르지만." 이사나가 말했다.

"그럼 닥터를 데려올게. 지금 훈련하는 팀을 따라갔어."

"아냐, 이나코는 식사 준비를 계속해줘." 다카키가 말하는 걸 듣자마자 그 옆에서 훈련으로 지쳐 누워 있었던 것 같은 청년이 몸을 일으켰다. "좋아, 네가 닥터를 불러와."

"닥터는 자유항해단의 의사야. 어떤 병이든 다 알아, 진짜 의과대학에 있었으니까"라며 이나코가 이사나를 다독였다. "기다리는 동안 잡탕 죽 먹을래?"

"진이랑 같이 먹고 싶어."

"진 거는 오그라드는 남자 식사랑 함께 가져가서 내가 먹일게."

"나도 당신이 봐줬으면 싶은 게 있는데." 다카키가 말했다. "오그라드는 남자의 짐 속에서 그 인간이 그동안 찍은 작품 스크랩이 나왔어. 아까부터 계속 보고 있었지. 이걸 어떻게 생각해?"

"난 그 사진에 대해선 듣지 못했어. 나한테도 보여줘." 다마키치가 이사나보다 먼저 큰 서류 봉투를 향해 원숭이처럼 긴 팔을 내밀었다.

"조심해서 다뤄. 작품이니까." 다카키가 말했다.

이사나는 이나코에게서 잡탕처럼 끓인 죽 그릇을 받아 들고 맹렬히 피어오르는 김 속에 얼굴을 파묻고 돼지 내장과 마늘 냄새를 맡았지만, 또 그릇 가장자리에 놓인 나무젓가락을 한쪽 손으로 갈랐지만, 위가 완전히 쪼그라들었나 싶을 만큼 식욕이 전혀 없었다.

"나는 말야, 특히 이 사진들에 대해서 의견을 듣고 싶어"라며 다카키가 다다미 위에 사진 몇 장을 늘어놓자, 이사나는 그릇을 판자벽 밑으로 내려놓았다.

옆에서 다마키치가 먼저 급히 보고 건넨 첫 번째 사진에는 공중목욕탕처럼 넓은 수돗가에 어딘가 예외적으로 낮게 느껴지는 세면대를 둘러싸고 파자마 차림의 아이들이 몰려 있었다. 그들은 세수를 하고 있다기보다는 세면대에 매달려, 혹은 달라붙어 있었다. 다른 아이들과 비교해 몇 살 위로 보이는 아이가 사진 전경에 있다. 그 아이는 턱을 세면대 끝에 대고 노처럼 평평한 양 무릎에 힘을 주며 어떻게든 상체를 밀어 올리려고 한다. 세면대에 올려놓은 마르고 긴 양팔은 눈에 띄게 힘이 없어, 근육을 사용하는 게 아니라 뼈와 뼈가 만나는 부분을 지렛대 삼아 움직여야 하는 어려운 밀어 올리기 운동에는 전혀 도움이 되지 않았다. 퇴행을 보여주는, 소년 하나를 주인공으로 세 시기로 나누어 찍은 세 장짜리 사진 묶음도 있었다. 제일 어린 얼굴일 때는 목발을 짚으며 자력으로 서 있다. 두 번째 사진 속 소년은 앳된 모습이 이미 사라진 얼굴로 스스로 휠체어를 움직여 등교한다. 움직임에 흔들린 휠체어 바큇살이 마치 물보라처럼 보인다. 그리고 마지막 사진 속 늙어버린 표정의 소년은 한때 걸었던 적이 있었을까 싶게 가만히 침대에 누워 있다.

"이건 오그라드는 남자가 보도사진가 협회상을 받은 사진들이야." 다카키가 말했다. "근위축증에 걸린 아이들의 시설을 찍었어. '오그라드는 아이들'이라는 제목이야. 이걸 발견한 후, 난 오그라드는 남자가 정말로 오그라드는 사람이 아닌 건 말할 가치도 없고 자신이 오그라든다고 믿고 있는 미치광이도 아니지 않을까 의심이 들기 시작했어."

"또다시 보도사진가 협회상을 타려고 우리 사진을 찍을 계획을 하고는 자기에게 행운을 가져다준 근위축증을 핑계로 잠입한 걸까? 저 새끼!" 다마키치가 욕을 퍼부었다.

"더 먹을래?" 취사장에서 얼굴을 내민 이나코가 외쳤다.

"이 사람은 이나코가 만든 잡탕 죽 같은 거 안 먹어. 저기 내팽개쳐두었잖아." 다마키치가 똑같이 외쳐 답했다.

"당신이 안 먹는다면 진한테 먹이기는 더 힘들겠네." 이나코는 망연자실한 애달픈 목소리를 냈다.

이사나는 서둘러 변명하지 않을 수 없었다.

"아니야, 그릇이 너무 뜨거워서 식기를 기다리고 있었을 뿐이야."

그러고는 벽 쪽에 서서 잡탕 죽을 먹기 시작했는데, 밖에서 화산탄이 작열하는 햇볕을 받으며 내뿜는 김 사이로 청년 하나가 뛰어오는 게 보였다. 보이스카우트 대원인 채로 스무 살을 넘긴 듯한 청년이다. 그는 미군에서 흘러나온 전투복이거나 그걸 모방해서 만든 위장복에 전투모까지 쓰고 있었다. 그리고 마찬가지로 미군에서 흘러나온 듯한 구급상자를 들고 있었다.

“다카키, 용건이 있다고?” 청년은 토방으로 뛰어들어 오자마자 활력 넘치게 숨을 몰아쉬며 말했다. “그런데 먼저 머리에 물 좀 끼얹을게.”

그리고 그대로 취사장으로 나가는 닥터에게 이나코가 따라가며 사정을 설명했다.

“진이라는 아이가 있어. 자유항해단 승조원들은 누구나 그 아이를 좋아해. 말은 별로 안 하지만 귀 하나는 귀신처럼 좋아…….”

닥터는 젖은 머리를 곧바로 수건으로 닦았는데, 수건이 축축해서 머리카락을 말린 게 아니라 물을 더 끼얹은 듯한 꼴이 되어 돌아왔다.

“열이 있다고요? 그 외에 기침을 한다든가, 토한다든가 하는 게 있었나요?” 닥터는 전문가다움을 드러내며 이사나에게 물었다.

“지금으로서는 열뿐이에요” 하고 이사나는 말했는데, 비전문가의 관찰력이 가진 맹점이 불안하게 느껴지지 않을 수 없었다.

“이런 계절이니 단순한 감기라면 좋겠습니다만.” 닥터가 말했다.

"지금까지 진이 앓았던 병에 대해 알려줘야 하지 않아?" 이나코가 이야기를 거들었다. "태어나면서부터 바로 진은 심한 일들을 겪어왔지?"

"아니, 지금 복잡한 정보를 준다 해도 나한테는 실제 처치에 활용할 재간이 없어." 닥터가 민감하게 이사나의 당혹감을 헤아리며 말했다. "실제로 아이를 진찰해보고 판단할 수밖에 없지."

"진이 먹을지 어떨지 모르지만 잡탕 죽을 가져가볼게. 찬물이랑 더운물도 가져가고. 그것 말고 뭐가 필요해?"

"수프 통조림이 있지 않아?" 닥터가 물었다. "우리들이 식량을 관리 통제하고 있다 해도 이번 훈련 중 하나에 불과하잖아?"

"훈련 중 하나에 불과하다 해도 원칙을 지키는 건 필요하지 않아? 지금 훈련만이 우리의 활동다운 활동이니까." 다마키치가 말을 가로막았다. "특별한 비품을 사용할 경우는 먼저 다 같이 토론하기로 했잖아?"

"통조림은 이나코가 자유롭게 사용해도 좋아." 다카키가 말했다.

"그렇게 원칙을 무너뜨리면 모든 게 무너져. 그걸 알고 있는 게 오그라드는 남자뿐이군. 지금 그놈은 적이 되어버렸지만."

"다마키치는 네가 말한 그 적을 끌고 와줘. 쓸데없이 함부로 다루지 마. 닥터에게 진을 보인 후에 당신도 내려와. 이나코는 수프가 다 되면 그때부터는 계속 진 곁에 있을 거지?"

"그러면 이사나 씨가 찬물이랑 더운물만 먼저 가져다 둬."

이나코는 다카키의 지시에 따라 재빠르게 몸을 움직이며 말했다.

이사나가 양동이 두 개를 양팔로 들어 올리고 구급상자를 든 닥터와 함께 식당 건물을 나갔다. 다마키치와 또 한 명의 청년은 이미 공터를 가로질러 검고 미세한 모래 먼지를 일으키며 판자를 두른 층계를 뛰어올랐다. 그들보다 뒤처져 그들이 일으킨 모래 먼지가 아직 가라앉지 않은 계단을 올라가며 이사나는 화산탄 벽 너머, 서쪽 멀리 거대한 느티나무가 서 있는 걸 보았다. 햇빛을 한껏 반사하며 빛나고 있는 거울 같은 바다를 등지고, 검고 세밀한 그늘을 드리우는 커다란 무리를 이루며 맑은 하늘을 뒤덮고 있는 모습이 마치 한 그루인 것처럼 보이지만, 나무줄기는 가늘어도 높이에 있어서는 뒤지지 않고 가지가 낭창낭창하게 뻗어 오히려 더 뛰어난 풍모를 지닌 또 한 그루의 느티나무가 중앙의 고목과 겹친 채 우뚝 솟아 있었다. 두 느티나무의 혼은 땀범벅이 된 이사나 내부에 냉정한 목소리로 *주의해, 주의해!* 하는 메아리를 일으켰다. 산장에서 감시하고 있던 청년에다 다마키치와 또 한 명의 청년이 가세하여, 양옆에서 오그라드는 남자를 끌어 일으켜 세우고 뒤에서는 떠밀 듯하며 그를 데리고 돌아오고 있었다. 닥터는 격한 목소리로 그것을 막으려 했다.

"심하지 않아, 다마키치? 그 지경이 된 사람을 치료도 안 해?"

햇볕 아래 드러난 오그라드는 남자의 얼굴은 타박상으로 뒤덮이고 끈적끈적한 피가 말라붙어 정말로 끔찍했다. 하지만 다마키치가 대답하기 전 눈곱이 잔뜩 낀 사이로 엿보듯이 닥터를 보며 오그라드는 남자 자신이 이렇게 외쳤다.

"살아 있는 나를 치료하는 일보다 처형된 후 검시를 철저히 해줬으면 좋겠어! 가능하면 해부도 해줘!"

그러더니 당황하는 닥터 앞을 마치 부하를 거느린 양 유유히 지나갔다. 닥터는 그대로 입을 다물고 걸어가더니 산장으로 들어가면서 주도면밀하게 미리 주워둔 주먹만 한 용암 덩어리를 입구에 괴어 문이 닫히지 않게 고정하여 빛을 확보했다. 비탈 쪽으로 가슴 높이에 나 있는 창 두 개도 열었다. 진은 오랫동안 버려져 있었던 사람처럼 눈을 감고 가만히 누워 있었다. 그 몹시 작은 몸 옆에 두 개의 양동이를 놓으며 이사나가 "진, 진" 하고 불렀는데, 피부 안쪽으로 열의 파도가 치고 있는 듯한 진의 얼굴은 그대로였다. 단지 잠에서 깨면서 감은 눈에 미세한 경련이 일어나 눈꺼풀의 경계가 실룩거렸다.

"진, 물을 마실까?" 닥터가 말했다.

그 물이라는 말이 빠르게 효과를 발휘했다. 어린아이는 귀찮은 듯 실눈을 뜨고 불룩한 아랫입술을 오물거렸다. 이사나는 양동이 표면에 물방울이 맺히도록 차가운 물을 양동이 밑바닥에 가라앉혀둔 컵으로 떠서 진의 상체를 일으킨 후 입술에 대주었다. 진은 나비 주둥이처럼 내민 입술로 가슴을 불룩거리며 물을 마시더니 스읍 하고 소리를 내며 컵을 비웠다. 축 처진 진을 안고 있는 이사나는 어린아이의 몸으로 들어가는 차가운 물이 자기 자신의 체강體腔 또한 씻어주는 것 같았다. 이사나는 한 컵 더 물을 채워 진의 젖은 입술에 대어주었는데, 진은 마시려고 하지 않고 머리를 어깨 위로 떨어뜨리며 컵을 피하듯 했다.

"자제력이 있는 아이네요." 닥터가 말했다.

닥터는 진의 옷을 벗겼다. 오랫동안 땀을 많이 쏟은 진의 몸에서는 평소에 별로 맡아본 적 없는 일종의 작은 동물이 풍기는 냄새가 났다.

"아, 명치 쪽에 발진이 있어요!" 닥터가 말했다. "당신 혹시 어젯밤에 벌레에 물렸나요?"

"아뇨, 난 벌레에 물리지 않은 것 같은데요." 이사나는 약하게 숨 쉬고 있는 진의 몸, 자신의 몸과 닮은 진의 알몸 복부에 발진 하나가 뚜렷하게 올라와 있는 것을 보며 말했다.

"진은 수두를 앓았었나요?"

"수두라는 게 어떤 건지, 확실히 몰라서……."

"그러면 진은 수두를 앓지 않았어요. 당신처럼 아이에게 신경 쓰는 아버지가 아이의 수두에 대해 확실한 기억이 없을 리는 없죠." 닥터가 말했다. "농가진은 아닐 거예요. 내일은 몸 전체에 발진이 올라올 거예요. 머리끝부터 입속까지 발진이 잔뜩 생길 거예요."

"그건 위험한 거 아닌가요……."

"일반적으로는 위험하지 않아요. 특별한 경우라고 하면, 수두뇌염이 있지만 그건 정말 극히 특별한 경우죠."

닥터는 자신의 능력으로 다룰 수 있는 질환을 발견하여 슬며시 감정이 고양된 듯했다. 그 고양감의 복사열이 이사나에게 전달되어 불안을 진정시켜주었다.

"가려움을 완화해주는 연고를 발진이 날 때마다 발라주세요. 지금 아이의 몸을 닦고 손을 씻기고 손톱을 깎아둘게요."

닥터는 착실하고 능률적으로 자신이 말한 대로 처리하기 시작했다. 그가 상당히 제대로 임상 훈련을 받은 사람이라는 것은 확실했다. 뭔가 도우려던 이사나가 결국에는 그저 옆에서 지켜볼 수밖에 없을 만큼 손놀림이 능숙했다. 생판 남이 진의 몸을 그처럼 처치하는 걸 보고 있는 동안, 이사나는 자신이 이미 죽었고 단지 사후의 의식이 그곳을 에테르 덩어리 상태로 부유하며 진과 닥터를 지켜보고 있다는 감각을, 보이가 말하는 비전처럼 경험했다.

"주사라든가 내복약이라든가 하는 처치는 어떻게 하나요?" 이사나가 물었다.

"수두를 위한 주사나 약은 따로 없어요. 오히려 아무것도 하지 않는 편이 기본적으로는 자연스러워요. 발진이 빨리 다 나기를 기다렸다가 다시 발진이 지나가기를 기다리는 수밖에 없어요."

"하지만 발진이 심할 때 아이가 힘들어하지 않을까요?"

"힘들겠죠." 닥터가 기묘할 정도로 단호하게 말했다.

"열이 있는데 몸을 닦아도 돼?" 수프를 담은 반합을 들고 온 이나코가 곧바로 열심히 물어보았다. "무슨 일이야, 진? 어때, 진?"

눈을 감고 있던 진이 이나코가 몸을 닦아주자 애써 실눈을 떠 이나코의 목소리에 어떻게든 반응하려고 했다. 그걸 보며 이사나는 자신이 다시 사후 의식의 에테르로 바뀌는 기분을 맛보았다…….

"수두야, 벌써 발진이 돋았잖아?" 닥터가 말했다.

"예쁜 발진이네, 진." 무릎을 꿇고 어린아이 옆으로 몸을 내민 이나코가 크게 안도하며 속삭였다.

닥터가 자리를 뜨자 이나코는 어린아이의 상체 위로 더 몸을 기울였다. 이사나는 바로 눈앞에서 짧은 스커트 밖으로 드러난 이나코의 엉덩이를 보았다. 가랑이의 이음매가 이중으로 되어 있기는 해도 여러 번 빨아 천이 얇아진 속바지는 몸을 제대로 가리지 못했다. 갈색 항문과 마찬가지로 진하게 그늘진 색의 외음부가 천 속에서 비쳐 보였고 줄어든 천 양옆으로 음모도 무성히 삐져나와 있었다. 그대로 어느 정도 시간이 지나고 나서,

"이나코, 뒤에 사타구니가 다 보여서 아저씨가 발기했어" 하고 닥터가 대사라도 읊는 듯한 어조로 말했다.

이사나는 당황했다. 하지만 이나코는 하반신 자세를 고

치려 하지 않고, 진의 몸에 가슴을 대다시피 한 채 고개만 돌려 어리석을 정도로 친절하고 곧이곧대로인 성격을 드러내며 이렇게 말했다.

"남이 성기를 본다 해도 아무렇지도 않아. 나는 성교를 제대로 하고 있는 사람이고, 그 의미도 알게 돼 성기가 인간에게 어떤 것인지도 알고 있으니까. 그래도 진에 대해 걱정하고 있을 때 뒤에서 남이 날 엿보지는 않았으면 좋겠어. 놀림을 받고 싶지도 않아."

"시시한 소리를 해서 미안해." 닥터가 풀 죽어 말했다.

닥터의 목소리에 증폭되어 지금 이나코가 말한 이야기에 담긴, 완전한 무방비 상태에서 습격을 당한 자가 발하는 하릴없는 단념의 울림이 이사나의 귀에 잔향으로 남았다.

"우리는 오그라드는 남자의 심문에 참석하러 갈 테니까 진이 발진을 긁지 않도록 주의해줘. 발진은 계속 생길 거야." 잠자코 있던 닥터가 분위기를 바꿔 말했다.

"정말 잘 부탁해." 이사나도 일어나며 사죄의 마음을 담아 말했다.

다시 용암 자갈을 판자로 막은 계단을 내려가며 이사나는 서쪽 바다를 등지고 선 두 그루의 느티나무를 향해, 그 나무의 혼에게 *고마워. 아들은 수두에 걸린 것뿐이었어* 하고 살짝 보고했다. 공터에 내려가니 웅성거리는 소리가 들려왔지만 청년들은 그림자도 없었다. 그들은 모두 활짝 열어놓은 식당 건물 안쪽에서 연극의 막이 오르길 기다리는 것처럼 주저앉아, 사람을 기다리는 듯한 얼굴로 밖을 바라보고 있었다. 자유항해단의 말의 전문가와 의사가 심문에 참가하는 걸 승조원 전원이 기다리고 있었다.

오그라드는 남자는 다다미가 깔린 곳 중앙에 수갑이 채워진 손을 무릎에 올려놓고 앉아, 부은 눈꺼풀 사이로 어떻게든 장내를 둘러보려고 몸이 뒤로 젖혀질 만큼 머리를 쳐들고 있었다. 무척이나 당당한 그에 비해, 안쪽에 고개를 숙이고 앉은 다카키의 살짝 그을린 얼굴이 오히려 피고석에 앉은 사람처럼 울적해 보였다. 하지만 그런 다카키와의 사이에 오그라드는 남자를 두고 다다미를 깐 곳에서 문 쪽 가장 가까운 구석에 자리 잡은 다마키치와 홍당무는 이미 확연하게 고발자로서의 태도를 취하고 있었다. 오그라드는 남자가 있는 곳을 단壇이라고 한다면, 그 바로 아래에 법정 경비 역할을 맡은 보이가 다마키치가 메고 있던 라이플총을 무릎 사이에 세워두고 있었다. 그리고 나머지 열 명 정도의 청년들이 판자를 덮은 바닥에 돗자리를 깔고 앉아 단을 바라보고 있었다.

"내 옆에 와서 심문서를 적어주지 않겠어? 오그라드는 남자가 기록하는 사람이 없으면 아무것도 발언하지 않겠다고 하니." 다카키가 닥터와 함께 뒤쪽으로 돌아들어 가는 이사나를 불러 세웠다.

"내게 잠깐 손봐줄 시간을 주면 기록 같은 소리는 쏙 들어가게 할 수 있어." 다마키치가 진행이 지체되는 것에 답답함을 드러내며 끼어들었다.

"심문서가 아니라 발언 그대로 상세히 기록해줘." 오그라드는 남자가 다마키치의 말을 완전히 무시하며 말했다. "부탁해, 당신이 기록해주지 않으면 *이 녀석들은 자기가 뭘 하려고 하는지 알지도 못하고, 자기가 뭘 했는지도 모를 테니까*. 응, 부탁해. 정말 부탁해. 보이가 열병에 걸렸을 때 당신을 죽이려던 걸 내가 구해줬잖아? 다마키치는 거꾸로 보이를 부추겼었고."

오그라드는 남자가 더 말을 이어가려고 하자, 다마키치가 양 무릎 위로 쓰윽 몸을 내밀고 왼팔을 막대기처럼 휘둘러 그의 목에 일격을 가했다. 크헉 하는 소리가 났고 오그라드는 남자는 수갑을 찬 양 팔목으로 계속 턱을 문지르며 어떻게든 호흡을 회복하려고 애썼다. 그러다 휴우휴우 하며 겨우 숨을 내쉬게 되자 다시 오그라드는 남자는,

"*이사나, 부탁해*" 하고 말을 이었다.

이사나에게는 오그라드는 남자와 다마키치를 비롯해 침묵하고 있는 단상의 모든 사람의 태도가 연극처럼 느껴졌다. 이사나가 기록하는 사람으로서 그 단상에 참여하지 않는 한 그들은 더욱 끔찍하고 추한 연기를 더해갈 것이다. 그래서 이사나는 이미 종이와 볼펜이 준비되어 있는 다카키 옆으로 올라갈 수밖에 없었다.

"그럼 시작하자." 다카키가 기다렸다는 듯 말했다.

그 목소리는 기를 쓰는 오그라드는 남자와는 정반대로 우울한 느낌이었고, 이미 그런 헛된 소란에 질렸음을 나타내는 연출임이 확실했다. 그의 목소리가 안티클라이맥스 효과를 일으킨 듯 장내에 웃음소리가 일었다. 오그라드는 남자는 웃음소리에 충격을 받은 기색이 역력했다. 이사나는 실내를 둘러보며 웃고 있는 청년들 가운데서 탈영한 자위대원을 발견했다. 남자는 청년들에게서 조금 떨어진 안쪽 구석에서 다리를 길게 뻗기에 충분한 공간을 혼자 차지하고 있었다. 참관인인 양 비스듬히 두 다리를 뻗은 그 편안한 모습에도 불구하고 단단하고 곧은 상체는 자유항해단 청년들의 육체를 훈련받지 않은 나약한 것으로 느껴지게 했다.

"오그라드는 남자가 자유항해단의 군사훈련을 촬영해서 비밀리에 주간지에 판 것과 관련해, 그 반역 행위, 배신 행위에 대해서 심문하는 전체 회의를 시작하겠습니다." 홍당무가 웃음소리를 경계하며 미리 얼굴을 붉힌 채 말했는데, 무난히 받아들여졌다. 하지만,

"먼저 다카키가 오그라드는 남자의 범죄를 총정리할 거지?"라고 홍당무가 이어 말하자,

"그건 내가 하는 거 아니야?" 하고 다마키치가 가로막았다. "내가 검사니까. 재판의 규정상 그렇지 않아?"

"그 전에 너희는 *내가 죄상을 인정하는지 아닌지*, 물어야 하지 않을까?" 오그라드는 남자가 끼어들어 말하자 다시 장내에 웃음소리가 일었다. "탐정소설이라면, *오그라드는 남자! 당신은 유죄를 주장합니까, 무죄를 주장합니까*, 하고 죄상의 인정 여부를 묻겠지?"

"그럼 내가 묻지." 다카키가 동요하지 않았음을 드러내며 극히 사무적으로 말했다. "오그라드는 남자! 당신은 유죄를 주장합니까, 무죄를 주장합니까?"

"*유죄를 주장합니다!*"

곧바로 오그라드는 남자가 쉿소리를 내자 장내에 또다시 웃음소리가 일었다. 전 자위대원도 천진할 정도로 우월감

을 드러내며 이 '희극'을 보며 웃고 있었다. 지쳐서가 아니라 골격이 움푹 파여 다크서클이 있는 것처럼 보이는 전 자위대원의 눈이 이마와 광대뼈의 돌출을 더 두드러지게 만들었다. 또 근육이 볼에서 턱으로 얼굴의 윤곽을 감싸고 있어 머리의 동그란 인상을 더욱 강조했다. 강압적이고 자족적인 눈빛은 광기 어린 왜소한 불량배들이 더욱더 우스꽝스럽게 희극의 분위기를 고조시키길 기대하는 듯했다.

"자위대원은 철저히 이 소동의 외부에 존재하는 듯하군." 이사나는 햇볕에 그을려 기름종이처럼 된 얼굴을 찌푸리고 청년들의 웃음이 그치기를 기다리는 다카키에게 속삭였다.

"놈은 자기가 외부에서 초대받은 군사고문인 줄 알아. 포복 전진이나 카빈총, 자동소총 사용법을 가르치는 코치라고 생각하거든." 다카키는 법정 자료로 준비한 오그라드는 남자의 작품들이 들어 있는 봉투를 빨간 색연필로 두드리며 속삭이듯 대답했다. "자유항해단 멤버와 자기가 대등하다곤 절대로 생각지 않지. 왜 그런지 근거는 없지만 엘리트 의식을 가진 녀석이야. 자위대를 나와 우리들한테 코치 역할을 하도록 명받은 기분인가 봐."

"하지만 외출해서 그대로 복귀하지 않은 거지, 무단으로? 그럼 자위대를 탈영한 게 되지 않나?"

"지금 자위대에서는 그런 거 별일도 아닐 거야. 놈도 노는 게 재밌을 때까지는 여기에 있다가 시들해지면 높으신 분들께 빌면서 자위대로 돌아갈 작정 아니겠어?"

"하지만 자기가 사용법을 가르쳐주고 있는 총기를 너희가 합법적으로 구한 거라고는 생각하지 않을 거 아냐?"

"아직 실탄은 한 발도 놈에게 안 보여줬으니까." 다카키는 그렇게 말하며 이사나의 표정을 살폈다. "녀석한테는 베트남전쟁에서 폐품으로 나온 총기를 아메요코(도쿄 시에 있는 상점가로 미 주둔군의 방출 물자를 거래했다)에서 손쉽게 입수했다고, 그걸 수리해서 훈련 놀이에 사용하고 있다고 말했어. 그러고 보니 그것도 의심하지 않는 인간이었어."

"*나는 유죄를 인정하니까 그 이유를 주장하고 싶어.*" 오그라드는 남자가 외곬으로 재촉했다.

"당신은 유죄고, 당신이 그걸 인정했으니 이제 말할 건 아무것도 없지 않아?" 하고 다마키치는 말하며 장내의 청년들에게 어필했다. "그렇지 않아?"

"맞아. 이자한텐 들을 것도 없어." 보이가 말하며, 라이플총 개머리판으로 바닥을 탕탕 두드렸다. "이자 좀 입 다물게 해, 입 다물게 해!"

"*그래?* 다마키치, 네가 검사였지? *그러면 내가 유죄인 이*

유를 말해봐! 증거도." 오그라드는 남자가 도발했다.

"당신은 말야." 다마키치는 증오를 드러내며 격한 말을 퍼부으려고 했지만, 오그라드는 남자의 덫에 걸려들 위험을 감지했는지, 극히 모호하게 말을 이어갈 뿐이었다. "당신은 자유항해단의 규약을 위반했어. 추잡한 개인적 이익을 위해, 추잡한 명예심을 위해, 자유항해단의 활동을 사진으로 찍어 추잡한 주간지에 팔아넘겼어. 그러니까 유죄야!"

"그것뿐이야?"

"그것만으로 충분하지 않아? 아니면 당신은 그런 좀도둑 같은 짓을 또 한 거야?" 다마키치가 말했다.

그 말은 청중 혹은 배심원들을 얼마간 부추기기 위한 것이었다. 하지만 오그라드는 남자는 장내의 작은 웃음소리나 조롱 따위는 문제도 삼지 않고 반격을 개시했다. 그는 먼저,

"*그것이 유죄의 이유인가?*" 하고 쉿소리로 외치듯 말했다.

"그래. 그리고 당신 자신도 유죄를 인정했어." 다마키치가 어디서 날아올지 모를 반격에 막연히 방어막을 치며 말했다.

"*그러면 검사 측에서 유죄의 증거를 대봐! 내 자백이 증거야? 하지만 내가 엉터리로 말했을지도 모르잖아. 네가 말하듯 나 스스로 유죄를 인정하니까, 유죄라 인정받기 위해*

서라면 무슨 말이든 하지 않겠어?"

"우리들이 때리고 발로 차고 해서 억지로 사실을 말하도록 한 거지."

"*하지만 그걸 어떻게 사실이라고 할 수 있지? 네가 말한 것처럼 고문해서 받아낸 자백을? 검사가 고문으로 자백하*도록 만들었다고 *정직하게 말하고 그걸 증거로 제출하는 재판이 있을까?* 나는 그런 재판 들어본 적도 없어."

"이제 그만 때려!" 다카키가 다마키치의 움직임 속에 공격을 취하려는 모습이 보이자마자 날카롭게 경고했다.

"*애초에 말야, 자유항해단의 규약이라고 하는데, 그런 게 있어?* 있다고 해도 자유항해단의 사진을 외부에 유출하면 안 된다는 조항이 언제 만들어졌지?" 오그라드는 남자는 그렇게 내뱉은 후 다마키치 개인을 추궁한다기보다는 오히려 모든 청년을 향해 직접 이야기를 시작했다. "*하지만, 그런 건 아무것도 아니지*. 내가 다마키치의 유죄 주장에 대해서 가장 나쁘다고 생각하는 건, 이대로 두면 다마키치가 이 법정의 의미를 축소시킬 거라는 점이야. *그렇지 않나? 지금 다마키치가 말한 그대로의 의미에서만 내가 유죄라면, 자유항해단이 나한테 가할 수 있는 형벌은 주간지에서 주는 쥐꼬리만 한 돈을 뺏고 나를 자유항해단에서 쫓아내는 거 정*

도가 아닐까? 지금까지 때리고 발로 차고 했던 건 논외로 치고. 그러니 내가 이즈의 경찰서로 뛰어간다 해도 너희가 지금 즉시 여기 있는 요트로 바다에 나가 총기류를 바다에 던져버리고 온다면, 경찰은 자유항해단에 대해서 뭘 할 근거가 아무것도 없지. 한가한 애들이 모여서 전쟁놀이하는 걸 취재하던 사진작가가 얻어맞았다, 하는 정도의 사건밖에 되지 않을 거 아냐, 안 그래? 객관적으로 보는 한 그렇지 않을까? 그래도 경찰이 너희를 체포하려고 한다면 자동차를 훔친 것 정도겠지, 밝힐 수 있는 건? 너희한테는 사상적인 배경이랄까 정치적인 섹트라든가 하는 건, 극우, 극좌를 막론하고 전혀 없고 말야! *그건 무얼 말하는가? 자유항해단이 이렇게 해서는 객관적으로 그 정도 존재밖에 되지 않는다는 거야. 아직 그 정도밖에 되지 않고 설령 그 이상의 존재가 될 수 있다 하더라도 이 법정을 계기로 그 가능성을 상실하게 될 거라는 거야! 너희는 그런 걸 바라는 거야?"*

오그라드는 남자는 첫 싸움에서 승리를 거머쥐었다. 다마키치는 핏기를 잃은 얼굴로 홍당무를 바라보았는데, 홍당무는 고개를 숙이고 눈길을 피해버렸다. 들떠 있던 장내 분위기는 숙연해졌다. 승리를 의식한 오그라드는 남자는 재판 기록이 제대로 남겨졌는지 신경 쓰며 이사나 쪽을 힐

끔힐끔 쳐다보았다. 그러고는 앞서 이사나에게 얘기했던 것과 조금 다른 뒤앙스의 이야기를 청년들을 향해 단호히 이어갔다.

"나는 오그라드는 남자지! 이 상태를 인내하고 있으면, 자유항해단 안에 있든 밖에 있든 그런 건 상관없이, 오그라들고 오그라들고 또 오그라들어 뼈의 구조와 내장이 부담을 견디지 못하는 날이 와서, 와지직 무너져 죽게 돼 있어. 핵폭발 용어로 말하면 내파implosion할 수 있지. 내부를 향해 폭발해 죽을 수 있는 거야. *그날이 오면 나는 핵시대에 어울릴 만한 예언자가 되는 거야!* 인류가 말야, 전 역사 규모의 역행을 시작했고 더욱이 인간 한 명 한 명의 육체에 진화·성장과는 반대되는 유전자가 자리 잡게 된 걸 세계에 처음으로 알리게 되지. 나는 오그라드는 내 육체를 계속 찍어 두었으니까, 전 세계 매스컴에 그걸로 어필할 수 있어. *그것만으로 내 인류적인 사명은 다하는 거지!* 나로서는 자유항해단에 붙어 있을 이유는 없어. 그런데 어째서 내가 지금 이 법정에서 스스로를 유죄라고 주장하는가? *그건, 내 오그라드는 육체가 뜻하는 바*를 자유항해단에 심어서 너희를 내 예언을 전하는 사도들의 집단으로 끌어올려주고 싶기 때문이야. *오그라들 대로 오그라들어 내압이 높아진 내 육체를,*

그야말로 자유항해단을 핵폭발시키는 내파의 기폭제로 만들고 싶어서지! 유죄인 나를 처형한 다음, 궤도 위를 날도록 자유항해단 로켓을, 너희 전원을, 밀어 올리기 위한 거야!"

오그라드는 남자가 입을 다문 것은 무척 효과적이었으나, 장내에는 당혹스러운 침묵 외에 다른 반응이 없었다. 그는 자신이 이해받지 못했음을 느꼈을 것이다. 부어오른 눈꺼풀 사이로 간신히 눈을 두리번거리며 똑같이 부어올라 검게 핏자국이 엉긴 입술을 연어의 빛깔을 띤 혀로 부산하게 핥았다. 그 기묘한 어긋남으로 가득한 침묵이 오그라드는 남자와 청년들을 가둬두고 한참 지나고 나서였다. 다카키가 변함없이 침착한 목소리로,

"유죄, 처형을 받겠다고 꼬맹 씨가 말하지만, 유죄는 그렇다 치고 처형이 합당할까?" 하고 참견을 했다. "꼬맹 씨가 말하는 대로 유죄가 인정된다 해도 우리에게는 꼬맹 씨를 두들겨 패서 내쫓는 정도의 처벌밖에는 달리 방법이 없지 않아? 그 뒤에 꼬맹 씨가 경찰로 달려간다 해도 우리에게 이렇다 할 혐의가 없을 거라는 건 당신 스스로가 말한 대로야. 그래서 어떻게 자유항해단이 핵폭발하고 로켓처럼 발진한다는 거지? 알려주겠어?"

장내 공기가 다시 자유롭게 풀어졌다. 이해가 안 되는 부

분을 남기면서도 청년들을 얽어매기 시작한 웅변의 그물이 이렇게 풀려버리면, 또다시 오그라드는 남자를 조롱하는 목소리가 일어나기까지 얼마 걸리지 않을 것이다. 그러나 오그라드는 남자도 그런 기세를 저지할 아슬아슬한 기회를 놓치지 않았다.

"*나는 말야, 자유항해단이 탄약류는 전혀 챙기지 않고 출발하던 날, 무기고에서 다이너마이트를 꺼내 카메라 케이스에 넣어 운반해 왔어. 그리고 차를 타고 도쿄로 돌아갈 때 점심을 먹었던 아타미*熱海 *역 코인로커에 숨겨두었어. 이 정도 말하면 설명할 필요 없겠지? 자유항해단에게 맞아서 추방된다면 난 바로 그걸 가지고 아타미 은행을 습격하고, 그러고 나서 실패를 위장해 자폭할 수 있어. 그 뉴스는 내가 사진을 판 주간지 그라비어의 데스크를 기뻐 날뛰게 만들 거야. 그리고 이즈에서 실시된 군사훈련 사진이 대대적으로 발표되겠지. 일단 그렇게 되면 일본 경찰이 너희 전원을 반사회적인 무장 집단으로 날조하는 정도의 과학적·정치적 능력쯤 손쉽게 발휘하지 않을까? 나는 고통으로 괴로워하다 결국에는 내파할 오그라드는 남자야. 고통 없이 다이너마이트로 자폭하는 일 따위 두려워하지 않아.*"

오그라드는 남자는 금세 반격에 성공했을 뿐만 아니라

장내의 청년들 모두를 사로잡았다. 직전까지 어리석을 정도로 거만하게 여유를 부리며 단상을 바라보고 있던 전 자위대원조차 눈을 두리번거리며 청년들이 소곤거리는 말을 귀담아들으려 했다.

"*그러니 나는 내가 유죄라는 사실을 이 법정에서 설득해서 너희에게 처형을 강제할 수 있는 거지.*" 장내의 동요를 분명히 감지한 오그라드는 남자가 위압적 태도로 말했다. "*그러니까 나는……*."

"얘기는 알겠어, 꼬맹 씨." 다카키가 억지로 끼어들었다. "우리는 재판을 하는 중이니까, 피고만 자기주장을 하는 건 안 되겠지? 반대신문이라고 해도 좋겠는데, 그걸 하게 해 줘. 다마키치나 홍당무가 검사 측이라고 한다면 난 변호인 측이지만……."

"*나는 누구의 변호도 받아들이지 않겠어.*" 여전히 기를 쓰며 오그라드는 남자가 딱 잘라 거절했다.

"그러면 또 다른 검사가 하는 반대신문이라고 하지. 그것까지 받아들이지 않는다면 피고답지 않아, 꼬맹 씨." 다카키는 그렇게 말하며 줄곧 숙이고 있던 얼굴을 들고 오그라드는 남자를 한 번 슬쩍 보았다. "당신은 물리적으로 몸이 오그라드는 진짜 오그라드는 남자야? 아니면 몸이 오그라든다고 믿고 있을 뿐인, 심리적인 오그라드는 남자야?"

"*아야.*" 오그라드는 남자는 한층 더 의뭉스럽게 소리를 냈다. "*이 질문에 대해서 답은 하나뿐이야! 내가 물리적으로 오그라드는 남자인 경우, 그대로, 네 하고 대답하겠지. 내가 심리적으로 그렇게 믿고 있을 뿐인 미치광이라도, 아니 나는 미치광이가 아니야, 물리적으로 오그라드는 남자야, 네, 그렇습니다 하고 대답할 게 뻔하지 않아?*"

다마키치가 분노의 한숨인지 조롱하는 짧은 웃음인지 구분이 안 되는 크고 거친 숨을 내뱉었다. 홍당무도 충혈된 눈을 다카키로부터 피하는 듯했다. 청년들은 거리낌 없이 웃고 있었다. 그러나 다카키는 오그라드는 남자에 대해서도, 다마키치나 홍당무 등에 대해서도 이상할 만큼 저자세로 부드럽게 질문을 이어갔다.

"그러면 꼬맹 씨. 당신이 물리적으로 오그라드는 남자가 되었건, 혹은 그렇게 됐다고 심리적으로 느끼게 되었건, 그에 앞서 그렇게 되도록 만든 구체적인 힌트가 있었나? 나는 지금까지 당신한테서 그 부분에 대해 듣지 못했던 것 같은데."

"힌트를 얻어서 오그라드는 남자가 된다고? *그건 뭐지? 내가 그런 힌트를 너희한테 차례차례 주면 자유항해단을*

잠수함에 알맞은 오그라드는 남자만으로 구성하기라도 할 거야?"

이번엔 보이마저 다마키치와 함께 앗 하는 소리를 냈고, 홍당무는 그야말로 눈물을 흘릴 정도로 얼굴이 빨개졌다. 반대로 청년들은 다카키의 실수를 심각한 것으로 의식해서이겠지만, 쥐 죽은 듯 조용했다.

"*내가 오그라드는 남자가 된 건 내 육체의 근간에 오그라드는 유전자가 둥지를 틀고 있기 때문이야. 그렇기에 내가 오그라드는 남자라는 것 그 자체가 인류의 미래에 예언적인 것이지!*"

다카키는 그때까지 색연필로 두드리고 있던 봉투에서 근위축증에 걸린 아이들의 사진을 꺼내 오그라드는 남자 앞에 내던졌다. 오그라드는 남자는 그때까지 쌓아 올린 초월적 태도 그대로 순간 공중에 붕 뜬 모습을 하고 실눈으로 사진을 보았다.

"꼬맹 씨, 당신의 '수상 소감'이라는 것도 오려뒀더군. 홍당무, 네가 이걸 읽어줘."

"내가 가장 먼저 받은 선명한 인상은 시설의 아이들에게 시간이 거꾸로 흐르는 듯하다는 점이었습니다." 홍당무는 전율하는 듯한 가는 목소리로 읽었다. "괴로운 시간이 하루

하루 지나갈 때마다 보통 아이가 성장함에 따라 일어나는 일과는 반대되는 일이 아이들의 근육에 일어나니까, 그렇게 말해도 좋을 것 같습니다. 촬영을 시작하기 3년 전 제힘으로 걸어서 자택에서 치료를 받으러 다니던 아이가 올해는 시설 안에서 학교를 오가기 위해 휠체어를 타는데, 내년에는 혼자 침대에 기어오르는 일조차 할 수 없게 되겠죠. 아이의 육체 속 이 시간의 역행을, 현대 의학은 멈추게 해주지 못합니다. 텔레비전 만화 중에 시간아 멈춰라! 하고 주문을 외는 게 있었는데, 바로 그 말에 아이들의 바람이 담긴 목소리가 표현되어 있지 않을까요? 얼마나 많은 아이들이 바람을 담은 목소리로 시간아 멈춰라…….”

“이제 됐어, 홍당무.” 다카키가 말했다. “시간아 멈춰라! 하는 부분은 꼬맹 씨의 쉿소리에 진짜 딱 어울려. 수상식에서도 양심적이고 괴로워하는 얼굴로 쉿소리를 냈나, 시간아 멈춰라?”

다카키의 말은 돌발적으로 적의를 드러냈다. 보이를 비롯해서 장내 청년들은 일제히 다카키의 목소리 톤에 주의를 기울였다. 읽는 걸 그만둔 홍당무도 다마키치도 다카키의 다음 말을 긴장 속에서 기다렸다. 오그라드는 남자는 완전히 망연자실한 듯 보였다.

"꼬맹 씨가 논리적으로 난센스함을 비웃던, 방금 전 질문으로 돌아갈게. 그건 처음부터 질문 방법이 불완전했어. 질문이 하나 더 남아 있었거든." 다카키가 장내 청년들 모두를 향해 목소리를 높였다. "당신은 물리적 오그라드는 남자도 심리적 오그라드는 남자도 아니고, 단지 생각나는 대로 연기하면서 자유항해단을 촬영하러 잠입한 보도사진가인가? 하는 질문이……. 고심해서 사진을 찍어 주간지에 팔았는데 자유항해단이 행동을 하지 않으면 사진이 뉴스로서의 가치가 없으니까, 우리를 부추기려고 지금 대연설을 하기에 이른 거야?"

"어때? 오그라드는 남자, 대답해!" 사납게 갈라지는 어린 목소리로 다마키치가 외쳤고, 동시에 보이도 같은 말을 외쳤다. 그 매도하듯 울부짖는 소리가 장내에 울려 퍼졌다. "어때? 오그라드는 남자, 대답해. 어때? 대답해." 청년들 모두가 저마다 외쳤다. 전 자위대원은 입속까지 보일 정도로 바보처럼 입을 딱 벌리고 주변의 들끓는 소리에 귀를 기울이고 있었고 닥터까지 분하고 노여운 감정을 드러냈다.

"어때? 오그라드는 남자, 대답해!"

14장

고래나무 아래서

말없이 사진을 내려다보는 오그라드는 남자는 부어오른 머리 전체가 희뜩희뜩 불꽃을 내뿜는 듯했고, 어떻게든 퇴로를 찾으려 해도 발버둥조차 칠 수 없어 털썩 주저앉고 만 광장의 시궁창 쥐 같았다. 청년들의 분노하는 목소리는 이미 흥겨운 환성으로 바뀌었다. 오그라드는 남자는 고개를 숙이고 입을 열지 않았고, 청년들은 저희끼리 오그라드는 남자에 대한 조소와 매도의 공을 주거니 받거니 하는 형국이었다. 다카키는 자료 봉투에 빨간 색연필로 기하학적 도형 같은 모양을 그려 넣기 시작했다. 하지만 그의 야윈 뺨부터 눈가까지 붉게 상기되어 있었다.

"주간지에 사진을 팔면 얼마나 받아? **대답해**……. 누드 사진이랑 맞먹나? **이봐 대답해**……."

"네가 그렇게 큰 소리를 내면 누가 듣지 않을까?" 이사나가 다카키에게 물었다.

"망을 보게 했어, 이 정도 소리가 들리는 곳이라면 바닷가 덤불을 빼곤 구석구석까지 다 보이지." 다카키가 대답했다.

오그라드는 남자는 다다미 위에 사진을 모아 포개고 있었다. 수갑이 채워진 양손의 움직임은 확실히 전문가다운 느낌이 있었다. 그리고 그는 무릎 관절 통증에 괴로워하면서도 발길질을 해 겨우 일어서서는, 언뜻 보기에도 망연자실한 것이 분명한 모습을 보이면서도 목소리를 높여 이렇게 말했다.

"나는 분명 이 사진들을 찍었고 상도 받았지만…… 사진 내용은 까맣게 잊고 있었어. 완전히 잊고 있었다는 데에 스스로도 놀랄 정도야. *나 자신이 오그라들기 시작했을 때 이미 그걸 잊었었는지 어땠는지, 생각해내려고 하고 있어. 하지만 난 정말로 놀랐어, 스스로 믿을 수 없을 만큼 완전히 잊고 있었어*……."

다마키치가 펄쩍 뛰어오르듯 벨트에서 등산 나이프를 뽑아 들고 칼자루로 오그라드는 남자의 톡 튀어나온 머리를 쳤다. 오그라드는 남자는 양 무릎을 모으고 다다미에 푹 쓰러졌는데 의식은 잃지 않고 그대로 상반신을 지탱하고 있었다. 수갑이 채워진 양팔은 손가락 끝까지 마치 시든 것처럼 힘이 없었다. 하지만 시든 풀잎이 물을 흡수해 다시 살아나듯 다시 전신에 힘을 되찾아 무릎을 한쪽씩 천천히 세웠다. 그리고 아직 그의 옆을 가로막고 서서 거친 숨을 쉬고 있는 다마키치를 두려워하는 기색도 없이 말했다.

"정말로, 이 사진들을 잊고 있었어. 지금 그 사실을 알고 멍해진 건 누구보다도 나야." 그는 슬픔에 찬 채 담담하게 말을 이어갔다. "아마도 나는 내가 오그라드는 남자가 된 것에 괴로워하느라, 나 말고도 오그라드는 아이들이 있다는 걸 잊어버린 듯해. *하지만 어째서일까*, 나는 나 이후로도 인류 가운데서 계속해서 오그라드는 남자가 나타날 거라고 믿어왔는데, 한편으론 저 아이들에 대해 잊고 있었다니…… *어째서일까*……."

오그라드는 남자는 그렇게 말하더니 큰 한숨을 쉬고 부어올라 보라색 광택까지 나는 감은 눈꺼풀 사이로 하얀 눈물을 흘렸다. 그리고 고요한 장내를 향해 더욱더 눈물 섞인 목소리로,

"*하지만 나는 오그라드는 남자로서 유죄야. 오그라드는 남자로서 처형해줘*" 하고 호소했다.

형세는 역전되기 시작했다. 한탄하며 기도하는 듯한 오

그라드는 남자의 목소리에 빠져들지는 않았어도 둔한 성격 나름으로 감명을 받은 듯한 전 자위대원이 침묵하는 청년들 뒤에서 물었다.

"당신이 촬영한 오그라드는 아이들의 오그라드는 병이 전염되는 거 아냐? 사진을 찍으러 가서 감염된 거 아니냐고?"

"전염병일 리 없어!" 닥터가 초조한 듯 큰 소리를 냈다. "당신은 무슨 말을 하는 거야? 그런 애매모호한 소리를 하는 놈들이 차별을 만드는 거라고, 돌대가리!"

"뭐, 뭐? 차별?" 더 둔하게 미심쩍은 기분을 드러내며 전 자위대원은 되물었고, 닥터는 무시했다.

청년들은 전 자위대원에게 냉담했지만 비웃음이 터져 나오지는 않았다. 그들은 반신반의하면서, 단상에 망연히 서 있는 오그라드는 남자에게 눈길을 빼앗긴 채 할 말을 잃은 상태였다. 하지만 홍당무가 다시 결심한 듯 고발을 재개하자 기묘한 침체가 깨졌다.

"오그라드는 남자는 처음부터 유죄라며 처형해달라고 했어. 원래 오그라드는 남자는 무엇보다 자살하고 싶어 했던 사람 아닐까?" 홍당무는 그가 다마키치와 함께 왜 검사석에 앉아 있는지를 처음으로 납득시키는 기세로 말했다. "오그라드는 남자는 자살 도구로 우리를 사용하고 싶은 게 아닐까? 오그라드는 남자는 변태니까 말야. 그것도 복잡한 도착증이 있어서 젊은 남자에게 처형되기를, 그런 형식으로 자살하는 걸 열망하고 있는 게 아닐까? 오그라드는 남자를 처형한 사람은 영원히 오그라드는 남자에게 매이는 거니까 말이지. 그 결과 경찰에게 살인으로 잡히든 잡히지 않든……."

홍당무는 일단 그렇게 말을 끝맺고는 눈에서 관자놀이까지 충혈로 부풀어 오른 것처럼 보일 만큼 새빨개졌다. 그러고는 기침을 했는데 기침할 때마다 붉은색으로 물든 침이 날아오는 것처럼 느껴졌다. 홍당무는 침착하게 고발을 이어갔다.

"오그라드는 남자는 젊은 남자에게 죽임당하는 형태의 자살을 꿈꾸는 성도착자 아닐까? 오그라드는 남자는 나한테 비역질을 해달라고 부탁했었어. 그래서 내가 해주었더니, *용서해줘, 용서해줘*라고 말하며 정말로 울면서 사정射精을 했다고. 그랬잖아? 그거랑 지금 당신이 계속 말하는, *나는 유죄이다, 나를 처형해줘* 하는 말은 결국은 같은 말 아니야?"

그 이상 새빨개질 수 없을 정도로 새빨개진 홍당무가 마침내 입을 다물자 청년들은 아무 말도 하지 않았지만 그 침묵은 이상한 열기로 가득했다. 다마키치는 홍당무의 말을 마치 자신이 이끌어낸 검사 측 증언이라 생각하는 듯 삼각형으로 일그러져 반짝반짝 빛나는 흉포하리만큼 거만한 눈으로 오그라드는 남자를, 다카키를, 또한 이사나를 응시한 후 청년들을 둘러보았다.

"**어때?**" 그는 이상한 흥분을 그대로 드러내며 외쳤다. "오그라드는 남자에게 비역질을 했던 녀석들은 더 있겠지? 자, 오그라드는 남자한테 변태적인 관계를 제안받은 사람은 손 들어봐! **어때?**"

동그랗게 부어오른 머리와 짧은 목을 어깨 위로 구겨 넣은 오그라드는 남자가 눈을 애써 크게 뜨며 장내를 훑어보았다. 그러자 오그라드는 남자의 불쌍한 동작에 오히려 보복하듯 보이와 청년 둘이 손을 들었다.

"뭐야, 뭐야! 보이도야? 너희도? 더럽군!" 다마키치는 기뻐서 내는 소린가 싶은 목소리로 말했다. "자! 보이도 너희도 위로 올라와, 너희에게는 오그라드는 남자를 직접 심문할 권리가 있어!"

들고 있던 라이플총에 조용히 시선을 떨구며 보이가 먼저 다마키치 옆으로 올라왔다. 다마키치는 다른 두 청년에게 강요하는 듯한 시선을 보내면서, 그들이 서로 눈을 피하면서도 서로의 움직임에 맞추어 단상으로 올 때까지, 그대로 기다리고 있었다. 이어서 다마키치는 청년들의 시선을 오그라드는 남자와 자신 쪽으로 끌기 위해 큰 몸짓을 했다.

"오그라드는 남자, 꼬맹 씨, 응? 당신은 우리 사진을 찍어 주간지에 팔고 젊은 남자에게 비역질을 시키려는 두 가지 목적을 가지고 자유항해단에 잠입했어. 그리고 목적을 달성했어. 처음부터 계획된 것이겠지. 근육이 오그라드는 아이를 촬영하고 그다음에 자기를 몸이 오그라드는 인간으로 꾸며서 잠입했으니까, 계획적인 행동이라는 건 다 알 수 있는 얘기야. 그런데 비역질 쪽은 어때? 그것도 남색 사진을 찍은 뒤 자신도 게이가 되려고 계획한 결과 그렇게 된 거야?"

오그라드는 남자는 부은 데다가 울혈이 생긴 얼굴이 땀투성이가 된 채 고개를 숙이고 듣고 있었다. 그는 자신에 대한 조롱의 말로 술렁술렁 흥분하는 청년들이 폭발하기를 유도하려는 듯이 가만히 있다 또다시 입을 열었다.

"비역질을 당했다는 말로 자네가 경멸을 드러내는 거라면 그건 이상하지 않아? 다마키치, 자네는 지금 이 세상에 권위를 가지고 있는 모든 걸 부정하려는 거지? 그렇다면 미풍양속에 의존해 동성애를 위압적으로 부정하는 것은 이상하지 않아? 아니면 동성애는 자네에게 무서운 힘인가?"

반사적으로 다마키치는 오그라드는 남자의 뺨을 갈겼다. 하지만 비틀거리면서도 쓰러지지 않고 반듯하게 등을 펴는 오그라드는 남자에게서 다마키치에 대한 두려움은 찾아볼 수 없었다. 홍당무가 공격을 계속했다.

"오그라드는 남자는 동성애를 소수자의 저항이라고 말하며 자신도 이 세계의 권위나 힘 있는 사람을 부정하기 위해 그런 짓을 한 것처럼 암시하는데 말야. 그건 정말이야? 사실이야?" 하고 정색하며 물었던 것이다. "나한테 당신은 심하게 스스로를 낮추며 비참하게랄까 뭐랄까, 간절히 원했잖아? 자신이 오그라드는 남자라는 사실로 동정을 이끌어내려고까지 하지 않았냐고?" 홍당무는 이번에는 혐오감으로 얼굴을 붉혔다. "적어도 나를 향해서는, 자, 같이 이 세계의 권위, 힘 있는 자를 부정하자 하고 말하지 않았어. 사정할 때는 *용서해줘, 용서해줘* 하고 울면서 말했잖아? 너무 괴로워하는 것 같아 보여 내가 그만두려고 했을 때 당신이 사정을 해서 정액이 눈에 튀어 들어왔어. *용서해줘, 용서해줘* 하고 말하며 당신은 현실의 권위와 힘을 부정한 거야?"

다마키치도 그 기세에 편승하여,

"오그라드는 남자, 꼬맹 씨" 하고 조롱하기 시작했다. "다른 셋한테는 변태의 권리에 대한 일장 연설로 비역질을 하게 만든 거야?"

"*하지만.*" 오그라드는 남자가 불요불굴의 기력을 드러내며 말했다. "내가 자네들에게 강제했나? 간절히 원했냐 하면 간절히 원했지! *하지만 그것도 자네들의 심리적인 저항을 누그러뜨리는 데 도움이 되지 않았어?* 어이, 보이, 자네는 내 몸이 완전히 오그라들어 죽는 날은 언제쯤이 될지 알고 싶어 했지? *그리고 그날엔 같이 자줘*, 하는 말을 스스로 꺼내기까지 했잖아?"

오그라드는 남자는 그렇게 말했을 뿐만 아니라, 실눈을 뜨고 몸을 젖혀 보이를 찾는 듯했기에 보이 당사자로서는 오그라드는 남자의 말을 묵살할 수 없었다. 그 기묘한 눈길에 끌리는 모습으로 보이는 조금씩 다가가더니,

"뻔뻔스럽기는!" 하고 신음하며 오그라드는 남자를 후려쳤다.

오그라드는 남자는 등 뒤의 널빤지에 머리를 찧은 후 꾸물꾸물 몸을 웅크렸고, 입술에 난 상처에서 가슴으로 흐르지 않고 바닥에 직접 떨어질 정도로 피를 많이 흘리며 자력으로 일어나려 몸부림쳤다. 그의 이마를 보이가 차려고 하자 다마키치마저 수치와 분노로 눈까지 충혈된 이 소년을 말릴 정도였다. 결국 다마키치가 과도하게 부드러움을 꾸

며내며 말했다.

"기다려, 보이, 나중에 천천히 때릴 수 있게 해줄 테니까. 심문의 수단으로서 때릴 수 있게 해줄게! 너희 둘도 때리는 역할을 분담해줘. 오그라드는 남자, 꼬맹 씨, 구체적으로 죄상을 인정하고 자아비판해. 간단해, 뭐라 말해야 하는지 우리가 때리면서 가르쳐줄게. 아니면 스스로 *용서해줘, 용서해줘* 하면서 울겠어?"

오그라드는 남자는 양다리에 힘을 균형 있게 싣지 못하는 듯 무릎을 흔들거리면서도 다마키치가 뻗은 손을 거절하며 혼자 일어섰다. 자신이 건넨 말과 손이 무시당하자 다마키치는 코 주위에 검은 잔물결 같은 주름이 잡힌 얼굴로 홀로 옯게 웃었다. 그러더니,

"내가 자아비판을 요구한 다음 꼬맹 씨가 대답하지 않으면 기절하지 않을 정도로 때려" 하고 보이와 두 청년에게 말하며 이미 검붉게 물든 자신의 손바닥으로 먼저 오그라드는 남자의 두 눈을 쳤다. "나는 꼬맹 씨가 대답할 때까지 적어도 백 번, 자아비판을 계속 요구할 테니까. 너희들이 서른세 번씩 때려. 백 번째 그 한 대는 홍당무가 때려. …… 오그라드는 남자! 꼬맹 씨! 자아비판해. 나는 주간지에 사진을 팔아 돈을 벌 목적과 젊은 남자들에게 비역질을 시킬

목적으로 자유항해단에 잠입했습니다, 나는 그런 인간입니다.”

“*나는 유죄라고 인정하고 있어*, 그러나 네가 상스럽게 상상하는 것 같은 죄를 지은 건 아니야, *너는 상놈이야, 너야말로 자아비판해!*”

그렇게 대꾸한 오그라드는 남자는 때리는 역할을 맡은 청년들이 손을 쓰기 전에 다마키치에게 코를 맞았다.

“오그라드는 남자! 꼬맹 씨! 자아비판해. 나는 주간지에 사진을 팔아 돈을 벌 목적과 젊은 남자한테 비역질을 시킬 목적으로 자유항해단에 잠입했습니다, 나는 그런 인간입니다.”

오그라드는 남자는 반복되는 그 말을 자신이 모두 무시하고 있다는 걸 과시하기 위해 지금은 완전히 눈이 감기고 코피가 떨어지고 있는 얼굴을 똑바로 들었다. 그 뺨을 보이가 철썩 소리가 나도록 갈겼다. 그 음질은 때리는 손의 강도보다는 맞는 피부의 상태에 의해 결정되었으리라.

“오그라드는 남자! 꼬맹 씨! 자아비판해. 나는 주간지에 사진을 팔아 돈을 벌 목적과 젊은 남자한테 비역질을 시킬 목적으로 자유항해단에 잠입했습니다, 나는 그런 인간입니다.”

다른 청년이 오그라드는 남자를 때렸고 눈이 감긴 채 두드려 맞은 그는 수갑 찬 팔을 가슴 앞에서 느릿느릿 위아래로 움직이며 균형을 잡아 넘어지지 않으려고 했다. 그는 고통으로 신음하지 않으려고 입술의 검은 딱지와 새로 생긴 상처를 깨물었다.

"오그라드는 남자! 꼬맹 씨! 자아비판해. 나는 주간지에 사진을 팔아 돈을 벌 목적과 젊은 남자한테 비역질을 시킬 목적으로……."

이사나는 입안에서 차가운 기름 냄새를 느끼며 두 시간 전에 먹은 잡탕 국물을 역겹게 떠올렸다. 더구나 그 기름 냄새 주위에 들러붙어 있는 지긋지긋한 기분과 피로, 막연한 혐오감은 그 혼자만의 것이 아니었다. 그것은 심문을 계속하는 다마키치를 비롯해, 그의 옆에서 번갈아 한 걸음 앞으로 나가며 오그라드는 남자를 때리는 보이와 두 청년, 또 장내의 모든 청년의 공통적인 감각이었다. 이사나는 다카키를 곁눈으로 살폈다. 자료 봉투 앞면을 가득 메운 빨간 색연필의 흔적에 더욱 복잡한 모양을 더하는 다카키의 땀으로 얼룩진 얼굴에도 혐오감이 역력히 떠올라 있었다. 그가 장내의 정체된 분위기의 극점에서 *이제 그만두자, 나는 싫증났어* 하고 말하면, 오그라드는 남자의 재판은 흐지부지되고 말 것임에 틀림없다는 생각이 이사나를 붙들었다. 그리고 실제 그 순간에 다카키가 자신을 쳐다보는 이사나를 힐

끗 바라보고 나서 입을 열었다. 그는 혐오감을 조금도 밖으로 드러내지 않으며 실행가다운 말투로,

"오그라드는 남자는 지금까지 몸이 오그라들어왔다고 주장했는데, 그게 사실인지 아닌지 알아봐야 하지 않겠어?" 하고 제안했다. "오그라드는 남자의 육체 그 자체에게도 스스로를 변호하도록 해야 공정한 법정이 되겠지? 어쨌거나 그럼 오그라든 육체를 한번 다 같이 볼까?"

"맞아." 다마키치도 민감하게 반응했다. "몸 전체가 오그라들어서 손과 발, 몸의 말초가 발달되었다고 하니까 말야. 무수한 여자들을 끌어당겼다는 페니스도 봐야지 않겠어? 비역질만 시킨 게 아니라, 여자랑도 할 수 있었는지 확인하지 않으면 불공평하지. 누구보다도 오그라드는 남자 자신에게!"

곧바로 장내에 활기가 폭발적으로 되살아났다. 구타당하고 그걸 견디다 기진맥진해서 시드는 줄기처럼 의식의 끝을 붙들며 단지 쓰러지지 않으려고 애쓸 뿐이었던 오그라드는 남자까지 생기를 띠었다. 보이가 오그라드는 남자의 옷을 벗기기 시작하자, 그는 협력하고 싶어 하는 것처럼 보였다. 그러나 수갑이 양팔을 붙들고 있었기 때문에 순조로이 옷을 벗길 수가 없었다. 초조해하며 허둥대는 보이에게,

"칼로 셔츠를 자르면 안 돼?" 하고 말하며 다마키치가 적극적으로 나섰다.

다마키치는 등산 나이프로 땀과 피로 살갗에 달라붙은 셔츠를 마치 화상 치료를 하려는 의사처럼 잘라내기 시작했다. 다카키는 다시 자료 봉투에 눈을 내리깔고 자기가 그리고 있던 모양을 찬찬히 바라보았다. 처음에 기하학적 도형을 모아놓은 듯했던 모양은 지금은 방대한 잎사귀 덤불을 받치고 있는 울퉁불퉁한 나무줄기를 물결치는 선으로 집요하게 새겨 넣은 것처럼 보였다. 아무래도 고래나무의 형태를 새겨 넣은 것처럼…….

"이 재판의 연출은 다카키가 하고 있구나." 이사나가 속삭였다. "주연은 다마키치라 해도."

다카키는 새의 눈처럼 딱딱하고 무표정한 눈길을 이사나에게 한 번 보냈다. 그리고 다시 자료 봉투를 향해 고개를 숙이고 엷은 입술에 어떤 움직임도 나타내지 않으며 이렇게 말했다.

"연출하고 있는 건 오그라드는 남자가 아닐까? 나는 귀찮은 일에 말려들었을 뿐, 가능하면 이런 일에는 끼고 싶지 않았어. 봐 봐(다카키는 우울하게 말했는데 그의 시선은 피로 더럽혀진 바닥에 떨어져 있는 오그라드는 남자의 셔츠, 바지, 속옷을 가리켰다. 그는 벌거벗겨진 오그라드는 남자를 향해서는 결코 눈을 들려고 하지 않았다), 주연도 오그라드는 남자야. 저 작자는 점점 주연답게 열연할 거야……."

오그라드는 남자는 몸을 앞으로 약간 숙인 채 서 있었다. 청년들의 활기찬 웅성거림은 그 발가벗은 육체를 향해 수렴하다 점점 침묵으로 굳어졌다. 오그라드는 남자의 육체라는 렌즈에 강하게 이끌리는 것처럼. 오그라드는 남자는 등을 구부리고 어깨를 떨어뜨리고 복부를 내밀고 지금은 그 위에 수갑을 얹고 있다. 그의 근육은 검푸르게 얼룩덜룩한 피부 안쪽으로 숨어들고 싶어 하는 듯했다. 더구나 오그라드는 남자의 어깨는 골격 밖으로 툭 튀어나와 있어 마치 근육으로 된 틀을 얹고 있는 것 같은 모습이었다. 또한 옆구리 근육은 거대한 양손이 오그라드는 남자의 양쪽 겨드랑이를 뒤에서 움켜쥐고 있는 것처럼 보였다. 무엇보다 그 근육에는 단적으로 반감을 불러일으키는 구석이 있었다. 건장하게 발달된 근육이 신진대사의 근원에서 떨어져 어떻게든 자기 보전을 위해 구석구석의 성장을 늦추어 동면하는 것처럼 보이는 것이다. 복부는 불룩하게 나와 근육으로 조이는 온몸 가운데 그 부분만 제멋대로 부풀어 있었다.

그 모습을 바라보는 동안 이사나는 자신의 무의식에 가

까운 부분이 이 법정을 둘러싼 나무의 혼을 향해, *이것은 정말로 근육의 압박으로 몸 골격이 오그라들고, 동시에 근육도 죽기 시작한 몸이군, 실제로 불쌍한 내장이 압력을 견디지 못하고 튀어나오려고 하잖아?* 하고 보고하는 걸 들었다. 그의 의식이 눈에 보이는 것에 대항하기 전에 무의식이 나무의 혼에게 기대어 오그라드는 남자의 자기주장을 다시 믿으며, *이것은 완전히 오그라드는 남자야, 오그라들면서 이제는 수축의 한계에 달한 인간이야*라고 확정하고 싶은 듯…….

다마키치가 일부러 보이를 향해서,

"오그라드는 남자의 페니스는 어때?" 하고 물었다. "몸이 오그라드는 반동으로 실제로 크게 튀어나와 있어?"

보이는 날뛰는 고양감에 목이 화끈거림을 느끼며 띄엄띄엄 대답했다.

"맞아, 그래……. 하지만 지금 이 작자의 페니스는…… 오그라들었어……. 완전히 오그라드는 남자야……. 그래서 잘 모르겠어……."

"그렇다면 오그라드는 남자! 꼬맹 씨! 세워봐, 누가 비역질을 해주는 상황을 상상하며 한번 세워봐."

그는 용암 자갈에 긁히고 더럽혀진 구두코를 오그라드는

남자의 사타구니에 비집어 넣으려고 했다. 오그라드는 남자는 움찔하고 허리를 숙이며 다마키치를 향해서 위협하듯 턱을 들었는데 부풀어 오른 눈꺼풀과 입술은 굳게 닫혀 있었다.

"이걸로 찔러보면 어때? 다마키치." 보이가 필사적으로 웃음을 참기 위해 오히려 히스테릭하게 행동하며 벨트에서 끝을 둥글게 깎은 나무 막대기를 빼냈다. 개인용 무기를 만들려고 나이프로 세공했는지, 손잡이 부분에는 물고기 모양마저 새겨져 있는 막대기를.

"보이는 이 재판의 기념품을 만들고 싶은 거지? 꿈속에서 아무것도 하지 않은 것 똑같아진다며 다시 울지 않아도 되도록!" 막대기를 받으면서 다마키치는 친위대원을 위로하는 투로 놀렸다.

보이는 그에게 웃음으로 응했고, 다른 청년들도 모두 웃었다. 다마키치는 짙은 털에 싸인 오그라드는 남자의 사타구니를 둥글게 깎은 막대기 손잡이로 찔러보았는데, 오그라드는 남자가 허리를 빼고 저항했기 때문에 막대기가 페니스에 닿았다고는 해도 잠깐이었다. 그 동작이 오그라드는 남자의 경계심을 몸 앞부분에 집중시키려는 의도라는 건 지켜보는 사람이라면 금방 알 수 있었다. 다마키치가 그처럼 음험한 일을 하면서 슬그머니 오그라드는 남자의 뒤로 돌아갔으니까. 이윽고 등 뒤에 선 다마키치가 몸을 낮추고 오그라드는 남자의 엉덩이를 무릎으로 가볍게 밀었다. 허를 찔린 오그라드는 남자는 맥없이 두세 걸음 비틀거리다 멈췄다. 그 순간 다마키치는 낮게 웅크리고 있던 허리를 순식간에 일으켜 굉장한 기세로 오그라드는 남자의 엉덩이 사이에 두 손으로 꽉 쥔 막대기를 쑤셔 넣었다. 윽 하는 비명과 함께 오그라드는 남자가 앞쪽으로 머리부터 쓰러지자 불결한 것이 덮치기라도 한 듯 청년들이 폴짝폴짝 뛰며 뒤로 물러섰다. 오그라드는 남자의 알몸은 크게 구르며 판자 바닥 위로 떨어졌다. 그러고는 계속 윽윽 하는 소리를 내며 어깨 뒤쪽과 허벅지 옆으로 몸의 무게를 지탱하고 새우 등처럼 들어 올린 허리를 떨었다. 오그라드는 남자가 들어 올린 허리를 축으로 윽윽 하고 부르짖으며 빙글빙글 돌기 시작했을 때 그의 엉덩이 사이에 부러진 막대기는 꽂힌 그대로였고, 그 끝이 바닥에 닿는 순간에 전달되는 고통 때문에 그가 엉덩이를 든 채 돌고 있고 그사이에도 부러진 막대기 끝에서 피가 떨어지고 있다는 사실을 모두가 알 수 있었다. 게다가 이제는 반대로 몸을 위로 젖힌 오그라드는 남자가 힘을 주고 있는 아랫배 안쪽에서 무언가 뼈의 돌기 같은 것이 움직이고 있었다. 윽윽 하고 오그라드는 남자가 발뒤꿈치로 바닥을 차면서 소리 지를 때마다 피부 안쪽에서 점점 뚜렷이 형태를 드러낸 기이한 모양의 효자손이 배꼽 옆을 안쪽에서 긁고 있었다. 체강에 박힌, 더구나 부러진 막대기가 쥐어짜는 근육의 압력으로부터 자유로워지려는 듯 배의 살갗을 뚫고 나오려고 했다…….

닥터가 청년들 사이에서 뛰쳐나와 오그라드는 남자의 경련을 막으려 했다. 항문에 나와 있는 막대기가 홈통인 양 그것을 따라 간헐적으로 분출하는 피 속에 무릎을 꿇고, 또 직접 그 피를 뒤집어써가며 닥터 혼자 혼신의 노력을 기울이고 있었다. 청년들은 누구 하나 꼼짝하지 않아 이사나가 닥터를 도울 수밖에 없었다. 그렇지만 이사나에게도 피 흘리는 그의 하반신과 얼굴을 마주할 힘은 없었다. 그는 계속 움직이는 오그라드는 남자의 어깨를 따라다니며 잡으려 할 뿐이었다. 닥터가 스핀 운동하는 오그라드는 남자의 발작적인 탄력에 계속 튕겨 나가던 끝에, 기민하게 움직여 마침내 오그라드는 남자의 허리를 안았다. 이사나도 오그라드는 남자의 머리에 자기 양 무릎을 대고 작게 떨리는 어깨를 팔로 받쳤다. 윽윽 하는 소리를 지르면서 오그라드는 남자는 무엇보다 놀라서 당황한 얼굴을 쳐들었다가, 바로 다시 관자놀이를 강하게 박을 것 같은 기세로 얼굴을 떨구었다.

닥터는 몸의 무게를 오그라드는 남자의 허리에 두고 서서히 그의 몸 위로 엎드렸다. 그러는 동안에도 모로 누운 오그라드는 남자가 어느 쪽으로든 넘어가서 체강에 박혀 있는 막대기가 바닥에 닿는 일이 없도록 왼팔로 그를 보호했고 오른팔은 오그라드는 남자의 바짝 긴장한 엉덩이 사이에서 피로 검게 젖은 막대기를 용감하게 빼내려 했다. 그리고 그 손이 10센티미터 정도 항문 밖으로 나와 있는 막대기를 잡았다고 생각한 순간, 오그라드는 남자는 새로이 비명을 지르며 허리를 떨었고 닥터의 손은 곧바로 튕겨 나갔다. 피로 더럽혀진 손을 맥없이 펴고 공중으로 치켜든 채 이사나를 뒤돌아본 닥터의 얼굴은 겁먹은 새끼 바다표범 같았다…….

"안 되겠어, 안 되겠어. 나는 아무것도 못 하겠어." 닥터가 칭얼대듯이 호소했다. "이런 엄청난 일엔 나로선 아무것도 할 수 없어."

"하지만 네가 그렇게 몸을 누르고 있는 동안 출혈은 멈췄잖아." 이사나가 그를 격려했다.

"그래도 이게 몸 안에서 어떻게 됐을지 모르니까 두려워……. 구급차를 부르고 전문의를 붙여 큰 병원으로 옮길 수밖에 없어."

그때까지 윽윽 하고 비명과 신음밖에는 내지 않던 짐승 같았던 오그라드는 남자가 닥터의 말에 확실히 반응을 보였다. 그는 떨어뜨리고 있던 머리를 쳐들고 노를 젓듯 턱을 움직여 닥터를 돌아다보려 했다. 하지만 오그라드는 남자가 낼 수 있는 소리는 얼마간의 신음뿐이었고 어떻게든 옆으로 돌리려고 했던 머리는 곧 이사나의 무릎을 벗어나 쿵 하고 바닥에 떨어졌다. 그러나 여전히 유죄를 주장하고 처형을 바라고 있으며, 자유항해단 밖에서 자신의 생명을 구할 가능성은 거절하겠다는 그의 의사는 그를 둘러싸고 있는 청년 모두에게 전해졌다. 오그라드는 남자가 쓰러진 이후에도 재판 중 앉아 있던 장소에서 혼자 꼼짝 않고 있는 다카키에게 그들이 일제히 시선을 보냈다. 다카키의 창백해진 얇은 피부에는 굵은 땀방울이 맺혀 있었고 그는 아무런 표정 없이 청년들을 마주 보았다. 어두운 안구 속 작고 검은 점에서는 아무런 의미도 읽히지 않았다.

"다카키! 안 되겠어, 안 되겠어. 이대로 두면 이 사람은 죽어. 나는 아무것도 못하겠어" 하고 닥터가 눈물 섞인 목소리로 호소했다.

"차에 태워서 아타미에 있는 병원에 버리고 올까?" 청년

중 하나가 외치듯이 말했다.

"안 돼, 우리 차로 흔들리면서 가면 100미터만 가도 죽어." 닥터는 초조해하며 소리쳤다. "그리고 그런 건 안 된다니까……. 오그라드는 남자는 밖에서 치료받는 걸 수용하지 않아……. 안 돼……."

닥터의 목소리는 이미 단념한 자의 탄식처럼 들렸다. 다카키가 그 목소리에 처음으로 반응하며 잠깐 동안 닥터를 쳐다보았다. 그는 얼어붙은 듯 무표정한 얼굴이었는데, 갑자기 일어서서는 큰 걸음으로 바닥에 쓰러져 있는 오그라드는 남자 옆으로 와서 물끄러미 내려다보았다. 그러더니 곧바로 밖을 향해 걸어가며,

"이사나랑 누가 좀 교대해! 그리고 당신은 나랑 같이 가지" 하고 명령하는 자의 권위를 실어 말했다.

청년 두 명이 주뼛주뼛 오그라드는 남자의 양 옆구리를 붙들자, 이사나는 그의 몸으로부터 떨어져 자유로워졌다. 이사나의 무릎은 피뿐만 아니라 토사물로도 더럽혀져 있었는데, 털어낼 여유는 없었다. 그대로 이사나는 공터 서쪽으로, 화산탄 벽과 바다를 등지고 있는 느티나무 쪽으로 걸어가는 다카키를 바싹 뒤따랐다. 하지만 입술을 긴장시키고 구슬처럼 빛나는 눈으로 땅을 바라보며 황새걸음으로 걷는

다카키는 그를 향해 한마디도 하지 않았다. 둘은 어깨를 나란히 하고 태양의 잔열을 내뿜는 돌벽 아래까지 걸어갔다가 왔던 길을 향해 방향을 바꿨다. 그때 처음으로 다카키는 격렬한 기세로 이사나의 눈을 슬쩍 한 번 보았는데, 계속 입을 다문 채 점점 더 큰 보폭으로 걸어 식당 건물로 돌아갔다. 그리고 다카키는 숨을 헐떡거리며 큰 소리로,

"오그라드는 남자가 주장하듯이 그는 유죄다. 처형한다" 하고 선언했다. "이의를 제기할 사람 있나?"

청년들은 침묵했고 누구 하나 의사를 표현하지 않았다.

"좋아!" 하고 다카키는 말했다. "오그라드는 남자는 유죄다, 처형하자. ……지금까지는 오그라드는 남자가 중상을 입은 것도 사고에 의해서였다. 누구한테도 직접적인 책임은 없다. 그건 지금까지는 모두 자유롭다는 뜻이겠지? 우연히 사고를 맞닥뜨렸을 뿐이니까. 하지만 이제 처형에 참가하면 아무도 책임을 벗어날 수 없어. 오그라드는 남자의 죽음은 처형 참가자 모두의 머리 위로 덮어씌워질 거야. 그러니까, 지금 마음을 돌이킬 자가 있다면 존중해야 한다고 생각해. 오그라드는 남자의 처형에 참가하고 싶지 않은 자는 자유롭게 나가도 돼. 내 처형 계획은 오그라드는 남자를 공터 돌벽 앞에 눕히고 모두가 한 개씩 돌을 던지는 거야. (내

가 어린 시절 열병에 걸려 꾼 꿈 속의 방법으로, 라고 말하려나 이사나는 생각했다. 그건 다름 아닌 이사나 자신이 어린 시절에 막연하게 알고 있었던, 골짜기 마을 사람들이 사람을 죽이는 방법이기도 했다. 이사나는 자신이 지금 다카키의 고래나무의 실재를 전에 없이 강하게 믿고 있음을 인정했다.) 반성하는 자는 돌을 집어 드는 대신 맨손으로 여기에서 나가줘. 지금 단계에서는 자유니까. 하지만 오그라드는 남자의 처형이 끝난 다음에 자유항해단을 나가는 놈은 배신자야. 처형되는 오그라드는 남자가 밝힌 자유항해단에 대한 신념을 생각해보면 그건 당연하겠지? 오그라드는 남자는 승조원들을 결속시켜주기 위해 죽는 거니까. 알겠어? 그러면 적당한 돌멩이를 우리들 숫자만큼 모아서 공터 한가운데 쌓아줘. 망을 보고 있는 녀석도 돌아오라고 불러. 당신은 이나코를 데려와줘."

이사나는 청년들의 대열 속에서 머리 하나는 더 큰 커다란 몸집의 전 자위대원이 멍한 표정으로 창백해진 채 그를 의아하게 바라보는 시선을 느꼈다. 하지만 이사나는 지금 그 누구도 아닌 바로 자신이 이 상황 전체를 이나코에게 전달해야만 한다고 느꼈다. 전 자위대원의 경박한 데다 다른 청년들과 조화되지 못하는 태도는 그 보이는 모습만으로도 과연 이나코에게 확실한 정보를 전할 수 있을까 의심스러웠다. 그는 전 자위대원의 시선을 떨쳐버리고 공터로 뛰어나가 판자로 둘러싼 계단을 두 단씩 뛰어올라 갔다.

"진이 겨우 잠들었는데." 이나코는 진 곁에 같이 누운 채로 머리를 들고는 큰 소리를 내며 판자 베란다로 올라선 이사나를 꾸짖었다. "발진이 얼굴까지 나타나기 시작해 기분이 찌무룩한가 봐……."

"얼굴에 발진이?" 그때까지 진을 의식에서 제쳐두고 있었다는 사실에 퍼뜩 생각이 미쳐, 이사나는 꿈꾸듯 말했다.

"오그라드는 남자의 재판은 끝났어?"

"끝났는데 도중에 사고가 있어서…… 큰일이 벌어졌지……."

"꼬맹 씨가 자살했어?" 하고 바로 이나코가 말했다. "몸이 오그라드는 것이 늘 고통스럽다고 꼬맹 씨는 자살할 기회를 쭉 찾고 있었어."

"……아직 죽지는 않았어. 사고로 복막과 내장에 상처를 입은 것 같아. 닥터는 힘에 부친다고 하고 오그라드는 남자는 병원으로 옮기는 걸 받아들이지 않는 상황이야. 이대로라면 고통스러워하며 죽을 게 분명해. 그래서 다카키가 오그라드는 남자의 주장대로 처형하자고 제안했고 아무도 반대하지 않았어."

"역시 꼬맹 씨는 자살하려고 하는구나. 다카키는 그걸 도우려고 하는 거야."

이나코의 부드러우면서도 확신에 찬 목소리에 이사나는 놀랐다. 그러나 조심스럽게 진에게서 몸을 떼어내고 일어선 이나코는 불타는 듯한 갈색 홍채의 눈을 공포에 질려 크게 뜬 채 깜빡거리지도 않고 눈물을 줄줄 흘리고 있었다.

"다카키가 망보는 사람도 너도 불러오라고 했어. 처형에 참가시키려고. 혹은 마음을 돌이켜 여기에서 떠나가게 하기 위해서. 그렇지만 너는 그냥 여기 진 옆에 남아 있어도 괜찮지 않을까?"

"나는 갈게. 군인도 봐야 하니까. 진은 막 잠들었고." 그녀 자신도 잠이 든 게 아닌가 싶을 만큼 온화한 말투로 말하더니, 이나코는 고개를 도리질하며 눈물을 양쪽 겨드랑이에 닦았다. 기름때가 묻어 더러워진 콧방울을 따라 흘러내리던 눈물은 입술가를 지나 혀끝을 스쳤고 그 짠맛을 인식하자 더 많은 눈물이 솟구치는 것 같았다.

"그럼 그렇게 할 수밖에 없겠군." 이사나가 말했다.

바닷바람이 무겁고 습하게, 그리고 거칠게 불어오기 시작했다. 이나코의 옷은 바람에 펄럭이며 피부를 쳤고 불안정한 발걸음으로 허둥대는 그녀의 모습은 더욱 위태로워 보였다. 이사나는 그녀의 등 뒤에서 그 걸음걸이를 주시하고 있자니 현기증이 날 것 같았다. 그는 눈을 내리깔고 이나코의 옷자락이 몸을 치는 소리가 온몸을 휘감는 듯 느끼며 잔걸음으로 계단을 내려갔다.

공터에는 이미 처형 준비가 되어 있었다. 해는 조금 서쪽으로 기울었고, 새까만 땅 위, 불그스름한 안개가 낀 것처럼 보이는 돌벽 아래에는 이불 한 채가 깔려 있고 그 위에 닥터와 이사나가 이리저리 날뛰는 몸을 붙잡았던 모습 그대로 오그라드는 남자가 혼자 누워 있었다. 그리고 그를 중심으로 거의 3미터 반경의 원을 이루며 청년들이 돌을 손에 쥐고 기다리고 있었다. 다카키와 닥터는 청년들의 대열 밖에 서 있었다. 그들은 이나코와 이사나가 계단을 내려오는 걸 돌벽과 똑같이 불그스름한 안개가 낀 것 같은 얼굴로 올려다보았다. 그러나 공터로 내려선 이나코는 다카키 쪽에는 눈길도 주지 않고 청년들의 원진과 돌벽 사이를 비집고 곧바로 오그라드는 남자에게 달려갔다. 하반신은 물론이고 배에서 어깻죽지까지 타르 같은 피로 범벅이 된 알몸을 두려워하지 않고, 이불에 관자놀이를 누르고 있는 오그라드는 남자의 머리 바로 앞에 쪼그려 앉아, 이나코는 그를 가만히 내려다보았다. 오그라드는 남자는 의식이 있는지 없는지 알 수 없었고, 이제는 신음조차 하지 않았다. 한쪽 눈은 눌린 이불에 가려져 다른 쪽 눈만이 부은 눈꺼풀 사이로 이불과 지면의 경계를 응시하고 있었다. 온통 부어오르고 까매진 얼굴은 고통보다도 비웃음으로 일그러져 있었다. 그 입술에서는 퐁퐁 거품을 내뿜는 상태였다.

"꼬맹 씨, 꼬맹 씨." 이나코가 주저 않고 속삭였지만 반응은 없었다. 이어서 비명처럼 크고 높은 목소리로 "꼬맹 씨 이제 죽기로 한 거야?" 하고 외쳤는데 그래도 계속 오그라드는 남자는 퐁퐁 거품을 내뿜으며 입술을 움직이고 있을 뿐이었다.

이나코가 뒤돌아보자 불타오르는 듯한 눈이 넘쳐흐르는 눈물로 검붉게 그늘이 졌다.

"닥터, 무슨 주사를 놓은 거야?" 하고 항의하자 닥터는 고개를 숙였다.

그러나 이나코는 그 이상은 오그라드는 남자와 닥터에게 신경 쓰지 않았다. 그대로 일어서서, 둥글게 원을 이루고 기다리고 있는 청년들 가운데 발끈 흥분하고 근심 가득한 얼굴로 돌을 쥐고 우뚝 서 있는 전 자위대원을 향해 똑바로 걸어갔다.

"어째서 당신마저 처형에 참가하는 거야?" 하고 이나코가 말하자 기세에 눌린 전 자위대원이 부끄러운 듯이 돌을 버리고 청년들의 원진 뒤로 물러났다.

닥터 옆에 바싹 붙어 선 이사나에게 다카키는 무언가 묻는 듯한 눈길을 보냈다. 이사나는 확실한 거부의 뜻을 나타내며 머리를 흔들었다. 그게 신호를 대신했다. 다카키가 전 자위대원이 버린 돌을 주워 그 위치에서 대수롭지 않다는 모션을 취하고는 돌발적으로 무서운 힘을 가해 던졌다. 오그라드는 남자는 옆구리에 돌을 맞았고 몸이 옆구리를 축으로 기역 자 모양으로 구부러졌다. 이어서 모든 청년이 일제히 돌을 던졌다. 오그라드는 남자의 몸은 모래주머니가 꿈틀거리는 듯 생기 없이 둔한 움직임을 보였다. 이어서 더 이상 움직이지 않고 전체적으로 더욱 오그라들어 보였다. 모든 청년이 이상한 흥분이 흐르는 침묵을 지키는 가운데 다카키가 바닥에서 살색 개머리판에 자위대 약호가 새겨진 자동소총을 집어 들고 바지 주머니에서 탄창을 꺼내 전 자위대원에게 건네며,

"장전해줘"라 말했다.

전 자위대원의 주저하는 얼굴을 이나코가 바로 옆에서 턱을 쳐들고 올려다보았다. 눈물이 계속 넘쳐흐르는 반짝

이는 눈은 격렬하게 말리는 절규를 발했다. 그러나 전 자위대원은 힘없이 이나코에게서 눈을 피하고 자동소총을 장전했다. 다카키 대신 다마키치가 총을 받아 들고 발사 장치를 반자동으로 바꾼 후 다카키에게 건넸다. 다카키는 오그라드는 남자에게 다가가 등 뒤의 시선을 몸으로 가리며 머리인지 가슴인지를 한 발 쏘았다. 총성은 원진을 꿰뚫었고 일순간의 열풍으로 바뀌어 돌벽에 바람이 일었다. 다카키는 몸을 떨면서 자동소총을 돌벽 아래에 내려놓고 침묵하는 청년들에게,

"매장할 거니까 네 명 나와! 나머지는 여길 뜰 준비를 해" 하고 명령했다.

흥분이 흐르는 침묵 속에서 바쁘게 움직이기 시작한 청년들 사이를 혼자 빠져나와 이사나는 폭풍의 조짐이 보이는 서쪽 하늘을 올려다보았다. 붉은색과 주황색이 어룽진 권층운 너머에 하얗게 태양이 비치고, 그 앞으로 커다란 느티나무가 시커멓게 그늘져 있었다. 그곳에서 조금 전 총성에 놀란 찌르레기 큰 무리가 공중에서 어지럽게 춤을 추었다. 내부의 뜨거운 피로 윙윙 울리는 귀에는 찌르레기 소리가 들리지 않았지만, 머리 깊숙한 곳으로 찌르레기 무리가 위험에 꽥꽥 지르는 소리, 혹은 다시 위험을 가져올지 모를

적을 위협하며 우짖는 꺼림직한 소리가 직접 전해져 소용돌이쳤다. 그의 눈은 찌르레기 큰 무리가 비상하는 모습을, 순간을 포착하는 카메라눈처럼 세부 구석구석까지 파악했다. 그 상태로 잠깐 동안은 안구 내부의 시간이 정지되어 새로운 영상을 받아들이지 못했고 잔상이 소멸되고 난 뒤에야 눈의 기능이 회복되어 찌르레기 큰 무리가 비상하는 순간을 다시 한번 포착했다. *고래나무 아래에서 처형이 이루어졌어*, 하고 느티나무의 혼을 향해 이사나가 기도하듯 외치자 곧바로 혼이 커다란 메아리로 화답했는데, 찌르레기 큰 무리가 우짖는 소리로 소용돌이치는 이사나의 머리로는 그 메아리의 의미를 이해할 수 없었다. 그래도 나무의 혼의 메아리 한가운데 그의 육체와 혼을 모두 내놓으면 메아리가 다시 판독 가능한 경험으로서 그의 의식의 스크린에 되살아나리라.

"저기, 당신은 몰랐나?" 어느새 그의 옆으로 다가와 심한 땀 냄새를 풍기는 다카키가 역시 날아올라 느티나무 거목을 뒤덮은 찌르레기에 눈길을 준 채 속삭였는데, 이사나는 그에게 대답하지 않고 눈의 조절 기능이 망가졌나 싶어, 전에 없이 전체와 세부 구석구석이 다 보이게 된 자신의 시각 그 자체에 집중하고 있었다.

"보고하러 온 녀석이 있어서 나는 매장을 하다 되돌아왔는데 말야." 다카키는 상관하지 않고 말을 이어갔다. "군인이 장전한 자동소총을 메고 이나코를 버려두고 도망갔어. 우리 좀 더 서둘러 뜨지 않으면 안 되겠어. 놈이 뭔가 일을 저지르기 전에 꼭 우리가 잡을 수 있으면 좋겠는데……."

이사나는 나무의 혼의 메아리를 흉내 내어 입술을 움직이다가, 그것이 아까 본 오그라드는 남자의 퐁퐁 거품을 뿜는 듯한 입술 움직임을 그대로 반복하고 있는 것이라는 사실, 그리고 그 입술이…… Pray is an…… education……이라고 말하고 있었음을 인지했다.

15장

도망자·추적자·잔류자

전 자위대원을 쫓는 추적대가 조직되었다. 그들은 아타미로 향하는 자들과 시모다下田를 돌아 누마즈沼津로 가는 자들, 아마기天城 고개를 넘어 북상하는 자들, 이렇게 세 조로 조직되어 출발했다. 검문으로 앞이 막힐 때까지 그들은 모두 유료도로를 달릴 계획이었다. 전 자위대원은 대형 오토바이를 타고 도망가고 있으니 달리기 쉬운 유료도로를 택할 것이다. 그렇지만 그는 경찰서를 발견하자마자 그곳에 달려가 보호를 요청할 수 있을 테니 이 추적에는 근본적으로 애매모호한 부분이 있기는 하다. 하물며 30분 먼저 출발한 오토바이를 과연 따라잡을 수 있을까? 추적대원들은 검문에 걸리지 않고 이즈반도를 탈출할 수 있다면 전 자위대원을 잡지 못한다 하더라도 각각 그대로 도쿄로 도망가라는 지시를 받았다. 아타미를 향하는 추적대 리더인 다마키치는 전 자위대원이 가지고 도망친 것과 같은, 한 정의 자동소총을 감추어 가지고 나가려다 제지당했다. 그러나 몸에 동여매고 있는 수류탄까지 포기하게 하지는 않았다. 무기에 정통한 다마키치가 열아홉 발의 탄알이 남아 있는 자동소총에 대한 경계심을 풀도록 하는 건 무리였기 때문이다. 남은 무기는 담요로 감싸 렌터카에 싣고 이토伊東 역의 코인로커로 옮겼다. 전 자위대원의 문제가 잘 해결된다면 무기류는 같은 운반조에 의해 촬영소터 지하의 무기 창고로 옮겨질 것이다.

뒤에 남은 청년 두 사람이 계속 여기저기 뛰어다니며 집단생활의 흔적을 지웠다. 지금이라도 기동대가 덮치는 게 아닐까 하는 두려움에 자기희생적인 노동 질서가 확립되었다. 그들은 쓰레기를 태워버리는 대신 덤불을 지나 곶 끝으로 나가 만조가 된 바닷속에 던졌다. 일몰 한 시간 뒤, 그 청년들마저 모습을 감췄다. 마지막까지 지휘를 계속하며 그들 차에 함께 타는 다카키를 이사나는 수만 장의 딱딱한 소귀나무 잎사귀와 수백 개의 과실 아래에서 배웅했다. 다카키를 비롯해서 오그라드는 남자의 사체를 옮긴 청년들은 자신들에게서 땀뿐만 아니라 사체의 피와 장액漿液 냄새가 나는 것을 느꼈다. 암흑의 물속으로 가라앉듯 차가 사라지고 나자, 바람이 불어 소귀나무의 우거진 나뭇잎이 바스락거렸고, 바람은 낮은 관목 쪽으로 옮겨 와 나뭇잎 소리가 이사나를 둘러쌌다. 이사나는 나무의 혼을 향해 마음을 활짝 열고 바람을 타고 오는 바닷소리 가운데 고래의 혼이 내는 소리에 귀를 기울여보았는데, 바람 소리의 밑바닥에 있는 것은 바다의 존재감을 둘러싼 커다란 침묵이었다. 홀로 고개를 숙이고 이사나는 수두로 움직이지 못하는 어린아이와 도망간 남자에게 버림받은 여자아이가 있는 곳으로 돌아갔다. 이제는 등화관제가 절실히 필요해져 문을 닫아둔 탓에 실내는 더웠고, 어린아이가 풍기는 냄새가 먼지 미립자와 함께 소용돌이치고 있었다. 이사나는 웅크리고 앉아 진을 바라보았는데, 아이는 전신에 발진이 돋고 얼굴은 검붉은 압정을 박아놓은 것 같았고 전체적으로 부풀어 올라 있었다. 가슴 위에 올린 두 손은 발진을 긁지 못하도록 천 조각으로 감아두어서 진은 마치 붕대를 감은 어린 권투 선수처럼 보였다. 이나코는 어린아이가 잠자고 있는 이부자리와 저편 창가 사이의 좁은 틈에 누워 진의 발진을 잠자코 지켜보며 이사나에게 눈길도 주지 않았다. 이사나는 진의 이불 이편 다다미 위에 바로 누웠다. 잠시 시간이 지난 후에 이나

코는,

"다카키는 군인한테 자동소총이랑 가솔린을 훔치도록 한 것에 화 나 있어?" 하고 굴욕감에 젖은 목소리로 물었다.

"다카키는 아무 말도 하지 않았어." 이사나는 있는 그대로 대답했다. "네가 총이랑 가솔린을 훔쳐내게 한 거야?"

"군인이 자동소총에서 탄창을 빼라고 지시받았을 때 난 그의 옆에 있었어. 그리고 도망가고 싶은데 어떻게 하면 좋을지 몰라서 초조해하고 있단 걸 알아차렸지. 그래서 내가 오토바이에 가솔린이 채워져 있냐고 물었는데, 그것만으로 그는 이미 막다른 곳에 이른 모습을 하고 원망하듯 나를 쏘아보는 거야. 그래서 자동소총을 두는 곳에 가솔린도 있으니 총을 갖다 놓을 때 가솔린을 가져오면 된다고 알려줬어. 같이 총을 들고 가솔린을 가지러 갔고 군인이 오토바이에 가솔린을 다 넣을 때까지 나는 옆에 서서 눈속임을 하고 있었지. 그러다 손을 감고 있던 천으로 진이 목을 매는 게 아닐지 신경이 쓰여 상황을 살피러 올라왔어. 잠깐만 기다려 달라 말하고……. 내려갔을 때 군인은 없었어. 난 진짜 놀랐어."

이나코의 목소리와 탄식은 이사나의 폐부를 찔렀다. 그 또한 진의 괴로운 호흡에 섞여 들어 한숨을 내쉬고 싶었다.

“왜 놀랐냐면, 내가 옆에 없으면 군인은 아무것도 할 수 없을 줄 알았거든.” 잠자코 있는 이사나를 향해 이나코가 말을 걸었다. 그리고 놀라움의 총량이 통째로 되살아난 것처럼 그대로 숨을 멈추고 가만히 몸을 움츠렸다.

“하지만.” 이사나는 헛된 서글픔을 억누르며 말하지 않을 수 없었다. “군인은 오토바이로 도주하는 지금이야말로 네가 필요하다는 걸 느끼며 후회하고 있을 거야.”

“자유항해단에게 잡히지 않고 도쿄까지 돌아갈 수 있을까 하고, 오토바이의 성능에 대해서만 생각하고 있을걸. 하지만 군인 혼자서 도로를 틀리지 않고 제대로 들고 나며 도쿄까지 돌아갈 수 있을까……. 백파이어 소리가 들릴 때마다 뒤에서 총격을 가할까 봐 겁을 내 사고를 일으키지 않을까 싶어……. 나를 뒤에 태웠다면 등 뒤쪽은 두렵지 않았을 텐데…….”

이나코는 말을 삼키며 흐느껴 울었다. 그것은 발진으로 괴로워하는 진의 울음소리가 아닌지 의심스러울 정도로 힘없는 흐느낌이었다.

“이토나 아타미에 있는 경찰서에 뛰어들어 가겠지.” 이사나가 분하게 생각하며 말했다.

“군인은 도쿄까지 멈추지 않고 달릴 거야.” 이나코가 우겼다. "자위대로 돌아가서 보호받고 싶을 테니까. 도난당한 자위대 총을 보면 그들이 탈영을 용서할 거고, 자위대와 경찰이 모든 것을 원만히 처리할 것이라고 생각하고 있을 거야. 나랑 만나기 전까지 군인한테는 자위대가 세상의 전부였으니까 그곳에 돌아가고 싶어 하는 거지."

이사나는 입을 다물고, 부당하게 고통받는 무력한 존재들, 다시 말해 진과 이나코의 고통이 묻어나는 숨소리를 듣는 수밖에 없었다. 그러다 진이 하얗게 부은 양손을 가슴에서 들어 올리며 그대로 두 눈을 찌르려는 시늉을 해 두려움으로 얼어붙었는데, 어린아이는 내면의 의지로 자제해 양손을 멈추고 가슴으로 내렸다. 진은 일순간 잠에서 깬 듯 보였는데, 열과 발진이 피부 전체에 퍼져 위화감을 느끼는지, 씁쓸한 무언가를 머금고 있는 듯 볼에서 입술까지 굳어 있었다. 그러나 이사나는 아무것도 해줄 수 없었다. 이나코가 땀을 가제 수건으로 닦아 발진의 가려움을 달래주는 걸 지켜볼 뿐이었다…….

시간이 지나고 땅 밑에서 거칠게 솟구치듯 방 바로 아래 위치한 공터로 자동차가 들어오는 소리가 났다. 이사나와 이나코는 육중하고 큰 손으로 한 대 맞은 것처럼 벌떡 일어났는데, 무엇 하나 구체적이고 유효한 동작으로는 연결되지 않았다. 그때 클랙슨 소리가 분명한 신호를 전달했고 다카키가 큰 소리로 외쳤다.

“돌아왔네. 우리들이 기동대와 헷갈려서 다카키를 공격할까 봐 경계하면서 일부러 시끄럽게 하고 있는 거야.” 이나코가 절박한 심정을 드러내며 말했다.

실제로 다카키는 쿵쿵 지면을 울리는 발소리를 내며 뛰어올라 왔다. 이사나는 나가면서 문을 열어두었다가 등화관제에 생각이 미치자 바로 다시 문을 닫고 베란다에서 기다렸다. 손전등 빛의 고리를 밟으며 뛰어온 다카키는 어두운 베란다 위에 서 있는 사람이 이사나가 맞는지 확인하려는 듯했다. 그 잠깐 동안의 침묵을 지나 고양감이 분명히 느껴지는 목소리로 그는 이렇게 속삭였다.

“늦게 쫓아간 거북이가 토끼를 잡을 수 있을 것 같아. 이토 근처 돌고래 조업을 하는 만에서…….”

다카키는 전 자위대원의 정인인 이나코 때문에 그러한 투로 말하는 것이었다. 그것은 버림받은 여자아이에게 할 만한 행동은 아니다 싶었다. 이사나는 닫힌 문 저편을 향해,

“군인은 역시 경찰서로 뛰어들어 가지 않았던 것 같아. 바닷가로 몰려가 잡아 오려고 하는 중인가 봐” 하고 전했다.

“그래.” 이제는 이나코에게 숨기는 걸 그만두고 다카키가

이야기를 보충했다. "군인이 숨어 있는 곳이 어딘지 짐작이 가. 지금 다마키치 일행이 감시하고 있지. 그러니 당신도 군인을 잡는 작전을 보러 가지 않겠어? 진은 이나코가 보고 있으면 되잖아?"

"괜찮아. 이사나, 갔다 와. 다마키치 일행이 잡힌 군인에게 심한 짓을 하지 못하도록 당신이 지켜봐주면 좋겠어." 문 저편에서 이나코가 절실하게 호소했다.

암흑 속 공터에 엔진 시동을 끄지 않고 놔둔 차는 새 폭스바겐이었다. 다카키가 그걸 도중에 훔쳐 온 이상, 현재로서 경찰의 검문을 두려워해야 할 문제는 전 자위대원의 사건이 아니었다.

"군인은 우리의 추적망이 육상의 통로를 모두 차단했을 거라는 피해망상에 사로잡혀 있어." 다카키가 말했다. 작업용 대형 트럭 때문에 깊이 파인 노면에 차체 바닥을 긁힌 이후 진중하게 운전하는가 싶더니 다시 또 바로 기쁜 마음을 감추지 못하고 가속하면서. "사실 우린 포기하고 있었어. 우린 9할쯤은 오로지 스스로 도망가기 위한 목적으로 추적조를 짰으니까. 그런데 어찌 된 행운인지 녀석이 숨어 있는 곳을 찾게 된 거야. 우리는 어느 쪽으로 달리는 오토바이든 반대편에서 오는 걸 만나면 군인의 오토바이를 못 봤는지 물어보기로 했어. 그 트라이엄프 750은 일본 도로에서 흔히 볼 수 있는 게 아니니까. 그냥 지나치게 되지는 않거든, 제대로 된 오토바이 라이더라면. 그런데 어떤 녀석도 그런 큰 오토바이는 만나지 못했다고 말하는 거야. 그런데 말야, 우리 차가 아타미 역 앞에 도착하니 총을 이토로 운반해 갔던 조가 기다리고 있었어. 오토바이 라이더들이 모이는 도메이 고속도로의 밥집에서 다마키치가 군인의 오토바이를 훔친 녀석을 잡았다는 소식을 가지고 말야! 그 녀석은 히치하이크로 와서 요 앞의 곶 아래 바닷가로 내려가는 삼거리에서 쉬고 있었는데, 군인이 그곳으로 와서 오토바이를 수풀 속에 밀어 넣은 거야. 군인은 나뭇가지랑 풀로 오토바이를 숨기고는 곧장 달려 바닷가 마을로 내려갔대. 보트 대여점에서 모터보트를 훔쳐 바다로 도망가려는 계획이었던 거야. 요트 조종은 못 하거든. 영업이 끝나면 모터보트의 엔진은 따로 꺼내 헛간에 보관하고 있으니까, 군인은 오징어잡이들이 항구를 떠나는 걸 기다렸다 엔진을 훔쳐내려고 기다리고 있을 거야. 바닷가 수풀에서 나와 헛간으로 다가가는 순간 놈을 잡는다는 계획을 세우고 다마키치가 감시하고 있어. 다마키치는 그런 데 선수니까."

"다마키치가 오토바이를 훔친 녀석을 잡았다는 것도 어

쨌든 대단해." 이사나가 말했다.

"고속도로 옆 오토바이 라이더 집합소라면 누구나 아는 곳이야. 다마키치는 오토바이 세계로 돌아가면 물 만난 고기야. 애당초 나도 오토바이 라이더가 모이는 현장에서 그 녀석과 만났지. 다마키치와 그의 무리는 낮에는 자동차 수리 공장에서 일하고 밤에는 오토바이로 위험한 짓을 했어. 그것도 단순하고 위험하기만 한 놀이를 했지. 한밤중에 다마多摩 강변을 오토바이 라이더들이 마주 달려오다 어느 쪽이 먼저 피하나 하는 게임이었어. 위험한 게임인데 정말 단순하니까, 전부터 하고 있던 놈들은 싫증이 날 대로 나서 될 대로 되라는 식이었지. 그래도 매일 밤 새벽까지 했지. 그러다 죽는 사람이 나왔어. 그때까지는 심한 부상을 당하는 정도였지 죽는 일은 없었거든. 부상자를 병원으로 데려가 옆에 버려두기는 해도, 녀석들은 묵비권을 행사하니까. 경찰이 게임 전체를 통제할 수 없는 구조였어. 그런데 이번에는 처음부터 게임을 하는 두 사람 모두 갈 데까지 갈 거라는 게 보였어. 그런데도 아무도 말리지 않으니까 두 청년이 각자 오토바이로 마주 질주해 오더니, 뭐랄까 가슴속에 새카맣게 가득 차 있던 와 하는 절규를 내지르며 충돌했어. 그런데 그런 오토바이와 사체를 도로 옆으로 치우고 바로 다음 조가 오토바이에 오르려는 거야. 그래서…… 내가 멈추게 했어. 녀석들로선 한번 봉인 해제된 폭력을 다시 봉하는 일이 불가능하다 하더라도, 그걸 그대로 싫증이 난 게임을 하며 자기 파괴를 향해 나아가는 데 쓰는 건 비루하지 않아? 그래서 녀석들을 설득해 자유항해단의 첫 승조원 다섯을 얻었지. 다마키치는 그 다마 강변에서 벌인 게임의 중심인물이었어."

"그런 이야기를 듣고 보니 녀석은 실제로 그럴 법한 느낌이지만, 다른 녀석들은 오히려 얌전하고 부끄러움을 잘 타는 애들로 보이던데……."

"가슴속의 새카만 절규는 오토바이가 충돌하는 그 순간이 아니면 밖으로 나타나지 않으니까." 다마키치가 말했다. "하지만 녀석들이 정말로 폭력을 봉인 해제하면 흉악해……. 녀석들이 얼마나 세게 돌을 던지는지 봤어? 자동소총으로 쏠 필요도 없을 정도야……."

폭스바겐은 곶 아래 포장도로로 나와 이토를 향해 달리고 있었다. 뒤에 오던 생선 운반 트럭에 추월당하기는 했지만 그 길은 마치 일방통행인 양 전방에서 오는 차는 없었다. 심야라고는 해도 부자연스러운 교통 두절 상태였다.

"지금 총성이 들린 것 같은데." 갑자기 다카키가 말했다.

차창을 열자 소금기를 띤 거친 바람과 함께 네 발 내지 다섯 발 정도의 총성이 연달아 울렸다.

“군인이야, 자동소총이니까.” 다카키는 생각에 잠겨 말하면서도 주저하지 않고 차를 계속 몰았다.

곧 그들의 차는 해안선 등불이 먼 시가지의 큰 등불까지 간헐적으로 이어지는 곳의 끝부분에 이르렀다. 바로 아래 아주 낮은 곳에 지금 그들이 넘어 온 곶을 가르며 작은 만이 자리 잡고 있었다. 그 가장 안쪽 항구에 면한 작은 마을이 계류 중인 어선의 투광기 불빛을 받고 있었다. 그리고 바닷가에선 어선이 한 척 불타고 있었다. 그 배들을 둘러싸고 있는 반짝이는 잔물결은 농익은 석류알 같았다. 멀리 큰 등불로부터 바닷가의 낮은 길이 이 항구로 이어지고 경사가 급한 비탈을 올라 그들의 차가 있는 도로와 만난다. 그 급사면이 자동차 전조등 여러 개가 엮여 함께 비추자 선명하게 드러났다. 차 운전자들은 바닷가에서 벌어지는 소란을 구경하며 느릿느릿 전진하기도 하고 완전히 멈춰 서기도 했다. 해안 도로를 가득 메우고 있는 자동차 행렬 저 뒤에서 순찰차가 전조등을 반짝이며 추월해 오고 있었다. 순찰차 여러 대가 연달아 뛰어오르듯 다가왔다. 그 차들이 울리는 경보와 바닷가 마을을 지나며 소방차가 내는 사이렌 소리가 의미를 알 수 없는 욕설과 함께 들려왔다. 다카키가 창문을 닫고 천천히 차를 움직이기 시작했을 때, 교통이 두절된 전방에서 오토바이 한 대가 달려왔다. 오토바이 라이더는 그들의 차를 확인하고는 산기슭 갓길에 오토바이를 대고 전조등을 끈 후 이쪽을 근심 가득한 얼굴로 쳐다보았는데, 다름 아닌 다마키치였다. 그 근심 가득한 얼굴은 그야말로 다카키가 방금 전 얘기한, 폭력을 봉인 해제한 인간의 적나라한 참혹함을 드러내는 듯했다. 다카키는 오토바이를 막듯 세운 폭스바겐 안에서, 오토바이 안장에 올라타 있어 그보다 훨씬 높은 곳에 위치하는 다마키치의 얼굴을 향해,

"저 총성은 어떻게 된 거야?" 하고 따지듯 강하게 물었다.

"자동소총 자체는 군인 거야. 술에 취한 어부가 바다를 향해 쏜 거겠지. 다른 어부들에게 추궁을 받고 군인은 이미 스스로 총을 쏴 죽었으니까."

"어쩌다 군인이 어부한테 포위된 거지?"

"항구 안쪽에 인양되어 있는 고운 칠을 한 어선에 말야, 내가 저 급사면의 수풀을 고생해서 내려가 바로 그 위에서 수류탄을 던졌어. 그래서 배가 불타기 시작해 어부들이 전부 나와 바닷가를 샅샅이 뒤지기 시작했지. 그 뒤 우리는 구경만 하고 있었어. 밤새도록 운전해서 바다로 가는 자들이

우리처럼 하나둘 구경에 동참해서 안전했고. 군인은 자동소총을 어깨에 메고 있었으니 발견되었을 때 수류탄은 자기가 던진 게 아니라고 어부들을 설득할 순 없었을 거야."

다마키치는 승리감에 젖어 이번에는 이사나를 향해 말했다.

"이 인근에 사는 놈들은 이 계절이 되면 돌고래 수백, 수천 마리를 만으로 몰아넣고 때려서 죽인대. 놈들의 배를 폭파해버리는 건 고래의 혼을 위한 공양이 되지 않을까? 돌고래도 고래의 일종이잖아?"

수습을 시작한 경찰들에 내몰려 자동차 행렬이 움직이기 시작했다. 맹렬하게 스피드를 올려서 후려치는 듯한 풍압을 폭스바겐에 가하며 지나가는 차들 속 젊은 남녀의 얼굴에는 다마키치와 동일한 잔혹함이 드러나 있었다.

"이대로라면 다카키의 차는 한 시간은 방향 전환하기 어려울걸, 내가 맞은편에서 차의 흐름을 막을게. 난 총기 운반조를 다시 만들러 돌아갈 생각이니까." 다마키치는 그렇게 말하며 수직에 가까운 도로 옆 비탈에 오토바이를 들이받더니 곧바로 방향을 돌려서 달렸다.

"결국 녀석은 나한테 당신을 부르러 가게 해서 날 따돌리고 자기 혼자 세운 작전으로 성공을 거두었어. 오그라드는 남자 재판에서 보여준 추태는 완전히 잊고 자신감을 회복한 것 같지 않아?" 혐오, 그리고 그것과 모순되지는 않는 지도자로서의 기이한 온화함을 드러내며 다카키가 말했다. "단순한 녀석이야. 오그라드는 남자가 팔아넘긴 사진 문제는 아직 해결되지 않았는데……."

그래도 역시 통쾌함을 감추지 못하는 다카키와 여전히 우울감에 붙잡혀 있는 이사나는 해수욕을 하러 밤을 새워 남쪽으로 내려가는 청년들의 물결을 따라 함께 달려, 심야 영업하는 드라이브인에서 입수할 수 있는 우유 등 식료품을 구하기 위해 몇 개의 곶을 넘어 큰 온천 마을까지 내려갔다. 결국 그들은 손전등에 트랜지스터라디오까지 구입할 수 있었다. 다카키는 폭발 및 총격과 관련해 일반 통행차에 대한 검문과 경계가 이즈를 빠져나가 도쿄 방면을 향하는 차에는 이뤄져도, 반도의 끝자락으로 가는 차에는 이뤄지지 않을 거라고 짐작했다. 심야 라디오 뉴스 속보의 공식 발표로 보건대, 무기의 출처 문제가 남기는 해도 경찰이 돌고래 조업 마을에서의 소동을 전 자위대원의 단독 범행이라고 간주해 이미 사건이 일단락되어가는 게 분명했다. 군사훈련이 이루어진 곶까지 다시 돌아오자 다카키는 탈 없이 총기를 운반하기 위해서는 흥분 상태에 있는 다마키치 일행에 자신이 합류해야겠다는 생각을 밝혔다. 그렇게 다카키는 전 자위대원의 죽음을 이나코에게 전하는 역할을 자유항해단 말의 전문가에게 떠맡긴 것이다.

공터에 들어선 후 폭스바겐에서 혼자 내렸을 때, 이사나는 검은 나무숲 저편 어두운 하늘 끝에서 장밋빛으로 자라날 새싹을 감추고 있는 여명을, 바다 위 새벽녘의 기운을 보았다. 그러나 그것 또한 한순간의 일로, 금방이라도 장밋빛의 농담을 띤 하얀빛을 발하려는 동쪽 하늘을 그는 올려다보고 있을 기력이 없었다. 오히려 하늘의 검은 부분과 또 그것보다 더 검은 지상의 존재, 즉 그를 둘러싸고 있는 교목들과 그 아래를 이끼처럼 집요하게 덮는 관목 수풀을 어둠에 익숙한 눈으로 바라보고 싶었다. 그는 진을 지키는 이나코가 있는 곳으로 올라가야만 했다. 그러나 지금 이나코가 잠들어 있다면 그녀의 잠을 방해하면서까지 군인의 자살을 알리는 건 아무래도 꺼려졌다. 혹시 이나코가 자지 않고 그를 기다리고 있다면 그동안 준비한 힐문에 혼자서 맞서는 것도 버겁고 부담스러웠다…….

그래서 이사나는 머리가 짓눌리는 것을 느끼며 잠자코 서서, 전 세계의 모든 나무의 혼·고래의 혼에게 *살려줘, 아아, 살려줘* 하며 침묵의 비명을 질렀다. 그러자 그의 혼으로부터 나무의 혼·고래의 혼에 이르는 통로를, 마치 유성처럼, 살해당한 오그라드는 남자와 죽은 전 자위대원의 혼이 스쳐 지나갔다. 어두운 머리 위에서 어린아이의 공포심의 그물이 내려왔다. 그에 사로잡혀 이사나는 완전히 자기중심적인 퇴로를 찾아, 혹시 이나코가 안 자고 기다리고 있다면 변명할 여지 없이 바람을 맞히는 거라는 생각을 할 여유도 없이, 식당 건물로 도망쳐 들어갔다. 아직 그 건물 안에 있었던 동안은 오그라드는 남자도 전 자위대원도 살아 있었으니 여기는 죽은 자의 혼과는 무관하다고 어설픈 이유를 짜내며. 그러고는 어둠 속 다다미로 올라가 쌓아놓은 이불을 끄집어 내려 머리까지 덮으며 바로 누웠다. 그런 뒤에야 비로소 손전등과 트랜지스터라디오, 식료품이 든 종이봉투를 이불 밖으로 밀어내고 신발도 밖으로 차냈다.

귓속에서 피가 윙윙 울리는 듯했다. 이사나는 이불 속에서 머리를 감싸고 몸을 웅크린 채 아아아 하는 소리를 내다가 몸을 살짝 움직였다. 관자놀이에서 귀 앞부분을 따라 체온만큼 따뜻한 물방울이 떨어져 내렸다. 눈물인가 싶었는데, 오히려 눈 밖에서 흘러와 눈 안으로 들어가려고 한다. 피다. 오그라드는 남자의 피일까? 하고 순간 몸이 얼어붙었지만, 그럴 리가 없다. 피를 흘리며 처형당한 오그라드는 남자의 몸 아래에 극히 기만적인 배려로 깔려 있던 이불은 사체를 운반하는 삼태기로 쓰였다가 함께 매장되었으니까. 그는 여전히 몸을 웅크린 채로 이불 밖으로 팔을 뻗어 손전등을 끌어당겼다. 그때 처음으로 관자놀이를 덮은 오른손 손등에서 통증을 인지하며 자신이 지금 낸 소리가 그 고통 때문에 나온 소리이기도 했음을 깨달았다. 그는 이불 속에서 자신의 코앞을 비춰 오른쪽 손등의 손마디 쪽이 찢어져 있는 걸 발견했다. 얕은 상처에서 약간의 피가 배어 나와 방울지며 손바닥의 움푹 팬 곳으로 흐르고 있었다. 관목 수풀에서 베인 거다, 나무의 혼의 경고 혹은 처벌로서. 무심히 상처를 핥아본다. 피 맛에 빈속을 쥐어짜는 구역질이 일어났고, 입술 주변으로 침이 거품처럼 나와 셔츠의 어깻죽지 부분에 지저분하게 묻지를 수밖에 없다. *아아아, 나는 상처를 입고 말았어, 도대체 어디에서 그런 건지, 어쨌든 관목 수풀에게 당했어, 피가 나서 아파, 아파* 하고 그는 어둠을 뒤덮는 나무의 혼·고래의 혼의 큰 무리에게 한탄했다.

이사나는 상처를 힐끗 한 번 쳐다본 후 손을 배 위에 올리고 눈을 감았는데, 부러진 관목의 날카로운 모양과 그 색의 잔상이 생생해, 지금 자신의 육체가 입은 상처는 바로 그로 인한 것일 수밖에 없다고 느껴졌다. 그런 납득에 연결되듯,

유년 시절 이후 여러 시기에 입은 상처의 모양과 색과 함께 정말 그때는 그 상처가 날 수밖에 없었다는 유일성의 감각이 되살아났다. 하나의 상처로부터 또 하나의 상처로, 차례차례 징검다리를 건너듯 옮겨가며 그는 그간의 삶을 조감했다. 그 실패한 인생의 끝부분에, 그는 지금 새로운 상처를 손등에 입고, 수두로 발진한 지적장애 아들의 치다꺼리조차 스스로 감당하지 못한 채 식당 건물에 누워 잠을 청하고 있는 것이다. 린치 살인을 저지른 자들과 한패가 되었을 뿐 아니라 그 범죄 현장에 그대로 남겨진 것처럼……. 저 생애 초기에 입은 상처 하나하나가 상징하는 날들 중에 숨 막히는 궁지에 처해 새로운 상처까지 입고 만 중년 남자를 미래의 도달점으로 상정해본 날이 있을까? *아니, 그런 건 생각해보지도 않았어, 상처 입을 때마다 그 상처로 긴장하곤 했던 유년 그리고 소년 시절의 나는, 그런 건 생각해보지도 않았어* 하고 이사나는 나무의 혼·고래의 혼에게 회고의 심정을 드러냈다. 그리고 꿈을 꾸듯, 그것도 나무의 혼·고래의 혼을 향해 자기 상처의 역사를 말하는 꿈을 꾸듯, 상처 하나하나에 대해서 떠올렸다. 그럼으로써 조금씩 흐르는 피가 서서히 혈압을 떨어뜨릴 거라는 불안을 해소하려는 듯…… 그렇게 지쳐 잠이 들었다.

....

인도에서 발칸반도에 이르는 곳의 모든 어린이에게 저지른 짓을 속죄해줄 테니 백 루피를 줘, 하고 인도 사람 하나가 마른 볼에 진한 눈썹의 그늘을 드리운 얼굴로 말했다. 들쭉날쭉한 이 사이에서 빈랑 열매의 냄새가 진하게 풍겨오고, 돈을 채 가려 이쪽 목을 할퀼 정도로 가까이 뻗은 손은 나병으로 손가락이 다 뭉그러져 그야말로 막대기 같다. 줘버려, 이놈이 상상하는 것보다 큰 죄를 속죄하는 거니까, 만 루피 줘버려 하고 괴가 말한다. 그가 핑크색 잇몸만 남은 입을 크게 벌리자 안쪽으로 후두암 덩어리가 보인다. 괴는 헬멧을 쓴 채 들것 위에 누워 인도의 태양 아래 죽은 자처럼 눈을 감고는 이가 다 빠진 큰 입을 열고 지시했다. 왜 이런 자에게 만 루피나 주나요? 남이 내가 저지른 짓을 어떻게 속죄할 수 있죠? 하는 이사나의 항의에, 후두암에 걸린 미라는 목이 타들어가는 듯 간헐적으로 기침하고 움푹 팬 눈구덩이에 가득한 눈물에서 수증기를 피우며(햇살의 열기가 분명 인도다웠다), 안 되겠어, 시간이 지났으니까 이제는 만 오천 루피 줘, 타인만이 속죄할 수 있는 거야, 사형을 봐, 죽임당하는 범인이 어떻게 속죄를 하지? 살아남은 타인이 속죄하는 거야, 하고 꾸짖었다. 붉은 땅바닥에 다리를 옆으로 모으고 앉은 인도 사람은 무릎 사이에 석유통을 끼고 있다. 그 몸 중간에 구멍이 뚫려 있는데 그는 거기에 한 손을 넣고 석유를 부어 스스로를 불태울 셈인 듯, 속죄해줄 테니까 백 루피 줘, 하고 말하고 있는 것이다. 자기가 몇 번이나 꾼 꿈 속에서 평소에는 모호했던 세부마저 지금은 뚜렷한 형태로 보이는 걸 의식하고 이사나는 잠자는 중에도 경계하기 시작했다. 그는 언제나 이 꿈에서 깨어날 때마다 통속의 불길 속으로 내미는 것인지, 타인을 속죄해주는 인도 사람에게 돈을 건네는 것인지 알 수 없는 무척이나 비열한 자신의 손을 발견하곤 했으니까…….

이사나는 눈을 꽉 감은 채 태세를 갖추려고 했는데, 붕붕붕 울림통을 울리며 현악기가 만들어내는 음악이 꿈속에서 흘러나오는 듯 잠에서 깬 그의 귀에도 들려왔다. 그건 인도 음악이다. 아그라 시장의 도로에 깔린 돌에서 흩날려 지상 2미터 높이까지 소용돌이치던 건조한 먼지의 감촉이 이사나 내면의 코를 스쳐 지나갔다. DJ가 이야기를 시작한다. 라디오에서 음악이 흘러나온다. 이사나는 번쩍 눈을 뜨고 머리를 들어 이불 주위를 둘러보았다. 뒤쪽 취사장으로 이어지는 반쯤 열린 판자문에서 한낮의 빛이 들어오고 있었다. 그것이 비추는 이불 주위에는 식료품 봉투도 트랜지스터라디오도 보이지 않았고, 손전등까지 사라지고 없었다. 이나코가 라디오를 듣고 있다면 그녀는 가장 노골적인 말로 전 자위대원의 죽음에 대한 보도를 듣게 될 것이다. 이미 들었는지도 모른다…….

일어나 열린 판자문 그늘까지 나가 눈부시게 밝은 햇살에 눈의 통증을 느끼며 취사장을 둘러보았을 때, 그는 바로 앞에 놓인 세탁기 옆에서 땅바닥에 놓인 트랜지스터라디오를 들으며 쭈그리고 앉은 이나코를 발견했다. 그녀는 속옷처럼 보이는 라운드 반팔 셔츠와 허리가 너무 커서 몇 번이나 접은 노란색 반바지를 입고 있었다. 그리고 챙이 좁은 밀짚모자를 이따금 치켜올리면서 땅을 손가락으로 헤집고 있었다. 그녀가 모자를 치켜올리는 건 솟구치는 눈물을 훔치기 위해서였고, 땅에 떨어진 눈물이 흙먼지에 딱 붙어 한 마리 파리처럼 된 걸 손톱 끝으로 튕기고 있는 것이었다. 이사나도 이나코를 따라 고개를 이따금 가로저으며 빛에 적응하지 못해 다시 어둠 속으로 물러났다. 그때 이나코가 그대로 멈춰 서 있는 이사나를 들여다보기 위해 다가왔다.

"군인의 일이 말하기 힘들어 몰래 숨는 거야? 그거라면 벌써 라디오에서 들었어." 이나코가 말했다. "자살했으니까, 끝까지 쫓아오는 자들에게서 결국 달아났으니까, 다마키치에게 죽임당한 것보다 훨씬 잘된 일인지 몰라."

수은이 고인 것처럼 은은히 은색으로 빛나 보이는 것은 눈물이었는데, 그 빛 뒤에 있는 눈은, 눈을 뜨고 수영하고 난 이후처럼 전체적으로 부드럽고 빨갰다. 늘 반짝반짝 타오르던 이나코의 눈은 그처럼 부드럽게 변하여 고립무원의 애달픔이 느껴졌고 거기다 눈물을 이따금 훔치면서 말하는 목소리는 쇠약해진 듯 건조했다.

"사다 준 스파게티는 이미 삶아뒀어. 데우는 동안 몸을 씻어. 진이 땀 냄새를 싫어하니까." 이나코가 말했다.

실제로 정신을 차리고 보니, 자유항해단의 모든 자와 마찬가지로 땀 냄새를 풍기던 이나코의 몸에서 지금은 무척이나 신선한 인간의 피부, 그 자체의 냄새가 상큼하게 전해졌다.

이사나는 다시 취사장의 햇볕 속으로 나갔다. 세탁기 너머에는 오래된 양철 양동이가 늘어서 있고 식당 건물 차양 아래에는 프로판가스 통에 연결된 레인지가 있었다. 거기엔 또 큰 중화요리 냄비와 깊은 냄비가 올려져 있었다. 이상하리만큼 둘레가 큰 주전자도 있었는데 모두 옥외에 놓여 있으면서도 먼지 하나 없었다. 오전 내내 이나코는 트랜지스터라디오로 전 자위대원의 죽음에 대한 이야기를 들으며, 이 정도의 일을 하고, 몸을 씻고, 눈물을 흘리고 그걸 또 손톱으로 튕기고 있었던 것이다.

"여기 양지쪽 양동이에 든 물은 미리 채워놔서 미지근해." 이나코가 말하며 빨래를 말릴 요량으로 두 개의 용암 사이에 걸쳐놓은 장대에서 목욕 타월을 걷어 건네주었다.

햇빛을 반사하는 양동이 옆 용암 덩어리 위에 줄어들어 둥글둥글해진 비누가 하나 놓여 있었다. 어떤 가림막도 없이 이나코는 그곳에서 알몸으로 씻은 것일 테다. 이사나 또한 똑같이 행동하는 데 주저할 이유가 전혀 없다는 듯, 이나코는 새빨간 눈을 크게 뜨고 지켜보았다. 이나코는 이사나가 뜨거운 용암 자갈 위에 맨발로 서서 순서대로 벗어 던지는 옷을 모두 세탁기에 던져 넣었다. 이사나는 손잡이가 기다랗게 달린 양철 바가지로 양동이의 물을 떠 머리에 끼얹었다. 확실히 햇볕에 미지근해진 물이지만 땀으로 모공이 열려 있는 피부에는 강한 자극이었다. 그는 개처럼 몸을 부르르 떨고 숨을 내뱉으며 몸 전체에 비누칠을 했다. 너무 열중한 나머지 이나코의 시선을 생각할 겨를도 없이 성기에서 항문까지도 신경을 써 비누칠을 했다. 그런 이사나에게 세탁기 옆에 있던 이나코는,

"텔레비전에서 본 적 있는데, 필리핀 섬에 오랫동안 숨어

있던 일본 병사 같은 몸이네" 하고 맹랑한 관찰력을 뽐내며 말했다.

은둔 생활이 시작되고 나서 이사나 몸의 지방은 빠르게 빠져버렸는데, 그 때문에 단단한 근육의 윤곽이 나타나, 초라하면서도 동시에 늠름한 하층 노동자 느낌의 육체로 변해 있었다. 그리고 그것이 지금 어떤 인상인지는 그 자신도 새삼스레 생각해보지 않은 것이다……. 자신의 옷은 모두 세탁기로 들어가 세제 거품 범벅이 되었기 때문에 이사나는 하릴없이 목욕 타월을 허리께에 감고 햇빛이 비추는 화산탄 위에 앉아 차가워진 몸을 덥혔다. 어깨를 떨어뜨리고 무릎을 끌어안고 바라보니 허옇게 부은 손가락 사이사이에 여전히 거뭇거뭇하게 때가 껴 있었다. 이사나는 그 어중간한 자세로 통조림 미트소스를 얹은 스파게티를 먹었다, 마치 난민처럼. 그리고 이나코는 난민에게 빈틈없는 배려를 베푸는 파견 간호사처럼, 그가 스파게티를 다 먹자 바로 또 고기 수프 한 그릇을 내밀었다. 몸속은 아직 차가운데 피부 한쪽이, 특히 두피가 아플 만큼 뜨거웠다. 이사나는 한 손을 머리에 얹은 이상한 모습으로 그릇에 얼굴을 파묻고 고기 수프를 곧장 마셨다.

고기 수프를 다 마시기 무섭게 이나코가 "조금 더 있어"

하고 말했는데, 이사나는 스스로도 딱하게 느껴질 만큼 배가 그득해져서 햇볕에 달궈진 머리를 흔들었다.

“당신은 굶주린 듯 급하게 먹어서 음식이 모자라겠다고 사람을 오해하게 만들어. 진이랑 둘이서 살아서 그런가? 그래도 진은 천천히 먹던데.” 이나코는 말했다. “이제 진에게 고기 수프랑 우유를 가져다줘야 하니 좀 도와줘. 진은 목 안쪽까지 발진이 생겨서 스파게티도 따갑게 느껴질 거야.”

“작게 잘라서 고기 수프에 넣으면 어떨까? 진은 어떤 음식보다 스파게티를 좋아하니까.”

“그렇게 했어.” 이나코가 말했다.

우유를 끓인 커다란 주전자와 식기를 들고 나선 이나코의 뒤를, 다시 한번 머리에 물을 끼얹고 목욕 타월을 고쳐 두른 후 맨발에 신발을 신은 이사나가 고기 수프를 끓인 깊은 냄비를 가지고 따랐다.

진은 깨어 있었다. 이불 한가운데 똑바로 누워서 눈부셔하며 천장을 올려다보고 있었다. 수많은 발진이 속눈썹이 난 눈꺼풀 가장자리까지 돋아 있었고, 잘생긴 귀 안쪽도 덮고 있었다. 잠옷 대신 입고 있는 이나코의 속옷 밖으로 힘없이 삐져나온 팔다리는 발진이 수북했다. 그런데도 긁어서 터진 상처 하나 없이, 발진이 깨끗하게 돋아 있었다. 이사나는 진의 어린 인내심의 확실한 증거라 할 붕대에 감긴 손가락을 잡았다. 그러나 바로 위에서 내려다보는 그의 얼굴을 알아본, 열로 잠에 취한 눈에 불쾌함이 어른거리는 것을 보고 이사나는 머뭇머뭇 팔을 거두었다.

"진, 진, 애쓰고 있구나. 진은 잘 참고 있어." 이사나는 속삭여보았는데 진은 대답할 기색도 보이지 않았다.

"진의 몸에 더 이상 새로운 발진이 날 곳도 이젠 없겠지?" 이나코가 말했다. "돋아난 발진도 에너지를 잃은 느낌이야. 있잖아 진! 수두는 이제 한고비 넘겼어. 힘을 내서 수프를 먹자. 진, 스파게티를 작게 썰어 넣은 수프 먹을까?"

발진에 붓고 마른 입술이 살짝 움직이는 듯했다. 그것이 거부의 신호를 보내는 것인지 수프를 받아들일 의지를 전하는 것인지 이사나는 잘 읽을 수 없었다. 그러나 이나코는 아픈 어린아이의 '말'을 금방 받아들이며,

"그래, 진, 그러면 수프 안 먹어도 괜찮아" 하고 온화하게 말했다. "우유만 조금 마셔봐."

이나코는 가장자리에 줄지어 숨어 있는 복병들을 피하듯, 큰 발진 사이로 주의 깊게 진의 고개를 받쳐 올리고, 스푼으로 우유를 입술에 대어주었다.

"아, 진! 우유 마셨구나, 멋지다 진. 내장에도 발진이 돋을

거라고 닥터가 말했잖아? 발진이 생긴 내장 속으로 우유를 삼켰어, 멋지다 진.” 이나코는 다시 한번 스푼을 입술에 돋은 발진에 닿지 않도록 대어주며 진에게 이야기했다.

우유를 모두 네 스푼 마신 진의 머리를 이나코가 이불 위에 다시 내려놓자, 어린아이는 몸서리치며 천을 감은 손을 배에서 몸 옆으로 물에 손을 담그듯 스르륵 내려놓고 벌써 코를 골기 시작했다. 이나코는 여전히 붉기는 해도 눈물을 멈춘 눈을 똑바로 이사나를 향해 들고, 콧잔등에 사랑스럽게 맺힌 땀방울을 반짝거리며 이렇게 말했다.

“잠들려는 비몽사몽의 순간에도 진은 발진을 긁지 않아. 꿈을 꿔도 긁지 않고. 수두가 나으면 원래대로 말끔한 진으로 돌아갈 거야.”

“네가 있어주어 다행이야, 나랑 진 둘만 있을 때 수두에 걸렸었다면 진은 발진을 계속 긁었을 거야.” 이사나가 말했다. “네가 이렇게 훌륭히 간호사 역할을 할 수 있는지 몰랐어…….”

“자유항해단의 크루저가 출항할 때는 요리사 겸 간호사가 내 역할이니까.” 이나코가 말했다. “그럼 진이 자는 동안 옷을 벗고 바닷가에서 햇볕을 좀 쬘까? 여긴 곶 위이긴 해도 해변은 해변이잖아? ……라디오에서는 어부들이 군인을 추격했을 때 철야로 운전해서 바다에 수영하러 오는 자동차족과 오토바이족이 그득했다고 했어. 그런 녀석들만 바다를 독점하게 할 거야? 우리는 자유항해단인데."

이나코는 방구석에 둥글게 말아둔 돗자리를 두 장, 창에서 바로 아래쪽 공터로 던졌다. 연속해서 돗자리를 던지던 활기찬 동작 그대로 이나코는 셔츠를 거칠게 벗고 노란색 반바지만 걸친 상태로 챙을 너덜너덜하게 자른 밀짚모자 위로 색이 바랜 목욕 타월을 뒤집어쓰고 뛰어나갔다. 골격과 근육, 최소한의 지방 외에는 피부와 내장 사이에 아무것도 없다고 느껴지는 몸에, 이상하리만큼 긴 원통 모양으로 튀어나온 젖가슴을 이사나는 잠시 바라보았다. 옅은 황갈색 피부보다 확연히 더 엷은 빛깔을 띤 젖가슴은 애처로울 만큼 부드러워 보였다.

자오선을 조금 지난 태양이 화산탄 벽 아래 드리운 그늘 속에 두 장의 돗자리를 깔고 이나코는 그 한 장을 차지해 목까지 그늘 속에 들어가도록 몸을 뉘었다. 이사나는 앞서 물을 쓴 양동이에서 바가지로 물을 떠서 돌아와, 돗자리 사이에 놓았다. 그리고 자신도 하늘을 보고 눕기 전에 물을 한 번 머리에 끼얹었다. 이나코가 돌벽에서 오목한 곳을 골라 올려놓은 트랜지스터라디오에서는 DJ의 목소리가 흘러나

왔다. 그리고 시보가 울렸다. 셸터에 숨어든 이후 실상 시간을 구분할 필요가 없는 생활을 해온 이사나로서는 이제 시보에 대해서 둔해진 감각밖에 갖고 있지 않아서 몇 시 시보인지는 흘려들었다. 그러나 시보에 이어 뉴스가 시작되자 막 잠들려던 이사나의 정신이 갑자기 맑아졌다. 이나코도 물에 빠지지 않으려는 배영 선수처럼 위를 향하고 있던 머리를 고통스럽게 쳐들고 듣고 있었다.

어젯밤 자동소총을 사용한 자위대원의 자살 사건은 큰 반향을 일으켜 국회에서도 긴급질문으로 다루어졌다고 뉴스는 보도했다. 자살한 자위대원은 동료들로서는 마음에 짚이는 아무런 이유도 없이 사물함에 자신의 물건을 그대로 남겨둔 채 외출을 나간 이후 귀대하지 않은 사람이다. 정치적인 의견을 가지고 있던 타입도 아니었고, 오히려 굉장히 건전한 국방 의식을 갖추고 있다고 할 청년이었다. 자살에 사용한 자동소총은 64식 7.62밀리 소총으로 도난당한 자위대 무기이다. 자위대원이 자살 직전에 던진 수류탄은 오키나와 미군 기지에서 훔쳐낸 것이었다. 좌익 폭력 과격파와의 관계는 앞으로 밝혀질 것이다. 지난 1년 동안 폭력적인 과격파 학생에 의한 총기 및 폭발물 관련 주요 사건은 다음과 같다…….

"다카키가 이걸 들으면 정말 실망하겠네." 다시 DJ의 순서가 되자 이나코는 햇볕의 열기에 탄식하는 듯한 어조로 말했다. "다카키는 어떤 정치적인 것과도 무관하게 자유항해단을 만들었으니까. 정치적인 걸 좋아하는 사람은 지금 권력을 쥐고 있든가 내일 쥐든가 할 사람이잖아? 그리고 각기 바르고 강하지. 우리들은 바르지도 강하지도 않으니까, 오히려 그런 사람들에게 혼란 속에서 죽임당하지 않도록 바다로 도망간다는 집단이야. 각기 폭력의 경험이 있지만 그건 강하고 바른 인간에 의해 끝내 처단될 폭력이라고 역시 경험으로 알고 있으니까. 모두 재빨리 바다로 도망가고 싶은 거야. 타인에 의해 스스로의 폭력이 들춰지고 아등바등하다 결국 때려잡히기 싫으니까. 보이가 반쪽짜리 크루저 본부를 중요하게 여겨 외부인인 당신이 그걸 보러 왔다는 사실만으로 죽이려 했던 것도, 배를 강하고 바른 사람들에게 빼앗길까 봐 늘 두려워했기 때문이야. 그 갑판 상부만 있는 크루저는 자유항해단이 손에 넣을 배의 약속이니까. 정말 전체가 갖춰진 크루저를 손에 넣을 수 있다면 자유항해단은 당장이라도 바다로 나갈 거야. 다카키의 계획은 배를 탄 후 모두 일본 국적을 버리는 거야. 다카키가 알아봤는데 헌법이 그 권리를 인정한다면서?"

"제22조……."

"그럼 우리는 자유항해단이라는 나라의 사람이 될 테니까, 누구에게도 짓밟히지 않고 생활할 수 있어. 강하고 바른 인간들과는 무관하게, 단지 항해하면서 지낼 수 있어."

"그와 반대로 세계의 강하고 바른 인간들에게 침략당하지 않을까?"

"그걸 대비해 다마키치가 무기를 모았잖아? 모두 폭력적인 덴 어느 정도 경험이 있다고도 했지? 그렇다 해도 마지막에는 짓밟히게 되어 있으니까, 크루저 전체가 자폭할 수 있을 정도로 다이너마이트를 쌓아두자는 계획이었어. 크루저 무선기로 연안에 있는 사람들에게 우리가 자폭할 수밖에 없는 상황에 몰려 있다고 방송을 하면 자유항해단에 식량이랑 물을 보급해주고 경찰과 해상자위대의 간섭에 반대해주는 동조자가 지상 인간들 가운데 생길 수도 있다고 다카키는 말해."

"그건 그럴지도 모르지." 이사나가 수긍했다.

"하지만 그렇게 방송으로 호소한다고 해서 또 다른 바르고 강한 사람과 결탁하는 건 아니야. 우리들은 다른 누구와도 관계를 맺지 않으니까. 자유항해단과 똑같이 생각하는 사람들의 크루저가 공해에 나온다면 그 배와는 교류하겠지만……. 정치적인 생각을 가진 사람들이 미치광이 같은 짓을 하면 그게 계기가 되어 톱니바퀴가 하나 움직이니까 그 미치광이 같은 짓도 의미 있다고 생각하는 사람들도 있잖아? 그게 다카키가 가장 싫어하는 거야. 자유항해단은 미치광이 같은 집단이지만 다른 사람들을 위해 어떤 톱니바퀴도 움직이게 하지 않아. 쓸데없는 혹이 하나 튀어나오는 것과 같다고, 그런 집단이 되자고 다카키는 자유항해단을 만들었어."

"혹이라고? 그런데 혹 같은 존재라고 타인에게 인정받고도 살아가는 것이 허용되는 거, 그게 가장 어려운 일 아닐까?" 이사나가 말했다. "자유항해단이 결국 바다로 나가든 나가지 못하든……."

"꼬맹 씨가 정말 오그라드는 남자였다면, 자유항해단이 정말 혹 같은 집단이라는 사실이 꼬맹 씨를 통해서 선전되었다면 금방 타인에게 전해졌을 거라는 생각이 들어. 꼬맹 씨는 어떤 거였을까? 실제로 오그라드는 남자였는지, 아니었는지……."

이사나와 이나코가 지금 누워 있는 곳은 오그라드는 남자의 피를 빨아들인 땅바닥이었다. 그는 결론이 나지 않을 생각들로 몸서리쳤다. 귀 아래에서 무언가 바스락 소리를 냈다. 집어 들어 손바닥 위에 올려놓고 파란 하늘에 눈이 부셔 얼굴을 찌푸리며 살펴보았다. 그건 막 떨어진 아직 마르지 않은 산귀나무 잎사귀였다. 이사나는 엄지와 검지 사이에 잎사귀를 끼고 허연 잎사귀 뒷면을 하늘에 비춰보았다. 노란색 샘점이 뚜렷했다. 그리고 잎맥이 짙은 초록색 잎사귀 아래쪽에서는 부드럽고 두꺼운 선을 그리고 측맥의 끝으로 갈수록 분명한 선을 그리는 것은, 잎맥 줄기 그 자체에 육질의 팽창이 일어나, 그 도톰한 부분이 잎사귀에 미미하게나마 그늘을 드리우기 때문이다. 이사나는 잎사귀에 대해서도 매일 관찰해왔다. 지금 그는 나뭇잎이 인간들에게 배 모양에 대한 가장 원초적인 힌트를 준 것이 분명하다는 생각이 새로이 떠올랐다. *그렇다면 인간은 이미지에 있어서도, 소재에 있어서도, 나무를 매개로 고래와 만났던 거야* 하고 그는 나무의 혼·고래의 혼을 향해 말했다.

"다카키가 자유항해단의 계획을 전부 말했다면 군인은 분명 그날 바로 도망쳤을 거야." 등을 빛에 태우려고 엎드리며 이나코가 말했다.

이사나는 순간 그녀 쪽으로 눈을 돌려 기계에 칠하는 기름처럼 보이는 땀으로 빛나는 젖가슴을 다시 바라보았다. 젖가슴과 몸이 연결되는 부분은 그곳만 잘록하고 음탕하게 느껴질 정도의 옅은 복숭아색을 띠고 있었는데, 그 자체로 그녀의 육체가 얼마나 어린지를 보여주는 것 같았다.

"그러니까, 군인이 이번에 도망간 걸 혹시 일이 그렇게 진행되지 않았더라면 하고 생각하며 괴로워할 건 없어. 더구나 군인은 결국 자유항해단에 잡히지 않고 죽은 거니까, 마지막까지 그 사람 나름대로 야무지게 행동했다고 나는 생각해……."

그렇게 말하며 이나코는 이사나를 깜짝 놀라게 할 만한 미소를, 햇빛으로 자꾸만 감기는 빨갛게 충혈된 눈 가장자리에 머금었다. 그것은 전 자위대원이 도망간 이후 처음으로 보여준 미소였다. 진을 다독일 때조차, 그때까지 이나코가 미소를 띤 적은 없었다.

16장

성적인 미광을 향해서 (1)

수두에 걸리고 나서 한 번도 비명을 지르지 않았던 진이 한밤중에 고통의 절정에 다다를 것을 스스로 인지한 양 히잉 하고 가냘픈 울음소리를 냈다. 어두운 허공에 하얀 두 손을 올리며 무언가에 매달리듯 열심히 움직였다. 덧문을 열어둔 창을 통해 들어오는 달빛에 그 모습이 보였다. 진의 건너편에서 자고 있던 이나코가 일광욕을 할 때와 마찬가지로 벗은 상체를 일으키며 어린아이의 움직이는 두 손을 잡고 잠시 그대로 있다가, 생각이 났다는 듯 젖가슴에 대주었다. 다음 날 아침 모든 발진은 오이풀꽃 색깔처럼 색이 어두워지고 가라앉아 있었다. 진은 불쾌감에서 벗어나 눈을 뜨자마자,

"바다직박구리, 입니다" 하고 조용히 말했다.

"아, 진, 나왔구나." 이나코가 들뜬 목소리로 대답하는 걸 들으며 이사나는 기쁨으로 전율했다.

이나코가 진을 일으켜주고 화장실에 데리고 가고 하는 동안 이사나는 창가에 서서 오전의 바다를 내다보았다. 하늘도 바다도 보라색 마른 안개 속에서 부옇게 보였다. 곶 끝자락의 절벽을 향해 관목 수풀은 싱그러운 푸른빛을 펼치고 있었는데 그곳에도 안개는 기어올라 와 있었다. 망연히 안개를 바라보고 있자니 붉은빛의 바다직박구리 수새와 새끼 꿩처럼 생긴 암새가 덤불 그늘이나 바위 어디든 숨어서 꽁지와 깃을 크게 푸드덕거리는 환영이 일어났다. 진의 온화한 웃음소리에 이끌려 뒤를 돌아보니 이나코가 옷을 벗긴 뒤 진을 직사광선 아래 앉히고, 검은 점으로 수축된 무수한 발진 사이를 미로를 헤매듯 긁어주고 있었다.

"이제 도쿄로 데리고 돌아가도 좋을까?"

"셔츠를 입히면 물집 잡힌 곳이 터질지도 몰라. 2, 3일 더 여기에 있는 편이 좋을 것 같아." 이나코가 대답했다. "도쿄로 돌아가도 나쁜 일만 기다리고 있을 것 같고……."

그건 무척 어두운 목소리였는데, 양 무릎을 꿇고 허리를 똑바로 세운 이나코는 뭐랄까 크고 강한 것에 도전하는 듯이 눈매가 반짝이더니, 재빨리 셔츠를 입고 단추를 채웠다.

그러고는 용맹스러운 기세로 뛰어갔다. 진의 식사를 만들기 위해. 이사나는 그대로 일광욕을 하고 있는 진을 계속 바라보았는데, 어린아이는 이제 웃음을 멈추고 깊은 쇠약을 드러내며 눈을 감고 있었다. 그래도 진은 아버지를 구제하기로 마음먹은 것처럼,

"흰눈썹지빠귀, 입니다" 하고 눈은 햇볕을 피해 감은 채 차분히 가르쳐주었다. "검은지빠귀, 입니다."

계속 간격을 두며 진이 확신에 차 말을 한 마디 한 마디 뱉을 때마다 이사나에게도 여러 종의 들새 소리가 들리기 시작했다. 진의 귀가 기능을 회복하면서 침묵하고 있던 건물 주위로 여러 들새 무리를 초대한 것이 아닐까 싶었다.

이나코는 통조림 소스를 끼얹은 스파게티를 또 만들어 온몸이 땀범벅이 될 정도로 고생하며 가져왔다. 그리고 진은 예전에 이사나가 본 적이 없을 만큼 많은 양을 천천히 일정한 템포로 먹었다. 진은 물까지 충분히 마시고 난 후 이나코가 온몸에 흘린 땀을 닦아주자 식사하는 동안 햇볕에 말려둔 이불 위에 다시 누웠다. 진은 만족스럽다는 듯 크게 한숨을 쉬고 미소 지으며 이나코와 이사나를 번갈아 올려다보았다. 들새 소리도 몇 종류 더 그들에게 알려주었다.

"쇠유리새, 입니다, ……산솔새, 입니다."

그리고 어젯밤부터 오늘 아침까지와는 완전히 다르게 깊고 건강한 잠 속으로 빠져들었다…….

"진은 새에 대해 정말 잘 아네." 이나코가 진지하게 말했다.

그 경건할 만큼 무력감이 드러난 목소리는 감정의 고양 뒤에 따라오는 피로와 공복으로 인한 단순한 반응이자, 동시에 그 이상의 것이기도 했다. 이사나는 자신의 공복감을 새삼 느끼며 이나코의 말을 깊이 새겼다. 둘은 잠든 진을 남겨두고 내려가, 자신들을 위한 식사를 만들어 용암 덩어리에 앉아 먹었다. 그리고 어제와 마찬가지로 일광욕을 했는데, 하루 사이 햇볕이 더 강해져 서로의 머리에 물을 끼얹어 주었다. 진의 잠을 방해하지 않도록 말 한마디 없이. 이나코의 거무스름한 빛을 띤 건강한 피부가 햇빛의 영향을 서서히 받아들이는 것에 비해, 셸터에 틀어박혀 지내온 이사나의 피부는 순식간에 담홍색으로 타며 부어올랐다. 어제 탄 부분에 다시 또 햇빛이 닿자 쑤시고 아프기까지 했는데, 불쾌하지는 않았다.

땅바닥에 누워 있으면 파도 소리조차 들려오지 않는 바다가 공기에 많은 염분을 실어 나르고 있었다. 그리고 내리부는 미풍은 건조했다. 3시 가까이 되자 자꾸 물을 뒤집어써도 햇빛이 너무 강해, 이사나는 물론이고 이나코까지 손을 들었다. 무엇보다 머리가 달아올라 잘 익은 소귀나무 열매처럼 되었다. 결국 그들은 식당 건물로 들어가 머리와 몸을 식힐 수밖에 없었다. 그런데 어둑한 곳에서 각자 자기 땀 냄새를 맡으며 앉고 나자, 응달로 들어온 행위에 새로운 의미가 생겼다. 그 뒤얽히기 시작하는 감정의 덤불을 거칠게 헤치며,

"그럼, 할까?" 하고 이나코가 말했다.

"하자." 이사나는 나약한 인간이 느끼는 고마움을 담아 답했다.

"군인이 두고 간 고무주머니를 가져올게." 이나코는 흰자를 넓게 드러낸 눈으로 이사나를 힘주어 보고서 목욕 타월을 뒤집어쓰고 햇빛 속으로 뛰어나갔다.

'그럼, 할까'라는 말을 생각하며 이사나는 홀로 웃었다. 불건전한 웃음이 아니었지만, 이사나는 문득 불안에 사로잡혀 바로 웃음을 그치고 팬티 고무줄을 잡아당겨 페니스를 살폈다. 그는 섹스에 노련했지만 관계를 안 한 지 오래되었다. 너 괜찮아? 하고 그는 조심스럽게 충혈된 귀두에게 물었다. 전 자위대원의 무서운 성적 에너지에 대해서 들은 얘기가 그자의 혼에 덧씌워져 이사나의 범상한 페니스를 위협하러 오는 듯했다.

“왜 자기 사타구니를 보고 있어?” 뛰어 돌아온 이나코가 숨을 헐떡거리며 물었다. “진은 잘 자고 있어. 수두에 걸린 후 쭉 잠을 잘 못 잤나 봐…….”

팬티 고무줄에 손가락을 걸친 채 주저하는 이사나 머리 위에서 이나코는 선 채로 속옷을 벗었고, 이어서 근육이 뚜렷이 보이는 거무스름한 아랫배가 드러났다. 좁은 곳에 촘촘히 뒤엉켜 있는 긴 음모를 보며 이사나는 이때까지 이토록 아름다운 음모는 본 적이 없다고 느꼈다.

“난 오랫동안 안 해서 처음엔 실패할지도 몰라. 하지만 다음에 다시 하면 그땐 잘될 거야.”

당연하게도 이나코는 요령부득한 표정을 보일 뿐이어서 이사나는 자신의 변명이 부끄럽게 느껴졌다. 거기다 한층 더 비열하게도, 이사나는 종아리가 수평이 되도록 무릎을 올리고 기다리는 이나코의 볼록한 허벅지 근육 사이에서 성기가 빛나는 것을 보고 성병을 의심하며 콘돔을, 이나코가 말하는 고무주머니를 사용하게 된 걸 행운이라고 생각했다. 그러나 곧 그 생각이 부끄러워진 그는 무릎 사이로 다가가서 빛나는 체액에 입술을 댔다. 아아 하고 이나코가 소리를 냄과 동시에 성기 전체가 그의 입술을 향해 수축되어 올라왔다. 그는 사정할 것 같았다. 그리고 페니스를 삽입하자마자 이나코는 성교가 그렇게 가혹한 운동임을 믿어 의심하지 않는다는 듯 두 다리를 그의 허리에 감고 강하게 죄어왔다. 그 상태에서 이사나는 페니스에 가하는 힘을 가감할 여유를 잃고 곧바로 가련한 환락의 한숨을 쉬며 사정하고 말았다. 이나코는 점점 강하게 그의 허리를 죄고 딱딱한 음부를 그의 페니스에 밀어대며, 아아 아아 하는 소리를 냈다.

"실패했어 역시." 이사나는 사정한 걸 알아차리지 못하는 이나코에게 말했다.

그러나 이나코는,

"벌써 그만둬? 그래도 나는 몇 번이나 느꼈는데" 하고 대답했다.

"뭐? 느꼈다고?" 이사나는 되물으며 이나코가 성교에 대해 잘못된 개념을 갖고 있는 걸 알아차렸다. "그런 거였군……."

이사나는 엉덩이를 느릿느릿 움직이며 그에게 무섭도록 거대한 압력을 가하는 그녀의 속박으로부터 풀려나고 싶다는 뜻을 전달했다. 이나코는 민첩하게 두 다리를 풀어주었다. 그녀의 전신 중 가장 뽀얀 두 발바닥이 늘씬한 닮은꼴의 선을 그리는 모습이 어둠 속에서 마치 환각처럼 느껴졌다. 이사나는 그녀의 몸에서 구르듯 하여 몸을 떨어뜨린 후 콘돔을 처리하려고 했는데, 쪼그라든 페니스에 붙어 있지 않았다.

"다시 한번 다리를 벌려봐주지 않겠어?" 당황한 이사나가 말하자 이나코가 체조 선수처럼 넓적다리를 다시 쫙 벌려주었다. 이사나는 넓적다리 안쪽에 걸려 있는 콘돔을 집었다.

이나코가 눈을 내리깔고 이 모든 과정을 바라보다 조용히 웃기 시작했다. 이사나도 씁쓸한 웃음을 지을 수밖에 없었다. 땀범벅이 되어 이나코 옆에 누웠을 때, 이사나는 어쨌거나 그와 이나코가 성적인 관계를 맺음으로써 얻게 되는 가장 좋은 것, 다름 아닌 편안하고 견고한 친화감을 얻게 된 것을 깨달았다.

"느낀다는 거 말인데 네가 말하는 건 조금 확대된 의미 아니야?" 이사나는 이야기를 꺼냈다. "성교하는 동안 네가 아아 하고 소리친 게 그 느낀다는 거라면, 그 짧은 시간치곤 너무 잦았어."

그의 가슴께에서 턱을 삐뚜름하게 돌리고 올려다보는 이나코의 크게 뜬 눈이 온통 안개가 낀 것처럼 보였다. 그것은 이나코가 이사나의 말을 육체의 깊은 곳에서 검증해보려고 하고 있다는 뜻이었다.

"내 경험으로는 여자에게 있어 느낀다는 건 역시 하나의 끝맺음이라거나, 끝맺기까지 겪게 되는 상당히 집중된 체험이 아닐까 해."

"그럴까……." 이나코는 자신의 머릿속을 응시하는 듯한 눈빛으로 말했다.

그 탄식과도 같은 소리를 실어오는 공기가 텁수룩한 수염이 난 이사나의 목 언저리에 사랑스럽게 닿았다.

"그러니까 넌 아직 진짜 느끼지는 못한 거야."

"자위로는 느껴." 이나코가 곧이곧대로 말했다. "추워서 잠이 잘 안 오거나 할 때 자위로 느끼는데, 그 뒤에는 꼭 피곤해서 잠이 드니까 하는 거지, 성적인 거랑은 달라. 그래도 끝까지 가면 느꼈다는 생각이 들어."

"그 끝까지 가는 게 네가 말하는 느끼는 거 아닐까?"

"하지만 정말로 하는 건 그거랑 달라, 흥분하는 거…… 아아 하는 거랑은."

"그 '아아' 라는 느낌에 더욱 집중하고 있으면 그게 쌓여 느낀다는 걸로 이어지는 거 같아, 진짜 성교가 주는 절정으로……."

"그래?" 마음이 놓인다는 듯 말했다. "그런데 당신 참 친절하다, 내가 느끼건 느끼지 않건 당신이 느끼는 것과는 상관없잖아?"

"아니, 성교는 그런 게 아니야." 이사나는 놀라서 말했다. "넌 역시 진짜 느끼지 못했어. 성교를 그런 식으로 생각하고 있다는 건……. 군인이랑 할 때도 너는 자신이 느끼든 느끼지 못하든 그건 단지 너 자신만의 문제이지 군인과는 아무 상관 없다고 생각하면서 계속 성교했던 거야?"

이나코는 아무 말도 하지 않았다. 이사나가 가슴께로 시선을 내리자 그녀의 빛나는 눈에 눈물이 그렁그렁한 것이 보였다.

"정말 싫다……. 느꼈다고 군인한테 거짓말을 했다니 정말 싫어." 이나코가 두려움에 떨며 울음 섞인 목소리로 말했다. "군인은 언제나 열심이었는데, 나는 느꼈다는 거짓말이나 하고 있었다니, 정말 싫어……."

이나코는 한참 흐느껴 울었다. 그런데 눈물이 계속 흘러넘치는 그 눈에서 시선을 돌릴 수밖에 없었던 이사나가 뭔가 새로운 기척에 끌려 그녀를 다시 바라다보았을 때, 이나코가 눈물에 씻긴 말간 눈 안에 욕망을 드러내며 그를 쳐다보고 있었다.

"그러면 연습으로 나도 진짜 느낄 수 있을까?"

"그럴 거라 생각해."

"그러면 연습을 시작해. 또 해, 내가 입으로 세워줄 테니까……."

이사나는 당혹감에 무심코 아랫배를 빼며,

"잠깐 씻고 올게" 하고 말했다.

그러나 이나코는 재빨리 상체를 일으켜 이사나의 아랫배에 머리를 비스듬히 올려놓으며,

"괜찮아, 내 걸로 젖은 거니까, 고무주머니도 사용했고."

하고 관대한 태도를 보였다.

다시 이사나는 자기 땀과 자기 땀이 아닌 것에 이중으로 젖어 약 한 시간 애를 썼다. 그런데 이번에는 이대로는 언제까지라도 사정하지 못하는 게 아닐까 하는 걱정이 싹트기 시작했다. 눈을 감고 분투하다 그 걱정이 점점 현실화되는 걸 인정하며 결국 이사나가 눈을 떴을 때는, 이나코 또한 체조 선수가 격한 운동을 마친 이후처럼 얼굴에 소름이 돋고 창백했다.

"그만하자, 나중에 다시 하기로 해." 이사나가 말했다.

"당신은 아직 절정에 도달하지 않았어. 딱딱해." 엉덩이를 쭈뼛거리며 이나코가 말했다. "남자가 일단 시작한 다음 도달하지 못하면 뇌에 나쁘다고 군인이 그랬어."

"그러면 지금은 자위로 뇌를 보호하지." 이사나가 말했다.

그는 이제 어떤 의미로도 죽은 전 자위대원이 이나코에게 퍼뜨린 잘못된 성 상식 정보를 지적하고 싶지 않았다. 이사나는 얼얼하게 발기된 페니스에서 어렵사리 콘돔을 벗겨내고 이나코가 바라보는 앞에서 급하게 자위를 시작했다. 열중해서 손가락을 움직이고 숨을 죽이며 노력하지 않으면, 사정으로 가는 가파른 언덕길은 넘기가 쉽지 않았다. 겨우 보이기 시작한 오르가슴의 신호 속에서 다시 행복해진 이사나가 '키스해줘'라고 소리쳤는데, 그 목소리는 바보처럼 '*기즈해줘*'라 들렸다. 이나코는 괜히 웃음을 터뜨려 오르가슴을 가라앉히는 일 없이, 그에게 열심히 키스를 퍼부었다. 이사나는 그의 평생에 제일 외골수인 여자아이를 보고 있다고 생각했다. 이사나는 사정을 하고 그 뒤에도 오롯이 행복감을 누릴 수 있었다. 사방으로 튄 정액이 젖가슴을 더럽혔지만 그녀는 아무렇지도 않은 듯 엄지손가락으로 닦아냈다. 그들은 그 모습 그대로 잠을 잤다. 잠에 빠져들기 직전에 이나코가 감격한 듯 이렇게 말하는 걸 이사나는 공감하며 들었다.

"정액을 보면 늘 인간이 신기한 존재라는 생각이 들어."

……이날 둘이 동시에 잠에서 깨어나보니, 서로의 성기에 손을 올리고 있었다. 그러나 그들이 성급하게 성적인 행

위로 돌아가는 일은 없었다. 그들은 진이 있는 곳으로 갔다. 이사나는 이나코와의 사이에 안정된 감정을 기반으로 하는 성적인 친화력이 확립되었음을 느꼈다.

일단 피크는 지났다 해도 진의 병세로 보아 사나흘 동안은 기차에 태우기가 꺼려졌다. 결국 이사나와 이나코는 별장 지구를 조성하는 공사 현장에 며칠간 남아 있기로 했고, 그들에겐 주변 나무들을 관찰하거나 일광욕을 하며 명상하거나 혹은 성교하는 일 외에 할 일이 아무것도 없었다. 잘 익은 소귀나무 열매를 따 먹었다. 새로 물을 길어 왔고 물을 오랫동안 차갑게 보관할 수 있는 곳을 찾아 소귀나무 열매를 양동이에 가라앉혀 식혔다. 이나코는 그처럼 열심히 순서를 따라 야생 나무 열매를 먹는 이사나를 신기하고 흥미롭게 여겼다.

이사나가 나무의 혼·고래의 혼을 향해 계속 얘기하고 명상하는 주제는 두 가지였다. 그중 하나는 죽음이다. 지금 그는 오르가슴을 체득하기 위해 학습 중인 이나코와의 사이에 성적인 친화력이 발전을 멈추는 걸 염려하여 굉장히 자기중심적인 관점에서 죽음을 두려워하고 있었다. 그 공포심이 작용한 것인지 햇볕에 그을리고 과도한 성교로 계속 멍한 그의 머리에 죽음의 '폭력적인 사랑'이라는 말이 떠올랐다. 오랜 옛날 고전어 수업에서 배웠던 그 말이. 이사나는 예전에 다카키에게 말한 적이 있듯이 쭉 생각해왔다. 스스로의 죽음을 받아들이는 즐거움이란 것도 있다고. 셸터에 틀어박힌 자신에게 그 밖의 새로운 즐거움이란 게 생길 리 만무하다고……. 그런데 지금 그는 무력한 자신이 죽음의 '폭력적인 사랑'에 금방이라도 사로잡힐지 모른다는 예감을 느낀 것이다. 그것은 오그라드는 남자와 전 자위대원의 폭력적인 죽음에 의해 유발된 예감이었다. 더구나 그 예감은 성적인 자기해방을 가르치는 교사로서 임하는 과정에서, 무엇이든 쉽사리 무너져버릴 수 있다는 공포로 뒷받침되고 있었다. 얼른 *저 여자아이를 진짜 절정에 도달하게 만들 수 있다면*, 하고 이사나는 무력한 안타까움을 품고 나무의 혼·고래의 혼에게 호소했다. 진에 대해서는 거의 잊어버리고…….

또 다른 명상에서는 이나코의 근본적인 외곬 기질에 이끌려 자유항해단의 활동 그 자체를 중심에 놓게 되었다. *저 여자아이는 거기 참가하는 것 말곤 이 현실 세계에서 살아남을 도리가 없다고 마음속으로 정하고 있으니, 자유항해단에 대해서 더 구체적, 현실적으로 생각하지 않으면 난 저 여자아이의 성적인 진지함에 대해서조차 보답하지 못해 하*

고 그는 애절하게 나무의 혼·고래의 혼에게 털어놓았다. *밤낮으로 성교를 하며 나 자신은 당연한 듯 매번 절정에 이르면서도 그녀에게는 아직 한 번도 진짜 오르가슴을 안기지 못했으니 말야.*

이사나는 자유항해단을 위해 셸터에 틀어박힌 이래 그가 한 번도 명상 중에 떠올린 적이 없었던 형태의 적극적인 플랜까지 생각해냈다. 원양항해가 가능한 배를 한 척 입수할 현실적인 방안을 생각해낸 것이다. 나오비에게 괴의 유산을 분배해달라고 해서 자신과 진의 몫을 그 배와 바꾸는 것. 그건 괴의 생전에라도 실현 가능하지 않을까? 혹시라도 나오비 혹은 빈사 상태의 괴가 왜 갑자기 그런 배가 필요하냐고 물어본다면, 몇 년간 셸터 안에서 생각해온 바대로, 현재 모든 해양에서 절멸 위험에 처한 최대 포유류의 보호를 위해 항해를 하고 싶어졌다고 말하면 된다. 나오비는 그녀의 선거를 위해서도 이사나와 진이 은둔처에 틀어박혀 있는 것보다는 고래 보호를 위한 항해에 나서 뉴스거리를 제공하는 편이 효과적이라고 판단하고 오히려 적극적으로 제안을 받아들여주지 않을까? 실제로 해양에 나가면 이사나는 더 가까이서 고래의 혼과 얘기할 수 있을 테고 진 또한 바닷새 소리를 실습하며 그의 청각 레퍼토리를 늘릴 수 있겠지…….

피부가 온통 진한 갈색의 작은 점으로 덮여 있기는 해도, 마침내 진이 예전의 운동 능력을 회복한 어느 날, 이사나와 이나코는 식당 건물에서 그들의 생활 흔적을 없애기 위해 부지런히 움직이며 온갖 쓰레기를 모아서 태웠다. 초저녁, 일을 마치고 그들은 진을 데리고 수풀 속 짐승들이 다니는 길을 따라 서쪽 바닷가로 갔다. 가면서 이사나는 진에게 소귀나무에 대해 알려주었다. 진을 수호해주었던 게 분명한 소귀나무의 혼에게 하는 답례로서. 낮은 가지에는 잘 익은 열매가 없었다. 잘 익은 암적색 열매가 달린 가지와 덜 익은 붉은색 열매가 달린 가지가 높이 얼룩덜룩 보였다. 큰 가지가 상하지 않도록 조심스레 기어올라 작은 가지째 꺾어 건넸지만, 시각 장애가 있는 진은 자기 손에 쥐인 가지에 분명한 반응을 보이지 않았다. 사방에서 들려오는 들새 소리에 정신이 팔린 모양이었다. 좀굴거리나무의 군락은 그곳을 주시하도록 하는 것 자체가 어려울 정도였다. 점차 짙고 무거워지는 회청색 흐린 하늘과 똑같은 빛깔로 뭉개져 있어 경계가 확실치 않은 바다를 등진 느티나무 앞으로 나가자, 급격히 어둠이 짙어졌다. 불과 며칠 전 크게 무리를 이루고 있던 찌르레기가 이제는 흔적도 보이지 않았고, 거대한 나무

두 그루가 줄기가 가진 질감과 색채를 서로 뚜렷이 대비시키며 잠잠히 서 있었다. 몇천만 장의 잎사귀는 미세한 소리조차 내지 않고, 나뭇잎 사이사이 슬쩍슬쩍 드러난 틈새로 절벽 밑을 때리는 거친 파도 소리가 들려왔다.

진의 손을 양쪽에서 끌면서 오래된 느티나무와 젊은 느티나무를 한 바퀴 도는 동안, 이사나와 이나코는 동시에 무언가를 발견하고 극심한 충격에 할 말을 잃어버렸다. 그들은 그대로 식당 건물로 돌아왔는데, 진의 보폭에 맞춰 느릿느릿 걷는 동안 짙어지는 어둠과 함께 느티나무의 거대한 그늘처럼 노골적으로 공포심을 자극하는 어떤 것이 등 뒤에서 엄습해왔다.

"어째서…… 저렇게…… 묻은 게 바로 티가 나는 장소에…… 묻은 거지? 손 하나가 흙 밖으로 나와 있어서 큰 파리들이 득실득실, 마치 금도금이라도 한 손 같았어……."

바다를 향해 불기 시작한 밤바람에 소름이 돋은 이나코의 내면에는 공포심의 회오리바람이 불어닥쳤다. 이사나는 그 마음을 달래주고 싶었는데 여전히 유효한 말이 떠오르지 않았다. 그를 엄습한 후 그대로 머릿속에 똬리를 틀고 만 것은 고래나무라는 힌트였다. 다카키는 그 느티나무 거목을 고래나무라 마음속으로 정하고, 그 바로 아래에 오그라드는 남자를 매장한 게 분명하다. 왜? 이사나에게 확실한 것은 다름 아닌 자신 또한 그날 오후 그 느티나무를 바라보며 오랫동안 계속 서 있었다는 사실뿐이었다. 그런데 그걸로 이나코를 납득시키고 안심시킬 수 있을까? 그녀의 혼 가운데도 고래나무가 실재하지 않는 이상, 그게 어떻게 가능할까?

도쿄로 돌아와서, 고지대 거리에서 습지대를 향해 내려가는 비탈 위, 지금은 용맹스러우리만큼 무성한 칡, 거지덩굴에 뒤덮인 오솔길 너머에서 이사나와 이나코는 또다시 동시에 이상한 것을 발견했다.

"아아, 자유항해단이 타고 있어!" 이나코가 외쳤다. 지친 진이 흠칫 놀라 몸을 떨 정도로 격렬하게…….

곶에서 보던 하늘에 익숙해진 눈에는 답답하게 느껴질 정도로 낮게 드리운 하늘을 그곳에서만 쭉 밀어 올린 듯, 큰 연기 기둥이 촬영소터 한 면을 뒤덮고 있었다. 불타오르게 하는 힘을 지닌 선명한 빨간색 밑둥치에 어둡고 번들번들한 진홍색 거품이 일어 낮게 퍼져나갔다. 이미 오후 늦은 시간이 되어 한풀 꺾인 햇볕에 풀덤불이 잠긴 것처럼 보이는 습지대를 위로 열기가 기어가듯 퍼져나갔다. 그러나 실제로 불타고 있는 것은 아마 촬영소터에서도 가장 앞쪽 창고뿐일 것이다. 무너뜨린 창고를 불도저로 밀어내고, 큰 구조재는 폐목재상에게 보내고 나머지를 활활 타오르는 화톳불로 태우고 있는 것이다. 불도저가 화톳불 양쪽으로 한 대씩, 이 현장의 공사 책임을 맡고 있는 이의 심리 특징을 드러내듯이 대칭으로 세워져 있었고, 바람의 상태에 따라 화톳불 건너편에 여전히 건재한 창고 벽이 가려졌다 보였다 했다.

"자유항해단의 승조원이 모두 체포되어 아지트가 헐린 걸까?"

"아니, 그렇다면 범죄 현장을 저렇게 거칠게 불태우지는 않겠지." 이사나가 말했다.

그러나 이나코와 이사나를 사로잡은 뿌리 깊은 불안은 그들에게 양팔을 맡긴 진에게 고스란히 전해졌다. 이사나가 눈치를 채고 진을 내려다보자니, 그가 예전에 보도사진에서 본 적이 있었던, 양팔을 올리고 게토에서 강제수용소로 보내지는 소년의 모습이 떠올랐다. 셸터 입구에 다다르자 보다 구체적인 대상으로부터의 위협이 기다리고 있었다. 열쇠로 문을 열려던 순간, 안쪽에서 쇠줄로 연결되어 있던 문에 팔이 튕겨 나갔던 것이다. 다행히 잠복 경찰이 아닌, 다카키와 다마키치, 홍당무, 세 사람이 문밖으로 나와 이사나 일행을 긴장에서 해방시켜주었다. 이사나 일행은 현관으로 들어가, 피로감과 감정의 동요 속에서 입을 다문 채 그들 셋을 마주했다. 나선계단을 몇 계단 올라가 난간에 몸을 기댄 다마키치의 머리가 기묘하리만치 높은 곳에 위치해 있었다. 쇠줄을 풀어준 홍당무는 맨발로 콘크리트 바닥에 내려와 있었다. 그리고 다카키는 정면에서 살이 없는 옆얼굴을 보이고 있었는데, 다카키뿐 아니라 세 사람 모두 이사나 일행을 맞이한다기보다는 기죽은 인간 바리케이드를 만들어 그들을 배제하고 싶어 하는 모습이었다.

"베란다 창유리를 하나 깨고 들어왔어. 유리는 바로 다시 해 넣었지만." 다카키가 여전히 얼굴을 외면한 채로 말했다. "당신도 불길을 봤어? 자유항해단 아지트가 헐리기 시작해서 우선은 이사를 하고 봐야 돼서……. 특히 총기류를 빨리 옮기지 않으면 안 됐어."

다카키는 아무도 없는 곳을 침입한 것에 대해 변명을 늘어놓았는데, 세 사람의 뻣뻣함은 확실히 이나코에 대한 어색함에서 기인하는 것이었다. 다마키치를 중심으로 전 자위대원을 몰아붙여 자살하게 만든 이후, 그들이 이나코와 직접 대면한 적이 없었으니까. 이사나가 그 사실을 느낀 순간 이나코 또한 분위기를 민감하게 읽었다. 그녀는 관대한 성품을 드러내며 굳은 분위기에 스스로 돌파구를 찾았다.

"진을 쉬게 해야 해. 가로막고 서서 쓸데없는 얘기를 하는 건 도움이 안 되겠지?" 이나코는 거친 기세로 말하고는 진을 한 팔로 안고 신발을 벗기더니 홍당무와 다카키를 밀어제치듯 하며 거실로 들어갔다.

"이나코는 투사로군." 조롱하듯이, 그러나 동요를 감추지 못하며 나선계단 위에서 다마키치가 말했다.

그런 다마키치를 향해 홍당무가 현관의 어둠 속에서도 분명히 드러날 만큼 빨개진 얼굴을 들어 올렸는데, 그도 다카키도 다마키치를 향해 뭐라 말하지는 않았다. 그들이 털어놓아야만 하는 현안이 있기 때문이리라 이사나는 추측할 수 있었다. 거실에 자리를 잡은 이후로도 이나코가 진에게 비스킷과 물을 줄 때까지 그들은 질질 시간을 끌며 입을 다물고 기다렸다. 다카키가 마침내 이렇게 말을 꺼냈다.

"자유항해단은 사람도 총기도 저기에서 철수했어. 그런데 창고 안 크루저 옆에 아직 보이가 남아 있어. 그게 문제야. 그 녀석은 절대로 크루저를 떠나지 못하겠나 봐."

"그건 그렇겠지. 그래도 보이 같은 아이를 혼자 남겨두면 어떡해?" 갑자기 이나코가 성난 얼굴을 했다.

"보이는 크루저에 정신이 나가 있지만 미친 건 아니야.

녀석이 하고 싶은 대로 그냥 놔둘 수밖에 없어." 약한 마음을 드러내며 다카키가 말했다. "자유항해단에서는 누구도 동료에게 명령할 수 없어, 누군가가 정말 무언가를 하고 싶어 할 때, 그걸 절대로 못 하게 하는 건……."

"보이가 하고 싶은 대로 내버려두는 거라 말하지만, 실제로 놈들은 보이가 숨어 있는 델 부수고 태우고 있잖아?"

"아직 아지트 창고까지는 부수지 않았어." 홍당무가 말했다. "이쪽 건물만 하나 부쉈어, 아직까지는. 우리들이 쌍안경으로 보고 있었으니까 그건 확실해. 지금 해체 작업이 일단락되고 부순 걸 태우고 있어. 오늘은 그 정도일 거라 생각해."

"하지만 내일이 되면 다시 작업을 시작하겠지?" 이나코가 따져 물었다. "숨어 있는 지하실 천장이 헐리고 불이 붙으면 보이는 미칠 거야. 어째서 데리고 나오지 않아? 오늘 밤중에 보트로 가서 보이랑 얘기하면 되잖아? 그리고 데리고 나오면 되잖아……."

"보이는 혼자서 농성할 결심을 하고 틀어박힌 거야." 다마키치가 말했다. "우리가 총기를 날라 나오는 걸 돕고 나서 자기 혼자 남아 창고 문과 창문에 철망을 쳤으니까. 그래도 우리는 보이가 혼자가 되면 무서워서 나오지 않을까 하고 한동안 기다렸어. 나올 생각이라면 언제든지 나올 수 있었는데, 저렇게 안에서 농성 태세를 갖추고 스스로 남아 있는 거야. 그저께 밤부터야."

"그러면 보이는 꼬박 이틀이나 혼자서 창고에 틀어박혀 있는 거야? 벽 바로 맞은편에서 헐고 부수고 하는 소리를 들으면서……" 하며 이나코가 멍하니 숨죽였다. "불이 붙어 타오르는 소리를 들으면서……. 먹는 건 어떻게 하고 있어?"

"지하 냉장고에 들어 있던 건 전부 남겨두고 왔으니까, 보이는 그걸 먹겠지." 다카키가 말했다.

"저 해체 작업이 끝나면 나가봐야겠어. 철망을 쳐놓은 문을 열고 나오라고 해야 돼. 저렇게 불을 질렀으니 미치지 않았다면 다행이지만……. 물만 해도 이쪽 창고를 헐고 나서 수도관이 아직 기능하는 걸 눈치채면, 괜스레 불도저에 걸리적거리지 않게 밸브를 잠그겠지? 그러면 어두운 창고 속에서 물 한잔 마실 수 없게 돼. 그렇게 외로움을 잘 타는 아이인데, 보이 혼자서……."

"나가본다 해도 이상한 상황이 되어버렸어." 자신들의 약점을 숨기지 않는 진지한 말투로 홍당무가 끼어들었다. "우리들이 자유항해단의 비품을 가지고 나올 때 실수를 해서,

창고를 헐고 있던 놈들한테 뭔가 물건을 훔쳐내는 거 아닌가 의심을 산 것 같아. 그래서 어제 간이 숙소까지 옮겨 와 인부가 그곳을 떠나지 않고 지키고 있어. 농성하고 있는 보이한테 우리들이 신호를 보내면 먼저 그놈들에게 들키고 말아. 그렇게 해서 놈들에게 쫓기게 된다면 우리는 도망간다 하더라도 보이는 저 안에 있으니……."

"스스로 나오는 걸 기다릴 수밖에 없어." 다카키도 말했다. "녀석은 농성을 시작하면서 우리도 결국은 모두 합류하게 될 거라고 생각했을 거야. 그런데 우리가 나가서는 돌아오지 않으니까, 보이는 화를 내고 있겠지. 자기만 버림받은 기분이 돼서 어두운 곳에 틀어박혀 있을 테니, 이나코가 설득하러 가도 소용없을 거야. 우리 모두한테 화가 났으니까 안 나올 거야."

"우리 모두가 크루저가 반쪽짜리라 내심 깔보고 있었으니까 그걸 그냥 버려둔 거라고 생각할 거야, 보이는……." 이나코가 말했다. "그래서 어떻게 할 생각이야? 무얼 하려고 기다리고 있는 거야?"

"우리가 철수하기 전에 보이가 나한테 불도저의 엔진 상태를 봐달라고 부탁했어." 평상시의 성향과는 어울리지 않게 그때까지 침묵하고 있던 다마키치가 입을 열었다. "창고

속 불도저 엔진을. 보이는 강 쪽에서 구경꾼들이 침입해서 크루저에 위해를 가한다면, 불도저로 쓰레기 더미와 함께 쓸어버린다는 계획에 진지하게 몰두해 있었어. 다급해지면 불도저의 방향을 틀어 돌진하겠다는 비전을 가지고. 그래서 어두운 곳에서 참고 있는 게 아닌가 싶어."

"다마키치!" 다카키가 그 말에 덤벼들었다. "지금까지 그걸 왜 말 안 했어? 그저께 밤부터 지금까지 왜 입을 다물고 있었던 거야?"

다마키치는 궁지에 빠졌다. 그러나 추궁당하면 수동적인 충격을 난폭한 역습의 에너지로 바꾸는 타입의 무법한 면모를 드러내며,

"보이에게도 하고 싶은 대로 할 권리가 있다고 생각해" 하고 정색하며 나섰다. "자유항해단은 정치조직처럼 통제하는 집단이 아니잖아?"

"애당초 다마키치가 보이한테 농성을 명령한 거야. 적어도 암시는 했을 거라고 생각해." 분한 마음을 드러내며 이나코가 말했다. "몰래 총까지 보이에게 건넨 건 아니면 좋겠네."

"크루저용 쌍안경은 두고 왔지만, 설마 몇 자루 있지도 않은 총을 보이 같은 어린아이에게 나눠줄 리가 없잖아?"

다마키치가 코웃음 쳤다.

"나도 다마키치가 보이한테 총이나 수류탄을 줬을 거라고는 생각지 않아." 홍당무가 무거운 저항감이 느껴지는 말투로 마음속에서 확고해지는 걱정을 드러내며 말했다. "그동안 총도 수류탄도 열심히 체크하고 있었으니까, 보이가 미리 훔쳐둘 수는 없었을 거야. 지금 다시 체크해봐도 좋겠지……. 그런데 다이너마이트는 어땠을까? 한두 자루 빼내서 크루저 갑판실 같은 데 숨겨두는 건 간단하지 않았을까? 나는 그게 걱정이 되는데, 어떻게 생각해?"

"어떻게 생각하느냐고? 큰일 났다고 생각해." 다카키가 서슬 푸른 자조의 웃음을 띠며 말했다.

"그런 말만 우물쭈물 하고서 가만히 있으면 돼? 다카키, 보이는 꼬박 이틀을 혼자서 틀어박혀 있다고. 미쳐가고 있는지도 모르는데!"

"보이가 지금 여기 있었다 해도 공사 인부가 언제 크루저를 부술까 걱정하며 미쳐버리지 않았을까? 같은 결과라면 마음이 가는 대로 크루저 옆에 있도록 하는 편이 좋지 않을까?" 다마키치가 말했다. "그렇잖아 다카키? 그저께 철수할 때 그렇게 정한 거잖아? 방침을 이랬다저랬다 하는 건 아니지. ……내일 아침 놈들이 건너편 창고를 허물기 시작하면,

보이가 막노동꾼에게 붙잡혀 모든 걸 털어놓기 전에 녀석을 데리러 가면 돼."

"그렇지." 다카키가 조금 전 그가 보인 자조의 잔향을 어두운 자기 내부로 흡수하며 말했다. "우리는 보이가 농성하는 걸 인정했어, 이나코. 그리고 지금 우리에게는 다마키치가 말한 대로 하는 거 말고는 달리 방법이 없어. 그렇지 않아?"

다카키의 목소리가 점차 격해져, 선 채로 이나코의 무릎에 기대어 물을 마시던 진을 겁먹게 했다. 진은 이나코를 향해 매달리듯, 여전히 검은 점들이 속눈썹 사이에 남아 있는 눈을 들어 올렸다.

"좋아, 그런 거라면." 이나코가 초점이 흐려진 눈으로, 그 와중에도 진의 눈길에는 꼼꼼히 응답하려 애쓰며 말했다. "자유항해단이 그렇게 정했을 때, 내가 그곳에 없었던 거니 어쩔 수 없지……. 자, 진, 저녁밥을 짓자, 부엌에 가서 저녁밥을 지어요."

"저녁밥을 지어요, 입니다." 진이 즐겁게 대답했다.

그때까지 논의의 바깥에 머물고 있던 이사나에게 다카키가 처음으로 호소하는 듯한, 그리고 도전하는 듯한 눈길을 보내며,

"주선실의 총안에서 당신도 정찰을 맡아주지 않겠어?"

하고 말했다. "3층에서 쌍안경으로 들여다본 경험은 당신이 제일 풍부하지 않아?"

그들은 나선계단을 올라갔다. 자유항해단이 이미 그곳을 주선실, 즉 촬영소터 지하실 대신 새로운 본부로 사용할 생각을 한다는 건 다카키의 표현처럼 명료했다. 진과 그의 침대 사이에는 무선송수신을 할 수 있는 라디오 장치와 대형 휴대 마이크를 비롯해 크루저의 주선실에 갖춰져 있을 법한 기자재가 질서 정연하게 놓여 있었다. 또한 습지대를 바라보는 정면 벽에는 이사나가 종이에 적어둔 영역 도스토옙스키의 첫 페이지가 총안 사이에 붙어 있었다.

"이런 상태라면 나랑 진은 여기를 비워주지 않으면 안 되겠군. 침대만 너희가 2층 욕실 옆으로 옮겨줘." 이사나가 말했다.

다카키 무리가 이미 총안 바로 밑에 갖다 둔 프리즘 쌍안경을 통해 이사나는 촬영소터를 바라보았다. 파헤쳐진 지면을 덮은 보라색과 붉은색 안개가 렌즈를 가득 메워 이사나는 뱃멀미를 느꼈다. 그래도 쌍안경으로 관찰하는 일에 숙련된 이사나는 머리를 아주 조금씩 움직이며 크게 타오르는 화톳불을 시야 속에 넣었다. 강직한 불기운에 넓은 범위로 짧은 불꽃이 번지고 있었다. 땅에 커다란 구덩이를 파고 커다란 화톳불을 피웠을 것이다. 낮지만 강한 불꽃 앞을 선명한 빨간 그림자의 모습으로 인간의 몸이 가로질렀다. 그 존재를 불꽃의 범위 밖으로 쫓아가니 그건 목부터 윗부분은 천으로 감싸고 갈라진 틈으로 눈만 드러내고 있는, 팬티 한 장 차림의 남자였다. 가슴과 배를 내민 그을린 듯한 검은 몸이 소리 없는 세계를 뒤집어놓는다. 상승기류로 가득 찬 공간과 거기에 들어가는 그의 몸은 붉은색 물과 부드럽게 움직이는 물그림자 같았다. 그 몸이 사라져버리고 이내 같은 모습으로 머리에 천을 뒤집어썼을 뿐만 아니라 근육이 잡힌 모습도 비슷한 몸이 이번에는 둘 나타났다. 그들 또한 불꽃에서 빠져나온 듯이 움직이더니 갑자기 사라져버렸다. 이미 뉘엿뉘엿하면서도 해가 쉬이 지지 않는 하늘이 연기와 같은 색을 띠고 있어서, 프리즘 쌍안경에 그들이 보이지 않는 것일 테다. 그들이 연막 뒤로 들어가버린 것인지 불도저로 판 구덩이로 뛰어내린 것인지…….

"옹골찬 놈들이네. 보이는 저놈들 중 하나하고만 붙어도 처참한 꼴을 면하기 어렵겠어." 이사나가 구슬픈 듯 말했다.

그러나 다카키는 과연 지도자답게 현재 그에게 반항하고 있는 보이를 위해 이렇게 변호했다.

"저놈들의 근육은 둘 다 같은 느낌이지? 죽어라 일하고 밤에는 보디빌딩을 하러 체육관을 다니면서 만든 근육이야. 힘은 있어도 둔하지. 보이가 정말로 도망갈 마음을 먹으면 쉽게 도망칠 수 있어. ……그런데 쌍안경으로 보이는 건 지금으로선 이 정도군."

"이 정도야." 이사나도 말했다.

다마키치와 홍당무가 이미 이사나와 진의 침대를 옮기고 있었다. 그들은 곧장 필요 없는 물건을 치우고 이 방을 자유항해단의 주선실답게 꾸미려고 기다리고 있었던 것이 분명했다. 그들이 아직 아래층으로 내려가기 전에, 또 다카키를 향해서도 이사나가 선언했다.

"나도 지금은 확실히 자유항해단 사람이니까, 진짜로 배를 입수해서 공해로 나가게 되면 함께 가겠어. 그러니까 이제는 나한테 전략적으로든 전술적으로든 숨기지 않아도 돼. 그렇다고 내가 진이랑 이나코랑 셋이서 2층 방에서 잘 때 엿보러 오지는 말아줘. 그렇게 낯 붉힐 일 없는 공동생활을 시작해보자고."

그 밤 모두가 모여 식사를 마치고 나서 다마키치와 홍당무는 습지대를 정탐하러 나갔다. 그리고 이사나는 자유항해단의 활동 계획에 대해 다카키와 처음으로 실질적인 의견 교환을 했다.

"설령 배를 공해에 띄운다 해도, 항구에 보급을 받으러 들르는 일은 필요하잖아?" 이사나가 말했다. "그걸 고려하면 애초에 배를 훔쳐서는 오래갈 수 없지 않겠어?"

"그건 그래. 다마키치는 시잭seajack(해상 납치) 계획을 갖고 있는 것 같은데, 모두가 그 의견에 동조하는 건 아니야." 다카키가 말했다. "배를 훔치는 건 이나코한테 들었어?"

"아니, 그런 가능성을 생각해본 것뿐이야. 하지만 어쨌든 20세기 후반 지구에서의 이야기인데, 배는 합법적으로 입수할 수 있는 방법을 궁리해야 하지 않을까?"

그렇게 말하면서 이사나는 '만약 오그라드는 남자의 죽음에 대해서 추궁당하지 않고 지나간다면……' 하는 말을 내뱉지 않기로 했다. 그러나 다카키는 죽은 이에 대해 입 밖으로 내는 것에 전혀 주저함이 없었다.

"그건 그래. 하지만 자유항해단은 내일, 모레 출항하는 게 아니야." 다카키가 말했다. "현시점에서 자유항해단은 정식으로 외양으로 나갈 수 있을 만큼 훈련되지 않았으니까. 그건 꼬맹 씨 비난이 맞지……."

"오히려 오그라드는 남자는 내일이라도 배를 띄워, 라고 말하지 않았어? 일단 출항하면 그걸로 자유항해단은 현실화되는데, 그러지 않으면 언제까지나 자유항해단이 실현되는 일은 없어, 라고 했잖아?"

"하지만 현실적으로 내일 당장 출항하는 건 불가능해." 다카키가 울분을 드러내며 말했다. "모든 게 꼬맹 씨 연출대로 되지는 않아. 우리는 살아남아 있으니까, 죽은 사람의 비전을 잇는 데는 시간이 걸리지……."

"장인이 암에 걸려서 죽어가고 있는데." 이사나가 구체적인 안을 냈다. "나 자신은 차치하고라도 진은 얼마쯤 그의 유산을 받을 거야. 그걸 미리 달라고 하면, 자유항해단을 위한 크루저를 입수할 수 있을 거야. 셸터를 돌려주는 조건으로 아내에게 제안해도 되고……."

"어쨌거나 당신이 이 셸터를 남의 손에 넘겨도 좋다고 말해준 건 고마워." 다카키가 놀라움을 드러내며 말했다.

다마키치는 그대로 젊은 승조원들에게 연락하러 가고, 정탐 나갔다 혼자 돌아온 홍당무는 다카키와 교대로 습지대 상황을 감시하면서 꼭대기층에서 자기로 했다. 진을 재우자마자 이나코는 창고와 욕실 사이에 있는 방에 드러누운 이사나의 옆구리에 벌거벗은 하복부를 밀어붙이듯 하며 성교를 재촉했다. 그리고 역시 체조 선수와 같은 열성으로 연신 허리를 움직였는데 그래도 바로 위층 다카키 무리가 신경 쓰이는 듯, 오르가슴 학습이라는 면에서는 오히려 이즈에서보다 후퇴한 성교가 돼버렸다. 다만 이나코는 성교를 나누는 걸 다른 사람들이 눈치채는 것이 부끄러운 게 아니라, 자신이 개인적인 오르가슴을 지향하며 열중하고 있다는 사실이 농성 중인 보이를 비롯한 자유항해단의 승조원 모두에 대한 배신이라고 느끼는 듯했다…….

진이 잠결에 뒤척이는 소리에 이사나는 눈을 떴다. 어린아이는 무언가 이상한 소리를 듣고 단순하고도 이상한 꿈을 꾸면서 그 꿈으로부터 도망치려고 했다. 그러나 이사나는 진을 흔들어 깨우는 대신 지금 짙은 어둠 속에서 나무 인형 같은 얼굴로 자고 있는 이나코가 깨어날 때까지 내버려두기로 했다. 그는 머리 위에서 사람이 움직이는 기척을 듣고 있었다. 이사나는 이나코의 침대 옆, 담요를 말고 누워 있던 바닥에서 일어나 어둠 가운데 셔츠를 입었는데 팬티는 찾을 수가 없었다. 그래서 바로 바지를 입고 몇 년 만에 혹사당하고 있는 페니스 끝으로 거칠거칠한 옷감의 따가운 감촉을 느끼면서 방을 나와 나선계단을 올라갔다.

총안으로 아침 햇살이 쏟아져 들어오는 3층 실내에서 다카키가 프리즘 쌍안경을 들여다보고 있었다. 홍당무도 다른 총안으로 직접 밖을 주시하고 있었다. 다카키는 뱃사람다운 몸놀림으로 이사나를 뒤돌아보았다. 그의 눈가 피부는 긴장으로 창백해져 마치 플라스틱 판처럼 보였다. 다카키는 얇고 단단한 입술을 옆으로 삐쭉거리며, 텔레비전 실황중계를 하는 아나운서처럼 객관적인 목소리로 보고했다.

“안개가 소용돌이쳐 아무것도 보이지 않아. 일을 시작하려던 공사 인부들과 창고 속 보이가 승강이를 시작한 것 같은데, 고함 소리가 들리기는 해도 의미를 파악할 수가 없었어……. 안개가 짙어서 말야. 어제 늦게까지 불을 피워서 그 연기가 이 근처를 떠돌다 안개가 된 게 아닐까?”

이사나도 총안을 통해 습지대에 낮게 퍼져 끊임없이 움직이는 안개를 보았다. 촬영소터에 아직 남아 있는 창고 지붕을 마치 안개구름 위로 떠오른 산꼭대기처럼 보이게 하는 여름 안개. 이사나는 안개의 움직임에 눈길을 주며 청각을 집중했다. 귓구멍 속에 이를 돋우고 그것으로 무언가를 씹어 먹으려고 하는 것처럼 열심히……. 펑 하고 셸터 벽에 공명할 만큼 큰 폭발음이 났다. 소리가 나기 직전, 자욱하던 안개에 휩싸여 있던 창고 아랫부분에서 버섯구름처럼 안개와 연기가 솟아오르는 것을 보고, 이사나는 폭발음에 대한 경계 태세를 갖추고 있었다. 안개와 연기가 솟구친 뒤 노란빛이 도는 붉은 불꽃이 번쩍거렸다. 폭발로 안개가 밀려나며 시야가 골짜기 형태로 확보된 이후, 불도저가 나타났다. 거대한 배토판을, 화가 난 펠리컨의 턱처럼 내밀고 가로 줄무늬 불도저가 돌진했다. 그 불도저가 나아가며 안개를 밀어낸 듯, 그 진로에 두 대의 불도저가 보이기 시작했고, 쌍둥이처럼 닮은 각각의 운전수가 당장 지면으로 뛰어내리려 했다. 돌진하는 불도저의 몹시 높은 곳, 그것도 옆으로 치우쳐 튀어나와 있는 운전석에서 작은 얼굴을 한 왜소한 남자가 어깨를 으쓱거리며 팔꿈치를 펴고 노랑과 검정 가로 줄무늬의 전차를 움직이고 있었다. 비전의 전차를……. 눈에 보이는 것과 눈에 보이지 않는 것에 대한 그 개념을 총안에서 바라보고 있던 세 사람이 동시에 깨달았다. 이사나가 숨을 죽인 순간 다카키와 홍당무는 감동과 재밌어하는 감정이 일렁이는 목소리로,

"보이가 불도저로 공격했다!" 하고 외쳤다.

곧 안개가 되돌아와 회오리쳤고 공격을 멈추지 않는 불도저와 운전자가 도망가버린 불도저는 함께 그 안개 속에 묻혔다. 이어서 금속체가 부딪히는 큰 충돌음이 들리자 총안을 살피던 세 사람은 웃지 않을 수 없었다.

"보이를 구조하러 가지? 저대로 불도저를 타고 도망칠 수는 없을 거 아냐?" 웃음으로 목이 멘 이사나가 물었다.

허를 찔린 듯 다카키가 이사나를 바라보며,

"그렇겠지……. 저 소리로는, 이미 불도저는" 하고 말했는데, 다음 말은 웃음의 발작에 휩쓸려 들리지 않았다.

"어제 한밤중부터 다마키치 구조대가 차로 대기하고 있어요. 저 옆에." 홍당무가 눈물을 흘릴 정도로 새빨개진 얼굴로 웃더니 말했다.

그러는 동안에도 거친 절규가 중간중간 들려오는 듯했다. 안개 밑에서는 큰 불꽃을 피우며 창고 전체가 불타오르기 시작했고, 격한 상승기류와 주변에서 불어오는 기류가 그새 안개를 송두리째 날려버렸는데도, 정작 싸우고 있어야 할 보이와 작업 인부들은 물론이고 구조대는 그림자조차 보이지 않았다. 단지 불타오르는 창고의 큰 불꽃 덩어리 가운데 보이가 달성한 비전만이 확대되고 강화되어 선명하게 나타나 있을 뿐이었다…….

17장

성적인 미광을 향해서 (2)

긴 하루가 지나고 밤이 되자, 그것도 한밤중 가까이 되어서야 다마키치가 셸터로 돌아왔다. 그는 현관에 들어섰을 때부터 자신에게 쏟아질 질문을 미리 견제하려는 태세를 갖추고 있었다. 그리고 단숨에,

"보이가 맞아서 다 죽어가. 보트 창고까지 데리고 도망가서 돌보고 있다가, 닥터가 감당하지 못해서 차에 태워 도쿄대학병원 아케이드에 내려두고 왔어" 하고 말했다.

"병원 쪽에는 연락했어?" 다카키가 물었다.

"돌아올 때 공중전화로 부상당한 사람이 있다고 알렸어, 병원 교환원한테……."

"도쿄대학병원 전화번호 몇 번이야? 너 보이를 죽게 내버려두고 온 거 아니야? 실제로는 의사가 발견하지 못하길 바

란 거 아니야?" 다카키가 따져 물었다.

다마키치는 불끈 화가 나 입을 다물고 다카키를 노려보았다. 그의 온몸에서 흉포한 폭력의 흔적이 노골적으로 느껴졌다. 그러나 다음으로 그가 보인 행동은 의혹을 제기한 다카키를 구타하는 것이 아니었다. 유달리 천천히 팔을 움직이며 점퍼 깃에서 그라비어 페이지를 펼쳐 둥글게 말아둔 주간지를 꺼내 다카키의 코앞에 내밀었다. 다카키는 초등학생이 교과서를 읽는 자세로 주간지를 펼쳤다. 홍당무와 이나코와 함께 이사나도 옆에서 주간지를 들여다보다, 자유항해단이 군사훈련하는 장면을 찍은 사진을 발견했다. 첫 페이지 상단 사진을 뒤덮고 있는 건 전 자위대원의 커다란 옆얼굴이었다. 그도 그를 둘러싼 청년들도 생동감 넘치는 모습으로 땀을 흘렸고, 그 굵은 땀방울이 빛나는 여름 햇살을 반사하고 있었다. 그리고 정말 그 빛에 어울리는 자랑스러움으로 가득 찬 미소를 띠고 있었다…….

"스스로의 안전권을 확보하려고 보이를 죽게 내버려둔 것이 아니냐는 이야기라면, 우리는 애당초 안전권에 있지 않아"라고 말하며 다마키치는 다른 이들의 반응을 확인했다. "보이를 제일 예뻐한 건 나야. 아냐? 보이는 크루저 윗부분이 타인에게 비웃음당하지 않도록 다이너마이트로 날려버리고 자폭할 각오로 싸웠어. 인부들한테 심하게 얻어 맞으면서도 전혀 두려워하지 않았어, 죽는 것마저. 그래서 나는 안심하고 보이를 도쿄대학병원 아케이드에 두고 온 거야. 녀석은 자기의 비전을 확실히 붙잡고 마음의 안정을 찾고 있었으니까……."

"다마키치가 부상당한 보이를 죽였어. 경찰에 뭔가 얘기하지 않을까 하고 아케이드에 내다 버린 거야, 나중에 비판당하지 않으려고!" 이나코가 다마키치를 향해 맨발로 뛰어나와 외쳤다. "우리들은 지금 바로 다마키치를 재판하지 않으면 안 돼! 오그라드는 남자를 재판했던 것처럼!"

다마키치는 가슴을 내밀며 이나코를 바라보았다. 땀이 새로이 방울져 떨어지는 얼굴은 짐승처럼 보였다. 솜털이 빛나는 이나코의 목도 기름진 땀에 얼룩져 있었고 그 살갗이 분노로 핏줄이 선 채 떨렸다.

"다마키치를 재판하지 않으면 안 돼! 설령 무슨 일이 일어난다 하더라도 제일 먼저! 그러지 않으면 다마키치는 하나둘씩 동료들을 죽여갈 거야. 보이가 인부한테 맞은 상처를 다시 다마키치가 때려서 더 악화시킨 게 분명해! 병원에서 보이가 모든 얘기를 털어놓을까 봐 겁이 나서! 세 밤이나 창고에 혼자 숨어 있던 아이를 구하는 대신에 말야!"

그 후 이나코는 신음하며 다마키치의 멱살을 잡았다. 다마키치는 무저항으로 일관하고 있었기 때문에, 홍당무가 이나코를 다마키치의 몸에서 떨어뜨리기 위해서는 그녀를 끌어안을 수밖에 없었다. 홍당무는 땀으로 범벅이 되고 어깨에서 목 근육까지 딱딱하게 부풀어 올라 만만치 않은 강인함을 과시했는데, 그것은 분노를 폭발시키며 다마키치에게 달려드는 이나코가 얼마나 힘이 센지 보여주는 것이기도 했다.

"진이 깨겠어, 진이 놀란다고." 홍당무가 이나코를 달랬다.

그러자 이나코의 공세는 수그러들었고, 다마키치 또한 갑자기 약한 모습을 드러냈다.

"보이는 자기 불도저를 인부들의 불도저에 부딪쳐 상대를 움직일 수 없게 했어." 고립무원이 된 다마키치가 누구를 향해서랄 것도 없이 하소연하듯 말했다. "그러고 나서 말야, 쇠 파이프를 휘두르며 뒤쫓아가서는 도망가는 인부들을 때렸어. 인부는 둘이었는데 보이의 공격을 멈추기 위해서는 각목을 들고 방어하는 정도론 부족했어. 그런 건 금방 부러져 튕겨 나가니까. 그래서 그들도 어쩔 수 없이 거기에 떨어져 있던 쇠 파이프를 같이 휘둘렀어. 우리는 보이를 구하기 위해 풀밭 위를 뛰면서 그걸 지켜봤어. 보이는 적을 제대로 바라보지도 않고, 고개를 숙인 채 소처럼 돌진하며 무턱대고 쇠 파이프를 휘둘러댔어. 그걸 막으려고 인부들이 보이의 어깨를 노렸지. 하지만 보이의 얼굴을 치고 말았어. 우리들이 도착했을 때, 보이는 처참하게 빙글빙글 돌다가 뒤로 벌렁 자빠져서 경련할 뿐이었어. 흰자위를 부라리며. 보이의 머리뼈 가운데 깨진 부분이 벌름거리며 끊임없이 피가 흘러나왔는데, 어떻게 내가 그 상처 난 곳을 다시 때릴 수 있었겠어? 그, 윗부분뿐인 보잘것없는 크루저를 무엇보다 소중하게 생각하던 보이의 얼굴을……."

그리고 다마키치는 웃을 때처럼 입을 크게 벌리더니 갑자기 오열하기 시작했다. 오열하면서 불안한 개와 같은 얼굴로 이쪽을 추궁하듯이 바라보는 다마키치의 모습은 차마 눈 뜨고 보기 힘들 정도로 비참하고 끔찍했다.

"어쨌거나 우리들은 이 사진을 검토하고 이제 어떻게 하면 좋을지 의논해야 해." 다카키가 내뱉듯이 말하며 나선계단을 뛰어올라 갔다.

모두가 그의 뒤를 따라갔다. 다마키치의 오열로부터 벗어나고 싶었던 것처럼. 그러나 다마키치도 오열하면서 뒤따라왔기 때문에 이사나는 2층 층계참에서 그를 먼저 보내고 그 울음소리에 진이 깼는지 확인해야 했다. 주선실에 둘러앉고 나서, 다마키치는 더 이상 오열하지 않았지만 대신 눈물을 하염없이 흘렸다. 그래서 좀처럼 다카키가 말한 대로 앞으로의 계획에 관해 회의를 시작하기란 쉽지 않았다. 별도리 없이 다마키치를 제외한 다른 자유항해단 승조원들은 설령 그들이 희망하던 바는 아니라 해도 어쨌거나 자신들이 처음으로 등장하게 된 매스컴인 주간지 그라비어를 펼쳐 보기 시작했다. 사진에 등장하지 않는 유일한 멤버로서 그 모습을 객관적으로 지켜보는 이사나에게는 기묘하게 느껴질 정도의 집중력을 나타내며, 그들은 점점 더 깊이 그라비어 사진에 몰두했다.

이사나는 그라비어 사진 대신, 자신과 진이 영위해온 오랜 고독한 생활 중에 생긴 카펫 얼룩을 내려다보고 있었다. 의식적으로 만들어낸 것이 아닌 그 얼룩 모양에 스쿠너의 이미지를 이끌어내는 마중물을 흘려 보내자, 이내 그 이미지가 어른거렸다. 아침 동안 피어오른 불길이 기온 상승에 한몫한 듯, 밤이 깊어도 무더운 진짜 여름 날씨였다. 이사나의 이마를 흐르던 땀이 카펫의 얼룩 스쿠너 위로 한 방울 떨어졌다. 사실은 이사나 자신의 눈물이었을지도 모른다.

보이, 그 윗부분뿐인 크루저에 올라 땅에 닿을락 말락 한 갑판에 서서 세상을 바라보는 걸 무엇보다 좋아했던 소년.

세 밤이나 컴컴한 지하창고에서 기다리다가 애정하는 크루저에 다이너마이트를 설치하고 널빤지 벽을 불도저로 밀어 무너뜨리며 돌격한다. 어린 비탄, 되레 원한을 사게 된 것에 대한 분노, 그리고 직접적인 폭력에 대한 두려움으로 머리가 터져버릴 것만 같은 상황 속에서 보이는 불도저 핸들에 팔을 뻗고 있다. 그의 시야를 가득 메우는 쇠 파이프를 든 남자들과 파헤쳐진 여름풀들이 수북한 황무지, 습지대와 언덕으로 이어지는 비탈, 콘크리트 셸터, 이 모든 것이 비스듬히 기울어 부들부들 떨린다. 그것이 그의 비전이라면 그의 세상 전체이기도 하다. 그의 두개골을 부숴버리고 만 쇠 파이프의 일격이 그 비전, 그 현실 세계를 피 냄새로 물들이며 암흑의 바닥으로 처넣는다. 이제 보이의 비전은 사라지고 없고, 보이처럼 이 현실 세계를 파악하는 자 또한 없다. 즉 그의 고유의 세계가 흔적도 없이 사라져버렸다…….

이사나는 자기 주변에서 그라비어 사진을 보고 있는 청년들 각각의 비전과 그들 각각의 현실 세계가 언젠가 가까운 시일 내에 난폭한 자기 파괴로 인해 피의 암흑 속으로 사라져버리는 장면을 상상했다. 그들의 죽음을 둘러싼 외로움이 생생하게 예감되었다. 순환논증이 될 테지만, 그 깊은 외로움에 저항하기 위해서라면 어떤 난폭한 자기 파괴라도 감수해야 할지 모른다. 청년들을 둘러보던 이사나의 눈이 다마키치의 치켜뜬 눈과 마주쳤다. 붉게 충혈된 채 빠르게 말라가는 다마키치의 눈이 순간 그를 스쳐 지나갔지만, 이사나는 지금 다마키치가 자신과 똑같은 생각을 하고 있음을 직감하며 움찔했다.

"사람들이 이 풍경을 보면 우리의 군사훈련 장소를 특정할 수 있지 않을까?" 다카키가 그라비어의 마지막 페이지를 이사나의 무릎 쪽으로 내밀며 물었다. 홍당무도 옆에서,

"오그라드는 남자가 아지트 가까이까지 편집자를 미행시켰다는 말은 허풍이었고 감시했던 우리들이 본 차는 이 일과 전혀 무관한 다른 사람의 차였을지도 모르지만, 여하튼 이즈의 풍경을 잘 아는 사람이 보면 이 사진만으로 정확한 위치를 알 수 있을 거야……."

"확실히 그렇지." 이사나는 그렇게만 말했다.

실제로 대답할 필요도 없을 정도였다. 느티나무 거목의 가지가 사진의 3분의 1을 차지하고, 더욱이 이어지는 곶의 돌출부에서 바다를 사이에 두고 또 다른 곶의 작은 마을이 멀리 바라다보인다. 현지 사람들이라면 이 배경의 구조만으로도 사진작가가 서 있는 절벽 아래 바위의 위치까지도 짐작할 수 있을 것 같았다. 사진의 주제는 느티나무 밑동에

서부터 바다를 향해 하강하는 모습으로 로프에 매달려 절벽 바위 표면을 타고 내려가는 청년들이다. 그들은 자유항해단 크루저를 향해 긴장된 희구를 품고서 내려가는 듯하다. 하얀 글자로 인쇄된 제목은 '어느새 우리들 사이에 무장게릴라가 비집고 들어왔다?'였다.

"이 사진 설명은 아직 편집부가 오그라드는 남자의 사진을 믿어도 좋을지 어떨지 유보적인 입장이었던 걸 보여주는군." 이사나가 말했다.

"경찰도 그렇다면 좋겠지만, 그렇게 흘러가지는 않겠지." 다카키가 말했다.

"당연한 거 아니야!" 다마키치가 누구를 향한 것인지 모를 적의의 가시가 돋친 목소리를 냈다. "우리의 무장투쟁은 이제 막 시작됐어. 그건 다 알고 있는 거잖아?"

다마키치는 순간 어안이 벙벙해진 사람들의 시선에 둘러싸였다. 바로 조금 전까지 오열하면서 물고기처럼 아래턱을 내밀고 울상을 짓던 다마키치가 갑자기 공격적인 태세로 전환해 온몸의 비늘을 거꾸로 세우듯 머리를 들고 있는 것이다. 그것도 일이 잘 풀릴 가능성이 있다는 양…….

"우리의 무장투쟁이 이제 막 시작되었다, 라는 건 무슨 의미지?" 다카키가 되물었다.

“말 그대로지!” 다마키치가 목소리를 높여 말했다.

“이 주간지를 언제 입수했는지는 모르지만, 아무튼 지금 다마키치는 보이를 돌보면서 다른 애들과 이야기해서 얻은 결론을 전하는 거지?” 홍당무가 말을 거들었다. “그 논의 과정을 설명하지 않으면 그 장소에 없었던 우리는 무슨 말인지 모르잖아.”

“이 그라비어 사진을 보면 자위대는 바로 움직이겠지? 그렇지? 경찰은 말할 것도 없고.” 다마키치가 말했다. “이건 오늘 아침 발매된 잡지니까 아마도 오늘 중으로 다 볼 거야. 국회에서도 이번 건은 큰 문제가 될 것 같지 않아? 민간인이 일일 군 체험을 하러 간 게 아니니까. 자위대원이 일부러 게릴라 진지에 교관으로 입대한 거니까. 이 사진을 찍은 시점에는 실상 실탄은 그곳으로 옮기지도 않았었고 수류탄도 폭약과 신관을 뺀 것만 사용했지만, 사진으로는 거기까지 알 수 없으니까. 그리고 그 사람들이 아는 한 그 자위대원은 시민에게 쫓겨 자위대 소유의 총으로 자살한 거니까! 당연히 국회며 자위대며 경찰까지, 어떻게든 우릴 섬멸하려고 난리를 치지 않겠어? 매스컴도 거기에 동조할 테고. 우리는 그들이 관심을 가질 만한 적이니까. 우리가 설령 무기를 가지고 순순히 잡힌다 해도, 아니 지금까지 별로 한 짓이 없다고 고백한다 해도, 그들은 오그라드는 남자나 군인의 일을 빌미로 엄청난 이야기를 날조할 거야. 그러지 않겠어? 그러니까 우리에겐 지금부터 두 개의 길밖에 없어."

"두 개의 길? 다마키치는 어째서 그렇게 변죽을 울리는 거야? 처음부터 되는 대로 지껄이고 있었던 거 아니야?" 이나코가 덤벼들었다.

"두 개의 길이 있으니까 두 개의 길이라고 하는 거야. 지금까지 모은 무기를 자유항해단 한 명 한 명에게 분배해서 모두가 전국으로 뿔뿔이 흩어지는 거야. 자유항해단이 다시 뭉칠 수는 없으니 각자 자기가 하고 싶은 대로 한다. 그게 첫 번째 길이겠지? 보이처럼 특별히 외로움을 잘 타는 사람은 이제 없으니, 이 길을 택해도 불평은 안 하겠지? 혼자서 투쟁하는 게 싫은 사람은 받은 무기를 마음대로 처리하면 돼. 우리는 전국에 흩어진 각자의 은둔처에서 일제히 크루저를 요구하며 봉기하려는 게 아니니까, 모두 자유로워. 누군가 혼자서 무기를 사용하고 싶어진다면, 자신이 있는 곳에서 봉선화 열매처럼 톡톡 터뜨리면 되지……."

"모두가 무기를 분배받고 뿔뿔이 흩어져 여러 장소에서 개인적으로 하고 싶은 일을 하는 건 우리가 자유항해단으로 모이기 전과 똑같잖아? 그건 우리가 자유항해단을 만들고 쌓아 올려온 방향과는 다른 거 아냐? 그러면 보이가 말하던 것처럼 아무것도 하지 않은 것과 똑같아지는 거야."

이나코는 곧바로 의구심을 드러냈는데, 다마키치는 이나코의 말을 무시했다.

"두 번째 길은 지금까지와 마찬가지로 무기를 모아놓고 자유항해단 전원이 한곳에서 농성하고 싸우는 거야. 지금까지 해왔던 대로지만, 앞으로는 실제 전투가 시작되겠지……. 그런데 자유항해단이 농성하려 해도 크루저와 함께 본거지는 다이너마이트로 날아가버렸으니!"

다마키치는 그렇게 말하다 끊고 표정을 살피듯 이사나를 바라보았다. 그 비열한 제스처 뒤에 입술을 이 사이로 말아 넣듯이 입을 꽉 다문 다마키치에게 다카키는 이사나 편에서서 단적인 혐오를 드러냈고, 홍당무도 화가 난 듯 얼굴을 붉혔다.

"오늘 쭉 논의를 진행했던 거라면 지금 말한 두 가지 길 중 어느 쪽을 택할지는 이미 결론이 났겠지?" 이사나가 말했다. "다만 다마키치가 나한테 그 결론에 대해 말하는 걸 꺼리는 걸 테고. 자유항해단의 본거지를 여기로 옮긴 건, 공격에 대비해 농성해야만 하는 상황이 되면 여기를 본거지로 삼는다고 서로 양해가 이루어진 거지."

"그런 상황이 된다면야 난 물론 두 번째 길을 택하지. 농성에 대한 전망만 확실히 선다면 나는 두 번째 길이 가장 좋겠다고 생각하고 있었어." 다마키치가 노골적으로 안도감을 드러내며 말했다.

"지금 말한 걸 일단 받아들이고서 하는 얘기인데, 혹시 세 번째 길은 없나?" 이사나가 다카키를 향해 말했다. "너도 다마키치처럼 두 개의 길 말고는 생각한 게 없어?"

다카키는 그 도전적인 질문이 다마키치를 지나쳐 자신에게 향하고 있다는 사실을 확실히 인식하며, 이사나를 날카롭게 바라보면서 진중하게 입을 다물고 있었다.

"자유항해단은 가까운 시일 안에 크루저를 손에 넣고 일본 국적을 버리려고 했던 거 아니야? 일단 그런 계획을 세워놓고는, 위기가 오자 바로 전국으로 흩어져 톡톡 자멸하는 걸 생각했다가 또 다 같이 농성하면서 톡톡 자멸하는 걸 생각했다가 하는 너희의 태도가 나는 이해되지 않아. 과연 그렇게 하면 자유항해단이 수미일관을 이룰 수 있을까? 이 셸터에서 농성하면서 밖에서 침입해오는 사람을 모두 적으로 간주하는 건 오히려 그동안의 내 삶이잖아?"

"그건 그렇네." 다카키가 신중함을 잃지 않으며 말했다.

"그렇다면 지금 너희가 내 셸터를 점유했다고 믿고 있다

하더라도, 사실은 내가 나무와 고래의 보호를 선전하기 위해 전투원을 내 셸터에 받아들인 거라고 할 수도 있지 않겠어? 나는 너희가 위기에 처했다는 건 인정하지만, 그렇다고 곧장 자유항해단의 계획은 버려두고 자위대나 경찰과 겨루는 것만을 생각하는 게 이상해. 오그라드는 남자가 했던 얘기처럼 들리겠지만, 너희는 진심으로 자유항해단의 계획을 세웠던 거야? 진심이었다면, 어째서 제삼의 길에 대해서는 생각하지 않는 거야?"

다카키가 말이 없었기 때문에, 이사나는 오그라드는 남자가 찍은 그라비어 사진을 바라보았다. 사진이라고 하는 것의 근본적인 기묘함은 화면에 실재하지 않는 사람의 상상력이 화면의 '현재'에 편재한다는 사실이다. 그 사진에서도 오그라드는 남자의 정열인지 악의인지, 여하튼 무척이나 생생하고 농밀한 감정이 전 자위대원 및 둥그렇게 진을 치고 그를 감싸고 있는 청년들을 뒤덮고 있었다. 전 자위대원이 자동소총을 분해해서 용암 자갈에 깐 천 위에 각각의 부품을 펼쳐놓은 상황이었다. 붉은 고기 빛깔을 띠는 총신의 번호는 사진 속에서도 확실히 읽을 수 있었다. '게릴라는 육상자위대 장비인 64식 7.62밀리 소총을 손에 넣어 실전 훈련에 사용하고 있다.' 이 설명을 읽으면 설령 아주 관대한 국가권력이라도 그냥 넘길 수 없을 것이다. 더구나 이 정도로 치명적인 장면을 찍히면서, 전 자위대원과 청년들은 열정적이고 순진한 미소를 보이고 있었다. 렌즈 이쪽의 오그라드는 남자는 이렇게 아름답게 미소 짓는 자들의 사진을 어찌 찍지 않을 수 있겠는가? 하고 침묵의 고함을 지르는 듯했다.

"여기에서 농성하는 걸 당신이 반대하지 않으니 서둘러 의논할 건 없겠지만." 다카키가 드디어 입을 열었다. "어쨌거나 순서에 따라 이야기를 진행하자면 나는 자유항해단이 무기를 분배받고 뿔뿔이 흩어지는 것에 찬성하지 않아. 꼬맹 씨가 말했던 것처럼 자유항해단은 이제 만들어져가고 있으니까. 아직 확실한 형태와 실질을 갖추지 못했어. 확실한 건 모두 뭉쳐 있다는 것뿐이지. 우리가 뿔뿔이 흩어져버리면 자유항해단은 그대로 해산이야. 이나코가 말한 대로 보이의 꿈처럼 아무것도 하지 않은 것과 매한가지가 돼버려. 그럼 두 번째 길. 여기서 농성하며 싸우는 것만으로는 자유항해단 안에서 확실한 건 아무것도 나오지 않을 거야. 그건 수동적이니까. 수동적인 건 좋지 않아. 우리 측에서 적극적으로 나서는 게 아니라 기동대나 다른 무언가가 오는 걸 기다렸다가 그들이 어떻게 나오는지에 반응하며 그제서야 행동을 시작하는 거니까. 애초에 그러려고 자유항해단을 만든 건 아니잖아? 불합리한 죽음을 타인에게 강요당하지 않고 스스로가 하고 싶은 걸 자유롭게 하며 살고 싶다고, 우리는 자유항해단의 출발점에 그런 마음이었던 거 아니야?"

"여기 농성하고 있는 데로 기동대가 공격해오고 머지않아 자위대까지 공격해올 거라 치고, 거기에 대응해 반격하는 건 수동적이지 않다고 생각해. 내가 얼마나 수동적이지 않은지는 바로 보여주겠어." 다마키치가 말했다.

"수동적으로 시작해서 난폭함만을 과장하는 걸로는 절대로 능동적인 것으로 전환될 수 없어. 나는 경험으로 알고 있어." 다카키가 매정하게 말했다. "나도 당신이 말하는 제삼의 길을 생각해봤는데 말야, 물론 그건 옳아. 서둘러 크루저를 손에 넣고 자유항해단의 원래 계획대로 공해로 자취를 감추는 걸 생각해보라는 거지? 그런데 현실적으로 우리가 지금 무장한 채 이즈나 보소房総까지 이동해서 요트항으로 숨어드는 게 가능할 거라 생각해?"

"현실적으로 가능할지 어떨지는 그야말로 실제로 해보지 않으면 알 수 없는 거 아닌가?" 이사나가 되물었다. "이럴 때야말로 원래의 구상에 따라 행동해야 하지 않을까? 왜 처음부터 현실적으로 불가능하다고 포기하고 시도해보려고도 안 하는 거야? 처음 구상이 원래 현실적으로 시도해볼 수도 없는 것이었다면 그 구상은 애초부터 현실에 존재하지 않았던 것과 마찬가지이고, 그 구상을 품고 있었던 인간 자체가 실제로는 존재하지 않았던 게 되겠지? 그러면 어떤 변호로도 오그라드는 남자와 보이가 자유항해단의 구상을 위해 자진해서 죽었다고 타인을 설득할 수 없어."

"그러면 당신은 현실적으로 무얼 해 보이겠다는 거지?"

"자유항해단에 관한 상세한 사실들을 경찰 측은 아직 다 파악하지 못한 것 같으니까, 시간 여유가 있다면 난 내일 아내랑 교섭하고 올게. 크루저를 한 척 입수하는 일쯤은 불가능하진 않을 테니까. 할 수 있는 한 어떻게든 그 배 위에서 원래 구상에 따라 시작해보지 않겠어? 실제로 해보면 네가 예상하는 대로 난관에 부딪히는 일이야 많겠지만. 뿔뿔이 흩어지거나 수동적으로 기다리고만 있는 것보다는 낫지 않을까?"

"나는 당신이 말한 제삼의 길에 찬성이에요." 홍당무가 힘을 주어 말했다. "다카키, 세 번째 길을 시도해보자. 그렇게 결정되면 나는 이즈로 돌아가서 다시 하고 싶은 일이 있어, 가능한 한 서둘러서……."

"꼬맹 씨를 묻은 장소와 관련된 일이지?" 이나코가 말했다. "나도 그 상태로는 지금 바로라도 경찰에 발각되지 싶어."

"이미 동료들을 보냈어, 오토바이 세 대로." 다마키치가 껴들었다.

홍당무와 다카키가 놀라서 긴장한 얼굴로 다마키치를 바라보았다. 다마키치 본인은 다소 멋쩍어하면서도 역시 득의양양한 마음을 감추지 못했다. 그의 표정에 이사나는 나머지와 마찬가지로 막연하게 나쁜 예감이 들었다.

"다카키가 자유항해단의 지도자니까, 선장의 권위를 확실히 하지 않으면 안 돼." 다마키치에 대한 모두의 비난을 담아 이나코가 말했다.

"그렇지, 자유항해단 그 자체를 정말로 현실화하려는 이상." 이사나도 말했다.

"그런 때이니만큼 고래나무의 재앙이 없었으면 좋겠는데." 다카키가 핏기가 없어, 다갈색을 띤 얼굴을 굳히며 멍하니 말했다.

냉방이 잘되는 건물에 들어가면, 사람은 자신이 등을 돌려버린, 문밖에 넘쳐흐르고 있는 여름을 과도할 정도로 정확히 측정할 수 있다. 이미 사납게 느껴지는 여름 날씨였다. 이사나는 옆 병실에서 전해오는 신음에 몇 번이나 마음의 준비를 하며, 창밖 먼 곳에서 지금은 무성한 나뭇잎을 달고 잘 길들여진 것처럼 보이는 여러 느티나무들을 발견했다. 다카키가 말한 대로 느티나무 군집은 아직 이 대도시에서 번성하고 있는 것이다. 그 느티나무 군집으로부터 나무의 혼이, 지금 후두암으로 괴로워하는 노인의, 결국 너를 향하고 있는 것인지도 모를 신음에 어째서 그렇게 냉담한 것이냐? 하고 물어오는 듯하다. 이사나는 *그건 내가 괴에 대해서 지금 현실적으로 뭔가를 해줄 수가 없어서야. 나는 내가 뭔가 해줄 수 있을 것 같은 무리의 대표로서 지금 여기에 와 있는 거야*, 하고 해명했다. 그리고 이사나는 간헐적으로 이어지는 괴의 신음을 의식 밖으로 내쫓고 나오비가 나타나기를 기다렸다. 그곳 또한 병실이긴 해도 나란히 놓여 있던 침대 두 개 중 하나를 치워버린 후에 사무용 책상과 지금 이사나가 앉아 있는 작은 소파를 놓아 사무실로 급조되어 있었다. 이윽고 큰 걸음으로 방으로 들어온 나오비는 블라우스 어깨에 적갈색 카디건을 걸치고 있었다. 발목까지 오는 긴 양모 스커트와 더불어 이 계절에 그것은 기묘한 옷차림이었지만, 온종일 냉방 속에서 지내는 자가 경험으로 얻은 깨달음에 의한 것일지도 모른다. 나오비는 흔들림 없이 똑바로 걸으며 넓은 어깨 위 머리를 열병식 하듯 돌려 이사나를 보고서도 벽 쪽을 돌아 사무용 책상 앞에 앉을 때까지 인사말은 나누지 않았다. 그것은 미국의 기숙 여학교에서 나오비를 가르쳤던 여교사의 태도를 모방한 것인데, 애초에 괴는 그런 행동거지를 배워 오라고 나오비를 유학 보낸 것이다. 어린 여자아이가 그대로 중년이 된 듯한 나오비의 얼굴에는 지금도 여전히 청춘을 이국에서 보낸 사람의 자기방어적 인상이 있다. 늘 발이 붕 떠 있는 듯한 그 가련한 긴장감이 괴를 따라 유학지를 방문했던 야심 찬 비서, 이사나에게는 그녀를 무척이나 쉬운 공격 목표로 만들어주었다. 나오비의 태도 전체가 진이 태어나기 이전으로 돌아가 있는 건 물론이고, 자신과의 결혼 생활 이전으로까지 역행해 있는 걸 이사나는 새삼스레 느꼈다…….

"머리를 하고 여사님풍으로 화장하느라 힘들어요, 선거에 나가기로 정하고 나서부터요. 내게 그것 말고 할 수 있는 건 아무것도 없지만요." 나오비는 이사나의 시선에 답했다. "당신도 예전보다 훤해졌네요, 누군가 신변을 돌봐주는 사람이 나타났나요?"

"내가 스스로를 돌보고 싶어졌다고 할 수 있겠지. 함께 생활하게 된 사람들이 있어서. 진을 그 사람들이 봐주고 있어." 이사나가 쑥스러운 듯 말했다. "괴는 언제나 저렇게 신음하고 있어?"

"진통제를 놓는 걸 받아들이지 않으니까요. 절대적으로 거부해요." 나오비는 슬픔을 솔직히 드러내며 말했다. "저 신음 때문에 이 병실에 있었던 환자에게서 클레임이 들어와 결국 이쪽도 빌렸는데, 사용할 일이 없어서 사무용 책상을 가져다 놨어요. 사전 선거운동을 위해 만든 사무실처럼 되었죠. 그런데 이 정도 신음이면 클레임도 당연하지 않아요? 의사 가운데는 시니컬한 말을 하는 젊은 사람도 있어서, 아버지가 신음하는 방법은 체력 소모가 가장 적게 고통스러워하는 방법이라고 비평하더군요. 숙련된 방법이라 호흡하듯이 반영구적으로 신음할 수 있대요……. 듣고 있는 사람으로서는 이렇게 계속 신음하면 그것만으로 고통스럽겠다고 동정하게 되는데……. 언제나 그렇듯이 괴는 교활해요. 그런데 모르핀 주사 같은 걸 놓으려고 하면 얼마나 심하게 화를 내는지 몰라요. 자기의 고통을 놓치고 싶지 않다는 듯이……. 어째서일까요? 곧 죽을 거라는데……."

나오비가 입을 다물자 확실히 숙련되었다고 할 수밖에 없는 신음 소리가 지속되며 병실을 가득 채웠고, 한동안은 그것에 저항해 자기 목소리를 낼 의지를 상실케 했다. 입을 다문 이사나는 나무의 혼·고래의 혼을 향해 이렇게 고했다. *괴는 고통을 누그러뜨리는 약을 모두 거부하고 이렇게 계속 신음하고 있대. 얼마나 괴로워하든 금방 죽을 텐데? 그건 그럴 테지. 하지만 그렇기 때문에 괴는 고통을 누그러뜨리는 약품을 모두 거부하고 있는 게 아닐까? 저 신음 소리를 들어봐…….*

"아버지 곁에서 수발을 들다가 피곤하면 여기로 와서 이렇게 책상에 팔꿈치를 괴고 주먹 안쪽에 숨을 불어넣곤 했어요. 미국 기숙사에서 언제나 야단맞던 버릇인데요, 이런 식으로." 나오비는 입술 앞에 양 주먹을 겹치고 눈을 반짝이며 말한 대로 시늉을 해보였다. "이렇게 하면서 저 신음을 듣고 있으면 병실에 있는 것보다 더 강하게 아버지에게 사로잡혀 있는 기분이 들어요. 그리고 그게 오히려 용기의 원천이 되는 것도 같아요. 미국 통속 심리극처럼 들릴지 모르지만 내가 아버지를 어떻게 생각하고 있는지 알잖아요? ……조만간 나는 입후보하려고 해요. 시골 지역구에서 민원인들이 밀어닥치기도 했지만, 어쨌든……."

그처럼 어떻게든 자기를 표현하고 어쨌거나 제삼자를 설득하려고 하는 태도는 진의 일로 그녀가 자신감을 잃어버린 시기는 말할 것도 없고 그 이전에도 이사나가 아내에게서 보지 못한 것이었다. 그런 점을 생각하자 이사나는 설령 지역구를 지키기 위한 꼭두각시이건 무엇이건 나오비가 스스로 선거에 나갈 마음을 먹었다는 걸 확신할 수 있었다.

"그렇게 이야기하니 알겠어." 이사나는 새삼스럽게 나오비의 말을 받아들였다는 것도 표시하며 말했다. "당신의 말에는 정치를 시작하게 된 계기로서 뭐랄까, 공감을 불러일으키는 힘이 있어."

그렇게 말하며 이사나 또한 자각하지 못한 사이에 내면에 움튼 새로운 태도, 즉 행동가로서의 침착함을 드러내며 나오비가 그의 요구에 대해 물어주길 기다렸다. 괴로워하는 노인의 신음이 발칸반도에서 있었던 경험을 환기시켰다. 그 기억은 순식간에 강한 빛을 발하며 벽 너머 후두암에 걸린 노인의 온몸을 비추었고, 나아가, 어떠한 구체적인 경력을 가진 자들인지는 차치하고 실명마저도 확실치 않은 자유항해단의 청년들을 위해 자신과 진을 위험에 빠뜨리고 또다시 일을 벌이려 하는 이사나 자신의 온몸 또한 비추는 듯했다.

"나는 익숙해졌지만 이렇게 끊임없이 신음이 들려오면 얘기를 꺼내기 힘들죠." 기대대로 침묵의 의미를 알아차리고 이사나를 독려하듯 의원 후보 나오비가 말했다. "오늘의 용건은 뭐예요? 아버지가 죽었는지 어떤지 보러 온 건 아니겠죠? 지난번에 그렇게 맞았는데 다시 제 발로 왔으니……."

"그래, 절박한 용건이 있어. 이 신음도 내가 들어둬야 할 소리이긴 하지만 말야." 이사나가 말을 꺼냈다. "나와 진이 셸터에 틀어박힌 건 그렇게 할 수밖에 없는 생활의 벽에 부딪혔기 때문이었지. 일단 진이 전체적으로 그랬고, 나와 당신도 덩달아 무너져 자멸해버리기 직전이었지. 그걸 피하기 위해서는 진과 함께 셸터에 숨어 사는 것밖에 방법이 없을 것 같았어. 그리고 다행히 핵셸터가 있어서 은둔 생활이 가능했어. 그건 옳은 결정이었다고 나는 생각해. 진은 스스로 생존하게 되었고 나도 마찬가지로 생존해 있고, 당신에게는 그야말로 새로운 생활이 시작됐으니. 설령 그것이 조상 대대로 내려오는 지역구에서 축제의 제물이 되어 떠받들리는 일이라 해도 그렇지 않아? 그때는 이렇게 모든 일이 순조롭게 진행될 거라고는 생각도 못 했으니까. 막다른 골목에 처한 우리의 상황을 괴가 보러 와서 이대로는 손을 쓸 수도 없겠다고 말했던 날, 우리는 각기 지금 들려오는 것과 같이 신음하고 있었는지도 몰라……."

"그건 그래요. 이제야 나도 잘 알겠어요." 나오비가 말했다. "그래서 지금 당신은 핵셸터 안에 은둔하는 생활을 일단락하고 사회로 복귀하기로 마음먹은 거예요?"

"사회로 복귀하는 거랑은 다르고, 오히려 그 반대라고 할 수 있어. 하지만 나는 은둔하면서 확인한 걸 어떻게든 사회화할 생각이야. 물론 나까지 선거에 나가겠다고 하는 건 아니야."

"설마요." 나오비가 말했다.

"그래. 은둔하면서 생각한 걸 셸터 밖 사람들에게 어필하려고 한 적은 괴의 병실에서 일장 연설을 했던 날 말고는 한 번도 없었고 앞으로도 그럴 마음은 없어……. 그런데 내가 은둔 생활을 하면서 내 안에 자리 잡은 생각과 직접 맞닿는 생각을 하는 청년들을 만났어. 지난번에 당신이 이즈에서 합숙할 수 있도록 도와주었던 그 사람들이야. ……그리고 지금, 그들이랑 협동해서 작은 일을 시작해보고 싶어졌어. 나로서는 그들이 자신들의 계획을 실현하는 과정에 함께하며 그들의 행동을 통해서 내 안의 것들이 사회화되는 걸 느끼고 싶다 하는 정도야……. 여하튼 구체적으로 말하면 우리들은 배를 사서 선상 생활을 하려고 해. 그래서 이참에 말인데. 셸터와 토지를 내가 괴한테 받은 거라 치고, 그걸 당신 회사에서 사줄 수는 없을까? 그 돈으로 나랑 진, 그리고 그 청년들의 새로운 생활을 위해 배를 사고 싶은데…….”

“선거에서 경리를 맡고 있는 아버지 회사 사람에게 말해 볼게요. 앞으로 선거를 위해 사전운동 자금이 움직일 거니까, 그거랑 함께 처리하면 쉬울 거예요. 그래요, 내일 여기로 전화 주면 회사 사람이 뭐라고 하는지 일단 알려줄게요. 돈은 얼마나 필요하죠?”

“그걸 잘 모르겠어.” 이사나가 말했다. “모두 열두세 사람이 탈 크루저가 필요하다는 것밖엔.”

“원양항해를 할 건가요?”

“주로 일본 근처의 공해를 빙빙 돌 거 같은데. ……그 항해 계획은 젊은 친구들이 세운 거야. 나랑 진은 말하자면 이번에는 이동하는 셸터에서 타인과 함께 살게 된 거지.”

“배에 대한 것도 알아보라 할게요. 아버지는 어업 관련 회사와도 관계가 있잖아요?” 나오비가 말했다.

이사나는 일어서서,

“정말 괴는 계속 신음하는군, 이래서야 체력이 버텨줄까?” 하고 물었다.

“종종 고통을 마비시켜주는 약을 억지로 주사하고 있어요. 그걸로 깊이 잠들었다 체력을 회복한 아버지가 제일 먼저 하는 일은 자신의 의지에 반해 약을 주사한 사람들을 나무라는 거죠."

"다음번 체력 회복의 주기가 오면 내가 와서 신음을 듣고 갔노라 전해줘" 하고 이사나는 말했다.

"고마워요, 그렇게 말할게요." 나오비가 말했다. "……지난번 병실에 와서 화를 냈을 때 당신은 직접적으로는 성에 대해 말하지 않았지만, 어딘가 성적이고 짐승 같다는 느낌이 들었어요. 그랬던 게 오늘은 식물 같네요."

그리고 나오비는 감사 인사와 짝인 양 돈 봉투를 사무용 책상에서 꺼내, 성적인 것에 대한 비평으로 낯이 간지러워져 시선을 피하던 이사나에게 건넸다. 이사나는 그쯤에서 작별 인사를 하려고 했는데, 나오비는 복도에 깔린 경찰들을 생각해서인지, 엘리베이터까지 나란히 그와 함께 걸으면서 눈을 마주치지 않고 이렇게 말했다.

"나는 진을 임신하고 있던 동안 큰 병에 걸려서 진이 살지 내가 살지 하던 순간에 결국 내가 살아남았던 거라고 생각해요."

"그럼 어때, 결국엔 진도 살아남았고 나도 살아남았는데." 이사나가 말했다.

엘리베이터에 타고 뒤를 돌아보자 나오비는 자동문이 닫히는 짧은 시간조차 기다려주지 않고 뒤돌아서고 있었다.

그녀의 목덜미와 늘어뜨린 카디건 밖으로 나와 있는 팔에 소름이 돋아 검푸른 것을 이사나는 순간 가슴 아프게 생각하며 바라보았다. 그리고 그때부터 괴의 신음이 이사나의 귓속 깊이 언제까지나 사라질 것 같지 않은 반향을 반복하기 시작했다…….

이사나는 불볕더위가 렌즈처럼 시야를 굴절시키는 바깥 공기 속을, 땀범벅이 된 머리로 헤치며 식료품점을 찾아 걸어갔다. 괴의 신음에 머릿속이 우웅 하고 울리는 채. 슈퍼마켓 형태의 큰 식료품점에 도착해, 그는 계산대 옆으로 지배인을 불러 핵셸터의 선전을 담당하던 시기에 만든 비축품 리스트를 참고로 식료품을 구입하기 위한 교섭에 들어갔다. 실제로 식료품이 준비되는 사이 지배인이 물었다.

"개인 그룹으로 떠나는 원정입니까? 산? 아니면 바다?"

"바다입니다."

그 말에 자신의 내면을 비추어보게 된 이사나는 지금 막 배에 대한 교섭을 하고 왔지만 자유항해단이 이 식량을 가지고 공해로 나간다는 실감은 나지 않았다. 이 식량은 셸터 명상실에 저장되어 청년들이 농성을 유지하는 데 쓰일 것이다. 일단 그 점을 생각하자 이사나도 자유항해단의 전망에 대한 다카키의 애매모호함과 우유부단함이 자연스러운 현상이라는 게 처음으로 이해되었다. 자유항해단의 계획은 막다른 곳에 몰릴 때, 또 스스로를 막다른 곳으로 몰아 배에 오르고 난 후에야 현실적인 것이 될 것이다. 신출내기 선원으로서 배 위에서 흔들리며 멀미로 괴로워해봐야 그제서야 진짜 자유항해단 사람이 될 것이다. 그 사실을 파악하고 청년들이 조금씩 선원에 가까워지도록 이끌고 있는 점이 다카키의 행동가적 리더로서의 모습이다…….

“잠깐 여기에 두시죠, 택시를 잡아 올게요.” 이사나는 계산서 옆에 조금 전에 나오비에게 받은 돈 거의 전부를 올려두며 말했다.

“택시? 그건 무리예요.” 젊은 지배인은 그렇게 말하더니 다시 이사나를 품평하듯 바라보았다. “무계획적이시네요, 물건을 고르시는 건 이렇게 계획적이시면서?”

“그러고 보니 택시 좌석의 사이즈를 생각하지 않고 샀네요.” 이사나가 난감해하며 다카키를 떠올렸다. 그라면 금방 대형 트럭이라도 훔쳐 올 텐데…….

“그렇게 진짜로 어쩔 줄 몰라 하시면 저희도 곤란하죠. 그럼 저희 배달 차로 배달해드릴게요. 나중이 되면 일이 복잡해지니까 손님이 같이 타고 가시면서 안내해주세요.”

"그렇게 해주신다면 감사하겠습니다."

"이 정도로 많은 양을 갑자기 사는 사람은 개점 이래 처음 보네요" 하고 지배인은 말하더니, 자신의 기지가 이런 유의 일에 필요 이상으로 뛰어나다고 믿는 타입의 사람들이 보이는 냉소적인 여유를 드러내며 가게 안쪽으로 들어갔다.

이사나는 새로운 손님에게 밀려서 계산대 옆을 떠나 자동문 연동장치의 고무 판과 맞은편을 향해 광고 문구가 적혀 있는 유리창 사이에 섰다. 머리 바로 옆에 작은 향신료 병들을 진열하는 선반이 있고 맨 위에는 재료가 되는 식물의 세부가 편집적일 만큼 정확한 화법으로 그려져 있었다. 후추, 육두구, 월계수, 올스파이스, 계피……. 유년 시절에 이사나는 산골 마을 어린이들 사이에서 전승되던 민간요법을 배워 동요할 만한 사건이 생기면 계피 뿌리를 뜯어 먹곤 했다. 그 골짜기에 딱 한 그루 있던 계피나무. *나도 다른 아이들도 얼마나 굶주리며 불안하게 유소년기를 보냈는지. 너는 그걸 보고 있었어*, 하고 이사나는 기억 깊은 곳에서 급히 떠오르는 계피나무의 혼에게 말했다. *그러니 나는 이런 식료품의 범람을 보면 여기에 필적할 만큼 많은 수의, 배를 곯는 아이들이 곧장 떠올라*. 그리고 이사나는 군중이 이 식료품점을 완전히 약탈해버리는 환영을 보았다. 내놓고 보여주기식으로 쌓인 통조림의 산더미가 무너지고 어린아이들이 그 아래에 깔린다. 수많은 발들이 쿵쿵 통조림을 밟는데 어린아이를 구조하는 손은 끝내 내려오지 않는다. 지금 핵전쟁이 시작되어 공포 가운데 쫓기는 무리는 결국에는 수포로 끝나버릴 도주를 꿈꾸며 식량을 약탈하고 있는 것이다. 자유항해단을 위해서는 이사나가 이미 충분한 식량을 샀다. 이제 그들은 총을 들고 자유항해단의 핵셸터로 쳐들어오려는 무리를 막기만 하면 된다. 통조림을 짓밟듯이 어린아이들을 밟아 죽인 후 이 대도시에 딱 하나 있는 민간 핵셸터를 향해 다가올 무리를…….

"세상에 대해 의무를 가진 사람들 말고, 그냥 동료들을 모아 원정 가는 게 제일 좋죠." 돌아온 지배인은 짐짓 근심스러운 표정을 지어 보였다. "나 같은 사람도 그런 그룹에 들어가 여기를 떠나고 싶을 때가 있어요."

새로 나타난 청년 둘이 이사나의 식료품을 날랐다. 유리창 바로 바깥에 인도 위로 뒷부분을 걸치고 왜건이 정차되어 있었다. 입을 다문 지배인을 보자니, 정말 이 식료품 더미에서 나가고 싶어 하는 것이리라 납득되는 나이브한 갈망이, 영리해 보이는 그의 넓적한 얼굴 주위에 달무리처럼 어른거렸다. *어째서 이 남자는 식료품 더미에서 나가고 싶어 할까?* 하고 이사나는 나무의 혼·고래의 혼에게 말했다. *이 눈치 빨라 보이는 남자도 핵전쟁이 발발할 때 일어날 약탈전을 생각하며 두려워하고 있기 때문이 아닐까?*

"식료품이 군중에게 약탈당하는 걸 막을 장치는 있나요, 이런 가게에는?" 하고 이사나는 물어보았다. 지배인이 움찔하며 한 걸음 물러설 정도로 민감하게 반응하는 모습을 보고 농담으로 얼버무리려다 이사나는 상황을 더 악화시키고 말았다. "최후 심판의 날을 위해?"

"아뇨, 그런 장치는 없어요. 그렇잖아요? 법치국가 아닌가요? ……최후 심판의 날이라도……."

식료품을 다 싣고 차에 올라탄 젊은 운전수에게 지배인이 귀엣말을 속삭였다. 그것에 신경 쓰지 않기로 하고 이사나는 조수석에 올라탔고, 왜건은 출발했다. 그들의 왜건은 도심에서 북서쪽을 향해 간선도로를 달렸는데, 사고라도 났는지 그들 쪽 차로는 심각하게 정체되었고 거꾸로 반대쪽 차로는 한산했다. 갑자기 찾아온 너무 이른 한여름의 폭염으로 인도에도 고가 육교에도 사람들의 모습은 보이지 않았다. *이건 완전히 핵전쟁 직전의 도시 광경이네. 사람들이 집이든 뭐든 버리고 도시 밖으로 피난을 가는*, 하고 이사나는 나무의 혼·고래의 혼에게 말했다. 이사나는 같은 말을 옆 운전석에 앉은 청년에게도 하려고 했는데, 청년은 완고할 만큼 방어적이어서 말을 받아줄 것 같아 보이지 않았다. 은둔 생활을 시작하고 나서 자유항해단 이외의 다른 청년들과는 관계를 맺어본 적이 없는 이사나는 다카키 무리가 아닌 일반 청년들은 모두 이 운전수 같을지도 모른다고 추측할 밖에 도리가 없었다. 하긴 더워서 열어놓은 창으로 들어오는 배기가스를 마시며 거멓게 기름진 땀과 때로 피부에 줄무늬가 생긴 채 느릿느릿 운전을 계속할 수밖에 없는 청년으로서는 말이 없는 게 당연할지도 모른다. 그래서 이사나는 더욱 괴의 신음의 잔향을 느끼며 나무의 혼·고래의 혼을 향해 이야기할 수밖에 없었다, 역시나 시꺼먼 땀에 지저분해진 모습으로.

나는 핵셸터에 아들과 틀어박혀 이 세상에서 인간에 의해 멸망당하게 된 좋은 것들의 대리인으로서 최후의 날을 맞으려고 했어. 나무와 고래의 대리인으로서, 인류가 멸망하는 최후의 광경을 볼 계획이었어. 나 자신도 아들도 함께 멸망하겠지만, 그런 건 처음부터 신경 쓰지 않았지. 하지만 지금 이렇게 핵공격의 한가운데 있는 도시 같은 광경을 지나가자니, 자유항해단 청년들이 대지진이 일어난 대도시에

서 자동차를 파괴하고 실행하려는 계획이 나에게도 매력적으로 느껴지네. 한술 더 떠 더 공격적인 계획마저도 떠오르는걸! 실제로 나도 핵공격 직전의 도시를 뛰어다니며 바다에서는 고래, 지상에서는 나무의 대리인으로서 인간들에게 보복하고 다녀야지만 내 은둔 생활이 완벽하게 의미를 가질 수 있는 게 아닐까? 나는 고래 대신 지상에 있고, 나무 대신 달릴 수 있는 사람으로서 고래와 나무의 대리인을 자청해왔으니까, 다름 아닌 인류 전체에 대립해서. 지금이라도 이런 우둔하고 편협한 청년 대신에 자유항해단의 승조원이 이 차를 운전하고 있고 오늘이 그 최후의 날이라면, 우리는 그야말로 자유롭게 좌우를 오가며 자동차 행렬을 뚫고 앞으로 나갈 뿐만 아니라 반대쪽 차로로도 뛰어들어 종횡으로 차를 몰며 난민들의 느린 보행에 화를 내는 사람들을 응징할 텐데. 대붕괴와 하늘을 불태우는 화재 직전에, '오라' 하는 우레 같은 소리에 부름받은 사람들처럼…….

두 시간이나 걸려 차가 셸터 앞까지 도착하자 운전하는 동안 쭉 말이 없던 청년은 운전석에서 곧장 뛰어내려 뒷문을 열고 도로 쪽 비탈에 식료품을 내려주었다. 셸터의 총안에서 밖을 감시하고 있었을 다카키 무리는 짐을 나르러 내려오지 않았다. 빛과 열이 발갛게 물러나기 시작한 풍경 속으로 도망가듯 왜건이 가버린 후에도 마찬가지였다. 해체 작업이 모두 끝난 촬영소터에서는 다시 큰불을 피워, 낮고 짙게 깔린 굳은 피 색깔의 스모그 너머로 열 명 남짓 되는 남자들이 부지런히 일하고 있는 것이 보였다. 저 노동자들에게 이 콘크리트 건물 속에 청년들이 여러 명 숨어 있는 걸 들키지 않으려고 다카키가 지령을 내렸을 것이다. 이 근처를 순찰하고 있을 경찰에 대한 경계심 때문이기도 할 것이다. 이사나는 식료품을 혼자 셸터로 날라 오면서도 주의를 기울이지 않을 수 없었다. 이미 비상사태였다. 괴의 신음의 마지막 잔향이 마치 경보처럼 그의 귓속에서 울리고 있었다.

18장

성적인 미광을 향해서 (3)

우선 즉석면이 든 큰 상자 위에 양파 등의 채소류를 담은 봉투를 올려 최대한 들고 온 이사나가 현관 앞에 서자, 문이 열리며 홍당무가 두 팔로 그의 짐을 받아주었다. 그 옆에서 이나코가 기다렸다는 듯이,

"정오, 2시, 4시에 경찰이 찾아왔어" 하고 이야기를 꺼냈다. "우리는 문을 잠그고 조용히 있었고 진도 기특하게 소리를 안 냈어. 다카키는 경찰들이 주변 일대를 탐문 조사하는 거지, 이 셸터를 특별히 의심해서 온 건 아니랬어. 두 번째부터는 나도 그들이 저 비탈을 올라오는 걸 총안에서 관찰했는데, 진짜 긴장한 모습은 아니더라고."

이나코는 어깻죽지부터 가슴까지 겨우 가릴 정도의 짧은 무명 셔츠에 무릎 아래를 잘라낸 청바지 차림이었는데, 이

상할 것도 없는 게, 홍당무를 비롯한 몇몇은 경기용 수영 팬티만 걸치고 거기다 챙 없는 운동모자를 쓰고 있을 뿐이었다. 그들은 셸터 안에서 무더위와 싸우며 상당한 노동을 한 모양이었다. 지하벙커에서도 다른 청년들이 일하는 소리가 났다. 이사나는 그대로 남은 짐을 가지러 나갔고 총 다섯 번을 혼자 왕복했다. 짙은 갈색 앙금처럼 어스레한 빛이 몰려오는 도로 바깥쪽에서 경찰이 출현할까 두려워하며 움직이는 그로서는 자신의 위기감에 비추어 지금 셸터 안에서 이루어지는 일들이 대강 짐작되었다. 분명 오그라드는 남자의 사체를 다시 묻으러 나간 사람들에게 무슨 일이 난 것이다. 그래서 자유항해단은 항해에 대한 꿈을 접어두고 이 셸터를 기반으로 농성을 벌이기 위해 구체적인 방책을 서둘러 실행하기 시작한 것이리라. 농성에 가장 어울리는 아이템이라 할 식료품을 대량으로 사 온 이사나는 그 새로운 움직임에 이의를 제기할 마음이 있을 리 없었다.

이사나가 마지막으로 날라 온 꾸러미는 몇 다스나 되는 콘비프 통조림으로 오늘 구입한 잡다한 품목 중 가장 단가가 높은 것이다. 위아래 폭에 차이가 있는 캔을 세 단으로 쌓아 종이봉투에 넣은 그 꾸러미는 안정감이 없는 데다 무겁기도 해서 나르느라 막판에 땀을 다시 한번 흘렸다. 다카키가 작업이 끝난 걸 총안에서 확인하고 내려와서, 콘비프 통조림을 건네받았다.

"무거워." 이사나는 꾸러미를 건네주고 간략한 보고를 했다. "배에 대한 의논은 하고 왔어. 내일 다시 전화로 진전 상황을 묻기로 했어. 그런 이야기랑 이 식료품은 서로 모순되는 것 같지만, 일이 잘 안 돼서 여기서 농성해야 할 경우를 대비해 지금 준비해두지 않으면 안 될 것 같아서. 배로 탈출할 때는 그대로 실으면 되고……."

"고마워. 나나 다마키치가 식량을 구하러 나가는 건 위험하지. 계산대에 있는 어린 여자들은 다 주간지를 읽으니까. 그라비어 사진을 기억할지도 모르고. 게다가 우리는 돈도 없고……." 다카키가 솔직하게 답했다. 그리고 옆에서 콘비프 꾸러미를 받아 들려고 하는 이나코에게 마찬가지로 무겁다고 주의를 주었다.

"진은 자고 있어?"

"지하실에서 놀아. 식료품을 지하로 옮기고 요리사인 내가 체크해서 노트에 기록해둘 생각이야. 진은 거기서 통조림 라벨을 보고 있어."

나선계단의 계단통에서 단단하고 무거운 물체가 충돌하는 소리가 울렸다. 진은 이나코와 함께 있다는 사실만으로 이런 종류의 소리를 견딜 수 있군, 하고 이사나는 생각했다.

"농성할 수밖에 없는 경우에 대비해 준비를 하고 있어." 다카키도 계단 위를 올려다보며 이사나를 안내하듯 나선계단을 오르기 시작했다.

"진, 돌아왔어." 이사나는 지하벙커 입구를 향해 알려두고 다카키를 따라갔다.

"이즈에 간 녀석들이 돌아오지 않아서, 농성 준비를 열심히 하고 있어."

충격음을 내고 있던 건 3층에서 베란다로 나가는 출구에 바리케이드를 치는 다마키치와 청년들이었다. 하수구 콘크리트 뚜껑을 모아 귀퉁이를 겹치게 창틀에 기대어 세워두었을 뿐인 바리케이드였는데, 그 오른쪽 구석에 세로로 긴 콘크리트 조각을 장치하는 중이었다. 그 콘크리트 조각은 세 군데가 부러져, 부러진 틈 사이로 철근이 보였다. 거기에 동여맨 로프를 창틀 윗부분에 고정하고 콘크리트 조각 자체의 무게를 이용해 매달린 문을 만들려고 하는 것이다. 두 사람만 있으면 바로 콘크리트 조각을 움직여 틈을 만들어 바리케이드 건너편을 정찰할 수 있고, 또 그곳을 통해 옥상으로 공격하러 갈 수도 있을 것이다.

"콘크리트 뚜껑을 이만큼이나 모으느라 힘들었겠다. 경

찰한테 안 들키고." 이사나가 말했다.

"당신이 이즈에서 돌아오기 전에 모아서 뒤쪽에 숨겨두었어." 다마키치가 아무렇지도 않게 말했다. "부수어서 가져온 것도 있는데, 그런 건 현관 안쪽과 부엌 출입구에 쌓아두고 문을 보강할 생각이야. 이 건물은 잘 만들어진 토치카니까, 적이 바주카포라도 가져오지 않는 한 다른 장소에는 바리케이드가 필요 없지 않을까?"

"언젠가 한 번 말했듯이 이건 토치카가 아니야. 토치카라고 생각하면 여러 가지 문제가 생길 거야." 이사나가 경고했는데 다마키치는 두 동료와 함께 콘크리트 뚜껑을 매다는 작업에 열을 올리며 반론을 생략했다.

다마키치의 온몸은 옅은 석양빛에도 땀투성이가 된 것이 뚜렷이 보였기에, 결코 작업에 열심인 척하는 건 아닌 듯했다. 침묵하고 있지만 어딘지 모르게 밝은 기운이 느껴지는 그들의 작업과는 대조적으로, 방의 반대쪽 한구석에서는 조용히 또 한 명의 힘센 청년이 라디오 장치를 정비하고 있었다. 그는 이사나가 자유항해단의 본거지로 안내받은 날 보트 선착장에서 만난 청년이다. 라디오 장치는 송수신 겸용의 핸디 타입 트랜지스터 한 대와 대형 전파全波 라디오를 연결한 것이었는데, 크루저 무선실로 충분히 가지고 갈 수도 있을 만큼 간편했다. 헤드폰을 쓰고 장치를 들여다보는 청년은 혼자서 무척이나 전문가스러운 집중력을 발휘하고 있었다.

"뉴스에서는 이즈에 대한 얘기를 아직 안 해?" 다카키가 헤드폰을 끼고 미세 조정 다이얼을 움직이고 있는 청년의 귀에 대고 큰 소리로 말했다.

"5시 뉴스 때까지는 아무 얘기도 없었어. 시즈오카현 방송국은 더 특별히 체크했는데 말야……. 지금은 순찰차 교신이 잡히지 않을까 찾고 있어."

"건물 바깥에 안테나를 설치하지 않아도 괜찮을까?"

"벌써 설치했어. 이 녀석은 자유항해단의 무선기사인데, 진짜 전신학교를 나와서 원양항해 통신사를 한 적도 있어." 다카키가 이사나를 곁눈으로 흘끗 한 번 보았을 뿐 초보적인 질문을 무시하는 무선기사를 대신해 설명했다.

다카키와 이사나가 계단 아래로 내려갈 때 바리케이드 작업을 일단락한 다마키치도 따라왔다. 그는 셸터의 새로운 상황에 대해서 다카키가 이사나에게 설명하는 자리에 동석하고 싶어 하는 눈치였다. 다마키치가 독단으로 이즈로 보낸 자들이 성가신 일에 휘말려 자유항해단 전체를 위험에 빠뜨리는 불씨가 돼버린 것이 이미 확실해진 이상, 자신이 없는 사이 재판이 이루어질 걸 염려하는 걸까 싶었다.

"저 무선기사는 이즈 훈련에 참가했었나?" 이사나가 다카키에게 묻자 다마키치가 끼어들었다.

"저 녀석은 보트 창고 일에서 빠져나오지 못했어. 여름 시즌을 위해 모든 보트를 수리하고 있었으니까."

"이상한 녀석이야, 무선 일을 하는 게 수입도 좋고 장래성도 있고 몸도 편할 텐데, 그걸 금방 그만둔다 했더니만, 보트 창고에서 일을 제일 잘해서 또 책임자가 됐으니까 말야." 다카키가 말했다.

"하지만 이번에는 농성이니까, 내가 녀석을 부르러 갔더니 바로 다 내던지고 나오더라고." 다마키치가 흥분하며 말했다.

"오로지 너는 농성 준비만 하고 있었던 거야?" 이사나가 언짢은 표정으로 말했지만, 다마키치는 태연했다.

"식량 구입 문제를 어떻게 하면 좋을지 생각하고 있었는데, 이걸로 제일 마음이 놓여. 하긴 당신이 특별히 나간 이상 구체적인 소득을 가지고 올 거라고는 생각했지. 앞으로 배를 손에 넣어 탈출한다는 꿈같은 얘기 말고……."

"배를 입수하는 건 아마 가능할 것 같아."

"이즈에 간 동료들이 경찰들의 포위망을 피해 돌아온다

면 배로 탈출하는 건 꿈만도 아니겠군." 다카키가 말했다.

"녀석들은 붙잡히지 않아." 다마키치가 반발했는데 그 허세는 난폭하게 느껴질 정도였다. "……혹시 잡히더라도 녀석들은 입을 다물 거야. 맞더라도 저항하며 이 아지트에 대해서는 말하지 않을 거고."

"나도 그러길 바라." 다카키가 말했다.

이나코가 진을 데리고 지하벙커에서 거실로 올라와 있었다. 진은 이사나가 사 온 식료품 꾸러미 속에서 초콜릿을 찾아 먹고 있었다.

"야아, 진! 초콜릿 맛있어?"

"진, 초콜릿 맛있어, 입니다." 어린아이는 아버지의 부재에 대한 불만의 흔적이 전혀 없이 대답했다.

"수두가 다 나아서 다행이야. 발진을 하나도 안 긁었다니 진짜 의지가 강한 아이지." 뒤이어 올라온 닥터도 만족스러운 마음을 드러냈다. "이 지하벙커 대단해, 안에 부엌도 화장실도 있더라고. 환기 장치도 큰 게 달려 있고 위생 관리에 대한 배려가 잘돼 있어."

"안으로 자유항해단 승조원 전원이 들어가 덮개 문을 닫으면 진짜 견고한 장소에서 농성하는 거지. 일부러 배에 옮겨 탈 필요도 없을 정도야."

"나도 그렇게 생각해." 이나코의 말에 드물게 다마키치가 동의를 표했다.

"하지만 지하벙커에서 농성했다간 결국 항복하든가 전멸하든가 할 수밖에 없겠지? 식량도 언젠가는 떨어질 게 뻔하고 말야." 이사나가 말했다. "주간지가 게릴라 전투 훈련 집단이라고 하는데 말야, 그런 전략에 드러나는 의식은 게릴라적이지 않잖아? 게릴라는 이동하면서 싸우는 거니까."

"그렇게 말하면 김이 새지." 다마키치가 말했다.

"이사나 씨 말대로 배를 타고 탈출할 수도 없어." 이나코가 말했다. "지하벙커에서 농성했다간. 그런데 기동대랑 자위대가 에워싸고 공격해온다면 우리는 농성만 하다 마지막에는 항복하거나, 모두 죽거나 둘 중 한 가지 길을 택할 수밖에 없는 걸까? 그야말로 제삼의 길이 남아 있는 거 아닌가, 이사나 씨? 포위전을 벌이는 중에 인근 미군 기지에 핵폭탄이 떨어지면 살아남을 수 있는 건 핵셸터에서 농성하는 우리뿐이잖아?"

"핵폭탄? 도쿄에 수폭이 떨어지면 이 지하벙커가 통째로 날아가버릴 거야. 핵셸터 같은 건 애당초 난센스 아니야? 일시적 위안을 준다는 점 말고는. 소비에트가 만든 수폭은 히로시마 폭탄의 5000배야." 다마키치가 즉시 이나코와의 사이에 분열을 드러내며 말했다.

이에 이사나는 자기 셸터를 변호하기 위해 나섰는데, 입을 열며 자신이 이 지하벙커를 깊이 사랑하고 있음을 다시 한번 느꼈다.

“실제로 핵전쟁이 시작된다고 가정하면 도쿄에 얼마큼의 핵폭탄이 떨어질지는 나도 종종 논의했던 적이 있지. 결국 실패하고 말았지만, 나는 이 셸터 같은 걸 대량생산하려는 회사에서 선전을 담당했으니까. 실제로 핵폭탄이 떨어지면 핵셸터의 저항력이 가진 결함을 경험한 고객들은 아무도 불만을 표하러 올 수 없어. 이미 그 고객은 죽었을 테니까. 그래도 실제로 사달라고 선전하기 위해서는 이 핵셸터의 기능에 대해서 우리가 잘 알고 있다는 인상을 주지 않으면 안 되니까, 우리는 케네디 시절에 미국에서 출판된 여러 핵셸터 안내서를 번역해 선전 팸플릿을 시험 삼아 만들었어. 이학부와도 공학부와도 관계없는, 한낱 외국어나 하는 나 같은 사람이 핵셸터 제조회사의 기획 단계에서부터 업무의 중심에 있었던 데에는 그런 이유가 있었지. 우리가 만든 팸플릿이 주장한 건 핵병기가 무서우니 핵셸터를 사야만 하는데, 핵셸터가 있다 해도 소용이 없을 만큼 핵병기가 무서운 건 아니라는 거였어. 어느 정도는 설득력을 가진 팸플릿을 만든 거야…….”

“여기 핵셸터 실물 견본도 멀쩡하게 있고 선전 팸플릿도 만들었는데, 어째서 대량생산이 이루어지지 않은 거지?” 이나코가 물었다.

“그건 이 핵셸터의 근본적인 부분에 속임수가 있고 그걸 소비자에게 끝까지 감출 방도는 없다 판단했기 때문이야. 가령 핵셸터에서 목숨을 건졌다 해도 방사능의 한복판에서 어떻게 살아남을까 하는 건 우리 자신들에게도 막연했으니까.” 이사나가 말했다. 그리고 나무의 혼·고래의 혼을 향해서만 다음과 같이 이어 말했다. *그 선전 기획을 할 때 마음고생을 하며 내가 우울증을 앓았던 것도 결국은 내가 이 핵셸터에 은둔하게 된 간접적인 이유이지. 그걸 생각하면 어린 아들에게 나타난 증상은 모두 나 자신 내부의 파국을 투영하는 것만 같았어…….*

“그 속임수에 대해서 얘기해주면 좋겠어.” 다마키치가 틈을 허하지 않고 재촉했다.

“방금 네가 말한 소비에트 수폭은 100메가톤이니까 단순하게 계산하면 확실히 히로시마 원폭의 5000배야. 하지만 과학적 파괴력은 5000의 세제곱근에 해당하는 약 17배 정도라고 해. 그게 또 현실 지형 속에서는 더 작아지는 것 같

아. 폴라리스 핵탄두로 말하자면 0.6메가톤, 즉 TNT 화약 환산량이 히로시마 원폭의 30배가 되지만 실제 파괴력은 그 세제곱근보다 더 낮은 1.5배 정도에 지나지 않아. 그래서 폭발의 중심점에서 일정 거리 떨어진 곳에 있는 핵셸터는 유효하다고, 일단 팸플릿에는 쓸 수 있는 거지. 속임수라고 한 건, 하지만 같은 폴라리스 핵탄두 열 발이 도쿄에 집중된다면 히로시마의 15배에 해당하는 피해를 입을 거라는 단순한 산수를 적용할 수 없어. 더구나 미국 학자들의 실전 파괴력 계산법은 방사능의 파괴력을 실제보다 아주 낮게 잡고 있는 것 같으니까. 그래서 선전 팸플릿을 만들기 위해 공부하던 사람들이 먼저 염증을 느끼게 됐고, 실제로 핵셸터 제조 과정을 연구하던 기술자들까지 낙심하게 되었지. 그런 까닭으로 일이 진척되지 않던 사이, 미국에서도 소비에트에서도 레이더망과 요격 핵미사일 발사 기지를 대도시 주변에 두는 상황이 되었어. 종갓집에서 핵셸터 열기가 식은 거지. 그래서 일본에서도 대량생산에 들어가기 전에 회사가 없어지고, 핵셸터가 딱 한 개만 남았어. 나는 인도에서 박물관이 된 마하라자의 무기고를 구경한 적이 있는데, 거기에는 실전에서 어떤 효과를 거두었는지 알 수 없지만, 여하튼 피해망상이 자기 증식해 만들어진 무기가 몇 개나

있었어. 이 핵셸터도 그런 유의 기념관에 들어갈 자격은 있지……."

"자유항해단이 농성하며 싸운다면 기념관에 들어갈 조건이 또 하나 늘어." 이나코가 말했다.

"핵병기 시대의 게릴라전 아지트인가?" 이사나가 대꾸했다.

"인도에서 마하라자가 구경하러 올지도 모르지. 그때를 위해서도 나는 환기 장치 돌출부에 여과기를 잘 달아두고 싶어. 멋진 여과기가 있으니까. 진도 저 여과기를 좋아해."

"*진은 여과기를 좋아해요.*" 검게 마른 딱지가 얼굴에 점점이 붙은 아이가 순진무구한 낯빛으로 말했다.

"그런데 이렇게 느긋하게 말하고 있을 때가 아니지 않아?"라고 이사나는 말했지만, 이나코의 낙관주의에 진이 온화하게 화답하며 미소 짓는 것까지 부정하고 싶은 건 아니었다.

두 명의 청년을 거느리고 지하벙커에서 땀으로 목욕을 한 홍당무가 올라왔다. 총안으로 들어오는 석양빛에 땀에 젖은 광대뼈와 콧날, 턱 끝이 온통 빨간 물감을 칠한 것 같았다.

"열 명은 넉넉하게 생활할 수 있도록 해두었어." 그가 말했다. "그런데 이사나 씨한테 허락도 받지 않고 여기저기 손을 보았네요."

"내가 같이 있었으면 도왔을 텐데." 이사나가 말했다.

"우선은 이 건물 지상부에서 나눠 자도록 하지. 그리고 위기의 순간에는 지하벙커에 모두 들어가는 걸로 해." 다카키가 말했다.

"위기의 순간에도 적이 쳐들어온다 해서 바로 지하벙커로 도망갈 필요는 없어." 다마키치가 말했다. "두께 30센티의 콘크리트 벙커는 방어하기에는 좋아도, 안으로 들어가 버리면 적을 공격할 수 없으니까. 나는 최후까지 지하벙커 말고 위층에서 싸울 역할을 맡을 그룹을 만들어야 한다고 봐. 다카키가 직접 전투까지 지휘할 거야?"

"누가 지휘한다, 하는 건 없어. 이렇게 좁은 장소에 숨어들어 있는데……."

그렇게 말하고 다카키는 일단 침묵하며 고개를 떨구고는 앞으로 할 말을 생각하는 듯 턱에서 볼까지 근육을 움직이고 있었다. 3층에서 창문 바리케이드 작업을 모두 마친 두 사람이 내려와서, 다카키의 침묵이 중심을 이루는 자유항해단 승조원들의 집회에 참가했다. 이윽고 다카키는 여전히 고개를 떨군 채 천천히 이야기를 시작했다.

"나는 이즈로 간 세 명이 경찰에 붙잡혔고 오그라드는 남자의 시체도 이미 발각됐을 거라고 생각해. 라디오 뉴스가 아무 말도 없는 건 경찰이 보도기관 전체를 통제하고 있기 때문일 거야. 경찰은 아직 우리가 흩어져 도망가지 않고 한 아지트에 뭉쳐 있을 거라고 생각하는 것 같아. 우리가 전국으로 흩어졌다고 생각했다면 정보를 매스컴에 흘려서 포위망을 좁힐 수 있도록 협력을 요구했겠지? 그리고 이즈로 간 친구들이 경찰에 붙잡혀도 침묵을 지켜줄 거라는 다마키치의 의견에 나는 동의하지 않아. 꼬맹 씨가 불안감을 가진 것처럼, 자유항해단은 혁명이라는 신조에 기반한 단체가 아니니까. 지금 우리 머리에 떠오르는 것도 그 윗부분밖에 없는 크루저 정도잖아? 경찰에 붙잡혀 한 명씩 유치장에 갇히고 패악한 경찰들에게 협박당하면, 그들의 배에 대한 비전은 펑 하고 사라질 거야. 그런 것에 충성심을 품고 맞으면서까지 계속 입을 다물기란 불가능해. 그래서 나는 그들이 오늘 밤에라도 이 건물에 대해 불지 않을까 싶어. 나는 이 셸터가 무사한 건 오늘 밤까지라고 봐. 그러니 여기에서 농성하는 일이 내키지 않는 사람은 지금 여기서 자유롭게 나가줬으면 좋겠어……."

현관으로 통하는 문을 막고 서 있는 두 청년의 어깨를 밀어내고 곧고 높은 이마를 내밀며 무선기사가 무척 조심스럽게, 그러나 확실한 태도로 다카키의 말에 부정의 뜻을 나타내며 머리를 내저었다. 그도 어느새 집회에 내려와 있었던 것이다.

"이 건물은 벌써 포위되었을 거야." 무선기사가 말했다. "교신의 내용은 잡히지 않지만, 이 언덕 아래 여러 방향에 순찰차가 포진해 서로 연락하고 있으니까. 그라비어 군사 훈련 장면을 경찰이 봤을 테니까 조심하느라 좀처럼 덮치지 않을 뿐이겠지."

무선기사의 침착함과는 완전히 대조적으로 다마키치가 튀어 오르듯 일어섰다. 이미 해가 저문 집 밖을 보고 있는 어두운 눈 같은 총안을 향해 달려들었지만 아무것도 발견할 수 없었다. 그저 그가 스스로의 육체를 가만두지 못한다는 것과 폭력적인 흥분으로 들떠 있다는 사실을 동료들에게 드러낼 뿐이었다. 총안으로 달려든 다마키치의 경직된 등은 셸터 안에 모여 있는 자유항해단 승조원 모두의 격한 동요와 고양감 전체를 상징하는 것처럼 보였다. *이 청년을 필두로 저들은 자신들의 비전의 배를 다시 보고 싶어 하는 거야*, 하고 이사나는 나무의 혼·고래의 혼을 향해 말했다. *경찰대가 포위하려는 낌새가 보이면 비로소 저들에게도 자*

신들의 꿈이 짙게 드리워질 거야. 참혹할 정도의 구차함을 경험한 날것의 비애감이 다마키치의 등에서 이사나 가슴 쪽으로 흘러들었다.

“내일 아침, 날이 밝으면 바로 공격해올 거야. 총격 준비를 해두지 않으면 안 돼.” 다마키치가 뒤돌아서 새하얗게 긴장된 얼굴을 흔들며 말했다.

“그러면 오늘 밤은 식료품 중 가장 좋은 걸 써서 진수성찬을 준비해야겠네. 축제 기분을 내볼게” 하며 이나코가 일어서자 진은 허둥지둥 그녀를 따라갔다.

축제를 위해 진수성찬을 차리고자 한 이나코의 마음은 의심할 여지가 없었지만, 그 뒤 그녀가 실제로 거실로 날라온 음식은 양이 굉장히 많은 걸 제외하면 다시 한번 이사나에게 그가 처한 상황이 얼마나 참혹한지를 느끼게 했다. 콘비프, 양파, 당근, 감자로 만든 스튜와 다양한 즉석면을 섞어 베이컨 기름으로 볶은 야키소바 외에는 아무것도 없었기 때문이다. 식욕을 느끼지 못한 이사나는 스튜를 조금 뜨는 둥 마는 둥 하고 벽 쪽으로 자리를 옮겨 아직 식사 중인 청년들을 바라보았다. 그들은 물을 들입다 마시는 것 말고는 알코올음료조차 마시지 않고 걸신들린 듯 계속 먹었다.

백 일 굶은 사람도 무색할 정도로 왕성한 식욕이었다. *식욕을 충족하는 데 이토록 진지한 사람들에게 왠지 동요되지 않아?* 이사나는 나무의 혼·고래의 혼에게 말했다. *더구나 저들 몸에는 피하지방 같은 건 전혀 붙어 있지 않아. 만약 해부해보면 무서울 정도로 새빨간 몸을 하고 있을 것 같아. 어떻게 저런 대량의 음식물이 저들 내장에서 다 연소되는 걸까, 진짜 참혹한 느낌이 들지 않아?*

청년들이 시간을 들여 식사하는 사이, 진은 그대로 바닥 위에 쓰러져 잠이 들어버렸다. 이나코가 식사를 담당하는 동안, 진은 다시 이사나가 돌봐야 할 존재로 돌아와 땀투성이가 된 채 누워 있었다. 이사나는 진을 안고 2층으로 올라갔다.

이사나는 빨아놓은 수건으로 잠자는 진의 온몸을 닦아주었다. 그에게 그 무엇보다 단적으로 인간 육체의 구조적인 전체성을 납득시키는 진의 부드러운 몸, 특히 복부를. 이 구조적인 전체를 온전하게 보존하고 있는 배의, 밸브나 판이 파괴되는 걸 생각하면 부조리하고 기괴한 폭력적인 것으로서의 죽음이 이사나를 끈질기게 추궁한다. 게다가 부드러운 아이의 배가 어두운 거울이 되어 금색 털이 난 또 하나의 배를 비추고 있어서, 조용히 높아졌다 낮아졌다 하는 배를 닦으며 이사나의 손길은 더없이 정중해졌다. 이전에 엷게 피가 스몄던, 할퀸 자국이 남아 있던 그 손은…….

"잠깐 괜찮아?" 열린 문에서 한 발짝 물러선 곳에 서서 다카키가 불렀다. 다카키를 그렇게 주저하게 만든 건 진을 잠옷으로 감싸는 이사나의 정중한 손길의 힘이었으리라.

"응 괜찮아" 하고 이사나는 말하며 어둠 저편에 있는 얼굴을 올려다보았다.

늘 그렇듯 다카키는 살이 없는 자신의 얼굴을 이사나에게서 돌리고 나선계단을 비추는 전등에 이마와 콧날과 한쪽 눈만을 하얗게 빛내며 말을 꺼냈다.

"지금 밥을 먹으며 생각한 건데. 우리는 당신을 말의 전문가로서 자유항해단에 들어오라고 권유했잖아? 그런데 이런 상태에선 말의 전문가가 있다 해도 할 일도 없을 것 같고, 실제로 이제는 당신 없이도 우리끼리 해나갈 수 있을 것 같아. 고민해보니 나도 다마키치도 지금 상태에 딱 맞는 말을 몇 마디 정도는 할 수 있을 듯하고. 그러니 이참에 당신은 진이랑 함께 나가면 어때?"

다카키는 이야기가 전개될수록 점점 더 커지는 저항감을 거스르듯 머뭇거렸다. 그래서 이사나는 일단 그가 입을 닫은 후에도 다시 그 입에서 괴로운 말이 흘러나오지 않을까

기다렸다. 무척 긴 침묵 후에야,

"하지만 여기는 나와 진의 셸터야" 하고 서둘러 말했다.

다카키는 입술을 팽팽하게 당기며 쓴웃음을 지었다. 그 어른 같은 웃음의 외피를 뚫고 들여다보이는 어리숙한 모습에, 이사나는 *이런, 이런, 내가 어쩌다 이런 애송이들이랑 같이 농성하게 됐지*, 하고 나무의 혼·고래의 혼에게 말했다. 그런데 다카키가 곧바로 쓴웃음을 거두고 어리숙한 모습 또한 물리치며 물었다.

"당신이 여기에 남아서 농성하게 된다면, 그게 당신한테 무슨 의미가 있을까? 나는 그게 듣고 싶어."

"이 셸터에 살면서 나는 움직일 수 없는 지상의 선량한 것과 지상으로 올라올 수 없는 선량한 것의 대리인을 자원한다 말했잖아?" 이사나가 대답했다. "그렇게 틀어박혀 나는 나 자신이 나무와 고래의 대리인이라고 믿고 있었어. 소극적이기는 해도 나는 내가 자원한 일을 저버리지 않았었다 생각해. 수폭으로 인간 세계가 모두 멸망하는 전쟁이 시작되면 나와 진은 핵셸터 덕분에 제일 나중에 죽는 사람이 될 테니까, 그 마지막 날에 나는 지구상의 모든 고래와 나무에게, 너희를 멸망시키려고 했던 인류가 지금 스러진다, 이 사실을 난 너희의 대리인으로서 환영해, 하고 송신할 생각이었어. 그걸 착실히 수행하면 내 임무를 적극적으로 수행했다고도 말할 수 있겠다 싶었지. 하지만 나는 그 생각을 외부에 연설할 생각은 해본 적이 없어. 나 자신이 그것을 미치광이의 고정관념이라고도 느끼고 있었기 때문이야. 나는 정신병자로 취급받고 감금되지 않을까 두려웠거든. 나는 미치광이일지도 모르지만, 내 광기를 여기 셸터에 가두어 두는 한 그야말로 자유지. 나의 어떤 미치광이 같은 모습에도 이의를 제기하지 않을, 진이라는 짝이 있기도 하고……. 진은 여기서 은둔 생활을 시작하고 나서야 처음으로 자발적으로 살아남으려 하게 됐고……. 그런데 너희 자유항해단을 만나 그 안으로 들어가며 나는 나 자신에게 새로운 가능성이 열렸다는 사실에 눈을 떴어. 특히 지금 여기서 너희들이 농성하며 싸우는 동안 사람들을 향해 총을 쏘게 된다면, 그 곁에서 나는 나무와 고래의 대리인으로서 태도를 확실히 표명할 수 있을 것 같아. 빵, 이건 인간들에 의해 멸망당하는 선량한 나무를 위해 한 발, 빵, 이건 인간들에 의해 멸망당하는 선량한 고래를 위해 한 발 하는 식으로……. 그건 공격해오는 무리에게는 황당하기 짝이 없는 일일 테지. 하지만 항의는 나무와 고래한테 해, 라고 난 말할 거야."

"우리는 당신의 나무와 고래를 위해서, 사람들뿐만 아니라 총까지 긁어모아 여기서 농성한 게 되는 건가? 그렇다면 뭐 그걸로 좋지만." 다카키는 납득한 뒤에 예전과 같은 질문을 했다. "그렇지만 진 문제가 남잖아? 저 아이라면 나무에게도 고래에게도, 너 인간, 죽어! 하는 말은 듣지 않을 거야."

"진 문제는 남지." 이사나는 지금 자기 손으로 직접 만지고 있는 따뜻하고 부드러운 존재로부터 눈을 돌리며 말했다. "하지만 지금 내가 말한 건 실제로 총격전이 시작되기 전에 상상할 수 있는 단순한 이야기에 지나지 않으니까. 진에 대한 건 사태가 진전하는 동안 구체적으로 생각해볼게. 당장은 그 밖에는 생각이 미치지 않으니까……."

"나로서도 총알이 슝슝 날아다니기 전에는 자유항해단 배에 달린 주 돛대에 대한 비전조차 못 볼 거야." 다카키가 말했다. "그나저나 지금 당신이 한 얘기 말인데, 당신과 나무 혹은 고래의 관계를 여기에서 밖을 향해 외칠 참이야? 포위망 저편에는 당연히 매스컴도 개입할 테니 효과야 있겠지만……."

"그런 건 생각 안 해. 내가 나무와 고래의 대리인이라고 신문이나 텔레비전을 통해 널리 알릴 수 있다 하더라도, 그건 내가 생각하는 나무와 고래에 대한 통신은 아니야. 그건 완전히 다른 거지……."

“그렇다면 우리에게 새로운 전술이 생기겠군.” 다카키가 딱딱한 표정으로 돌아갔다. “바깥쪽 인간들에게 우리가 당신과 진을 인질로 잡고 있다고 생각하도록 만드는 거야. 어쩌면 우리는 그걸로 포위망을 뚫는 길을 만들어 진짜로 자유항해단의 배가 정박한 항구로 탈출할 수 있을지 몰라. 실제로 배가 손에 들어온다면…….”

“진짜 들어올 수 있어. 나와 진을 인질로 삼으면 내 아내에게 배를 제공받을 수 있을 거야. 실제로 아내에게는 그 정도 돈을 제공할 의사가 있으니까. 단, 여당 후보로 선거에 나오려는 사람이 국가권력에 저항하는 무리에게 도주 수단을 제공할 수는 없겠지. 그렇지만 ‘과격파 폭력 집단’에 인질로 잡힌 남편과 아이를 구조하기 위한 희생이라고 하면 이야기는 달라지지. 그건 오히려 큰 선거 캠페인이 될 테니까.”

“그래. 상대에게 어떤 이득이 없으면 협박은 먹히지 않겠지.” 다카키가 말했다. “당신이 자원해서 농성에 참가하고 있다는 게 알려지면 곤란해. 그러니 처음에는 무선기사가 외부를 향해 요구할 말을 대신 써주는 걸로 충분해.”

이사나는 조직을 이끄는 자로서 다카키가 갖춘 구성력을 느꼈다.

"그럼 난 우선 무선실에서 일하면 되는 건가?" 이사나가 물었다.

"총으로 하는 전투에서는 다마키치가 중심이야. 총격 경험은 다마키치가 제일 풍부하니까. 애당초 총도 총알도 한정되어 있으니, 그걸 전문으로 하고 싶어 하는 사람에게 통째로 책임을 맡기는 게 좋겠지? 그 녀석을 총에서 떼어놓을 수 없는 게 현실적인 문제이기도 하고……. 그런데 우리는 정말 농성하고 있는 건가? 내일 오후에도 이 주변에 경찰 하나 안 보이고, 총격전은 고사하고 평화로운 일요일이 펼쳐지는 거 아니야?"

다카키는 갑자기 초조해하며 그렇게 말한 후 입을 다물어버렸다. 그의 얼굴 한쪽이 점점 부풀어 오르는 것 같았다. 이사나가 자세히 보니 확실히 그의 옆얼굴이 조금씩 폭이 넓어지는 것 같았다. 사실 그건 희미한 빛을 반사하고 있는 땀방울의 윤곽이었다. 잠든 진의 어깨도, 그 어깨를 부적이라도 되는 양 계속 만지작거리는 이사나의 손도 땀으로 젖어 든다…….

오전 0시, 위층으로 올라온 이나코는 문밖에 숨어 있는 적에게 건물 내부의 움직임을 감지할 단서를 제공하지 않으려고 나선계단을 비추는 빛에만 의지해 옷을 벗었다. 그녀 몸의 전체적인 윤곽도, 뾰족이 나와 있는 음모도 부드럽게 빛이 났다. 이나코는 그대로 멈춰 서서 천장을 보고 누워 있는 이사나의 위치를 어림잡았다. 그러고는 문을 닫고 암흑을 향해 단단하게 걸음을 내디뎌 이사나 곁에 누웠다.

"제일 먼저 망을 보는 역할을 맡은 건 다마키치야. 라디오를 듣는 무선기사도 함께 불침번을 서지만." 이나코는 몸을 움직여 그녀가 누울 수 있을 정도의 자리를 내어주는 이사나를 향해 속삭였다. "오늘 밤에는 큰일은 없을 것 같대."

무척이나 주의 깊게 나선계단의 철판을 디디며 올라오는 자가 있었다. 다마키치가 장전한 총을 메고 망을 보는 것이다. 3층 문이 닫히는 소리는 들리지 않았고 계단 위도 계단 밑도 그대로 잠잠해졌다. 어떤 징조가 보이면 문을 열어둔 3층에서 망을 보는 사람이 소리를 질러 셸터에 있는 모든 사람을 깨울 생각인 듯했다. 그런데도 이나코는 이사나와 같이 자는 방 문을 닫아두었으니, 그건 그녀의 의지를 확실히 보여준다. 이사나는 두 다리 사이에 손을 대며 그게 기능하기를, 불안에 휩싸여 열망했다. 에로틱한 기분은 없었지만, 이나코를 정상적인 오르가슴으로 이끌고 싶다는 바람만은 절망감과 혼동될 정도로 절실했다. 이사나는 누워서 속옷을 더듬어 벗은 후, 성교 뒤에도 등화관제 상태일 것을 생각해 어깨 옆에 두었다. 이나코는 그의 움직임에 직접적으로 반응하여 근육 다발 외에는 아무것도 붙어 있지 않은 부드러운 허벅지와 음모가 수북한 불두덩을 이사나의 허리에 눌러댔다. 걱정과는 반대로 페니스는 강하게 맥박 치며 발기했다. 나오비와의 성교는 결혼하고 시간이 한참 지나도 몸의 각 부분이 끊임없이 충돌하며 서로의 기분을 상하게 했다. 그래도 성교를 잘 마치기 위해 그건 몸의 모양새와 키가 둘이 서로 비슷하기 때문이라 말해보기도 했었다. 그런데 이나코의 몸은 나오비보다 자그마할 뿐만 아니라 기하학적인 스릴마저 느끼게 할 만큼 크게 휘어져 어둠 속에서 성교를 하는 데도 충돌이나 정체는 일어나지 않았다.

그렇게 아무 말 없이 성교를 나누는 동안, 수동적인 채로 있던 이나코에게 이끌려 이사나는 몸을 움직이던 걸 멈추었다. 자신의 옆구리와 이나코의 오른쪽 허벅지에 무게를 둔 상태로 이사나는 정지했다. 이나코는 오른쪽 다리를 똑바로 뻗고 있었고, 왼쪽 다리는 페니스의 뿌리께에 음부를 거듭 밀어붙이듯 움직였다. 이나코가 움직이는 방향을 따라가려고 기다리다, 이사나는 페니스 끝에서 열과 압박감이 두드러지는 특별한 유대에 붙잡혀 자율적인 움직임이 일어나고 있음을 느꼈다. 의지로 제어할 수 없는 데까지, 당장이라도 도달할 것만 같았다. 이사나는 당황해서,

"고무주머니는?" 하고 속삭였다.

생존 가능성이 희박한 농성을 벌이는 와중에 임신을 걱정한다는 건 참 우스운 일이다. 공격적인 기분을 회복한 이사나가 다시 움직이기 시작하자, 이미 자기 자신의 궁극을 향해 깊은 확신을 갖게 된 이나코는 똑바로 편 다리를 축으로 하여 그의 움직임에 방향을 제시했다. 더욱이 이나코의 손가락은 그들의 음모 사이에서 바삐 움직이고 있었다. 자위로 경찰을 유혹한 여자아이에 관해 들었던 소문이 애처롭게 떠올라 그를 분기시켰다. 이나코의 손가락에 자기 손가락을 겹치듯 하며 이사나가 교대했다. 주저하면서 음모 주위에 머물던 이나코의 손은 이윽고 그녀의 다른 쪽 손과 합세해 이사나의 엉덩이를 힘차게 눌렀다. 용기를 얻은 이사나는 청춘 시절과 비교해도 뒤지지 않을 만큼 더 격렬하고 주도면밀하게 자신의 엉덩이를 움직였다. 페니스의 끝을 감싸는 몸속의 유대가 자율적으로 일어나는 작은 파도를 더욱 강하게 일으켰을 때, 이나코가 아아 아아 하고 소리를 내며 내면에서 끓어오르는 뜨거운 눈물을 흘리는 걸 이사나는 새빨간 암흑 속에서 보았다. *죽여버릴 거야, 죽여버*

릴 거야 하고 마음속으로 외치며 그는 오랫동안 사정했다.

그들은 침묵하며 땀을 흘렸고 땀이 살짝 증발하며 일으키는 한기도 느끼며 그대로 잠자코 있었다. 이나코의 몸 구석구석에서 미세하게 소용돌이치는 파동이 일어나 점점 더 고조되어 성기에 집중되다가 움찔하는 움직임이 도달한 후에야 전부 해소되었다. 이나코의 육체에는 전에 없었던 신진대사가 이뤄지기 시작한 것처럼 그 파동이 반복적으로 일어났다. 더구나 지금 그녀의 성기는 정액을 가득 머금은 채 마치 어린아이의 구강처럼 이완되어 있다. 그리고 온 얼굴에서는 눈물의 열감을 발산하고 열린 입술로는 술에 취한 듯 달아오른 숨을 뱉으며, 이사나의 귀 아래에 이마를 대고 미세하게 전율하고 있었다. 움찔하는 움직임은 점차 주기가 길어졌는데, 전율은 그 움직임의 직후에만 멈추었고 그때마다 이나코는 놀라움을 견딜 수 없다는 듯 작게 한숨을 내쉬었다. 이사나는 자기 얼굴 피부의 움직임이 전달되는 걸 두려워하면서도, 자랑스러운 미소를 띠지 않을 수 없었다. 평생 성교를 그처럼 멋진 것으로 느낀 적이 없었다. 오르가슴 사이에 *죽여버릴 거야, 죽여버릴 거야* 하고 몸 안에서 천둥처럼 들린 소리가 자기 의식 깊은 곳에 오랫동안 뿌리내리고 있던 소리임을 그는 인정했다. 이윽고 미세하게 전율하다 지쳐 막 잠이 든 이나코를 팔로 보호하고 그들의 머리 바로 옆 간이침대에서 들려오는 진의 숨소리를 다시 들으며, 이사나는 자신 또한 또 하나의 파수병이 된 양 삼엄하게 눈을 뜨고 이제는 더 이상 빨갛지 않은 암흑을 바라보았다.

총성이 들리고 셸터가 콘크리트로 된 공명상자처럼 울렸다. 허겁지겁 눈을 뜬 후 이사나는 숨소리로 진이 아직 자고 있음을 확인했다. 때문에 눈을 뜰 때는 이쪽과 저쪽 간에 총격의 응수가 벌어지고 있나 싶었지만 실제로는 단 한 발의 총성이 난 것뿐일지도 모르겠다 싶었다. 하지만 모든 것이 그저 꿈이었고 애초에 총격 같은 게 없었던 건 절대로 아니다. 그의 곁에서 깨어난 이나코도 긴장으로 몸이 굳었던 것이다. 나선계단을 마치 돛을 오르듯 혼자서 뛰어올라 가는 사람이 있었다. **폭발**, 분명 반자동으로 설정된 자동소총 소리였다. 이즈에서 그 총성을 듣고 기억하고 있었다. 3층에서 밖을 향해 쏜 것이다. 진이 악몽에 시달리는 듯 가녀리게 울음소리를 냈다.

"진, 진" 하고 말을 걸어보았는데, 이어서 할 말이 떠오르지 않았다. 꿈이야, 단지 꿈이야, 진, 이라고 할 수는 없었다.

또한 세 번째, 네 번째 총격이 이어질지도 모르는 이상, 자, 끝났어, 진, 하고 위로할 수도 없는 노릇이었다. 진의 어두운 머릿속에 한번 들어간 정보는 사실에 배반당하는 경우, 더욱더 뜨겁게 불타오르는 가시로 변할 테니까.

이사나는 스스로에게도 가련하게 들릴 만큼 당황해서 허둥대는 자의 목소리로,

"진, 진" 하고 속삭인 후에 다음 총성이 이어지지 않을까 몸을 긴장하고 있었다.

이나코가 암흑 속에서 이사나 곁에 누워 있던 자신의 뜨거운 몸을 일으키더니 문을 열고 나선계단 계단통의 불빛을 끌어들였다.

"진, 총소리야. 빵 하고 다마키치가 총을 쐈어." 옆구리에서 허리까지의 윤곽을 뚜렷이 빛내며 침대 옆에 두 무릎을 꿇고, 이나코는 울고 있는 어린아이를 위로했다. "저건 재미있는 거야. 무섭지 않아, 진."

그제야 이사나는 서둘러 할 일이 있음에 생각이 미쳤다. 그는 자신과 이나코의 땀이 배어 있는 매트리스에서 상체를 일으키고 셔츠와 바지를 걸쳤다. 아직도 약하게 울고 있는 진을 감싼 이나코의 긴 통 모양의 유방이 가슴 미어지도록 아름답고 충만하게 보였다.

"뭣보다 진의 귀에 대해서 다마키치와 얘기하고 와야겠군." 이사나가 그대로 그녀를 지켜보고 싶은 마음을 자신에게서 잡아떼듯 말했다.

3층도 등화관제 중이어서 나선계단 꼭대기에 매달린 알전구에서 새어 나오는 빛이 고작이었지만 내부의 모습은 뚜렷이 볼 수 있었다. 마르고 가벼운 냄새가 나는 화약 연기가 콧구멍을 씻고 지나가자 이사나는 거꾸로 그때까지 자신을 감싸고 있던 성기와 땀 냄새를 인식하게 되었다. 그리운 먼 옛날처럼. 벽면에 딱 달라붙어 총안으로 어두운 밖을 바라보고 있는 다마키치와 다카키의 검은 등에서 화약 연기 냄새가 나는 듯했다. 한쪽 어두운 구석에 틀어박혀 라디오 장치의 문자판에서 새어 나오는 빛 속에 코를 처박고 헤드폰에 귀를 기울이고 있는 무선기사에게서도 마찬가지로 화약 연기 냄새가 나는 것 같았다.

이사나가 다카키와 다마키치 사이 자리가 비어 있는 총안을 향해 다가서자,

"그곳은 위험해. 유리를 치워버렸으니까" 하고 우물거리는 소리로 다카키가 주의를 주었다.

실제로 어두운 둥근 창에 끼워놓은 유리가 깨져 있어 한밤중의 차가운 바깥 공기가 마치 총탄처럼 이사나의 이마

를 스치고 지나갔다.

“유리가 있어도 똑바로 관통당하면 끝장이야. 머리 그림자로 총안을 가리면 건너편에 발각되어 그중 성마른 놈의 표적이 될 거야.” 다마키치가 말했다. “기동대 전체에는 아직까지 라이플총으로 저격하라는 지령은 내려오지 않았겠지만.”

다마키치의 목소리는 차분하게 가라앉아 있었다. 어른스럽고 실제적인 설득력을 지니고 있었다. 저편에서 쏘지 않았다면 조금 전 두 발의 사격음은 다마키치가 발사한 총탄의 소리인 거다. 그 총격에 다마키치가 급속도로 성숙한 듯했다. 그는 방금 자신이 총을 쏘았다는 사실에 흥분하는 어린애가 아니었다. 이사나는 다마키치의 오른쪽 무릎 옆 벽에 수직으로 세워져 있는 자동소총을 보았다. 어둠 속에서도 총대와 손잡이의 목재 부분에 붉은 윤기가 흘렀고, 총신에서 탄창까지 금속 부분은 모두 검게 빛났다. 총받침도 총을 닦는 천과 기름병도 다마키치의 왼편에 정리되어 있었다. 한밤중 문밖의 암흑을 지켜보는 동안 다마키치는 총을 계속 닦고 있었을 것이다. 그리고 지금 다마키치는 저격 전문가답게 실무적인 안정감을 보이며, 적이 숨어 있는 암흑 속을 바라보고 새로운 전개를 잠자코 기다리고 있다. 이사나는 다마키치의 경고를 따르며 다카키가 바라보고 있는 총안으로 밖을 바라보았는데, 밖은 마치 밤의 우물처럼 새까맸다. 다마키치와 다카키의 태도가 암흑을 향해 불쑥 총을 쏘는 즉흥적인 행동이 있고 난 후에는 어울리지 않아, 이사나는 그 어두운 우물 바닥만 계속 바라보고 있었다. 무선기사도 그의 헤드폰의 암흑 속에 몰입하고 있었다. 희미한 전파의 빛을 찾아. 계단 아래, 그것도 진이 자고 있는 방보다 아래쪽에서 소리를 죽이고 말다툼을 벌이는 기척이 있었다. 그러나 셸터 내부에 있는 사람들의 목소리였지, 바깥에서 침입해 온 사람들과 다투는 건 아니었다. 암흑 속에 숨은 파수병들은 모두 그대로 말이 없었다.

"2시 30분." 무선기사가 시간을 알렸다. 이어서 그는 그 시각에 방송되는 심야 뉴스를 찾는 모습이었다.

"30분간 아무 일도 일어나지 않았다는 건 상대편도 진중하게 아침까지 기다리기로 했다는 게 아닐까?" 하고 다마키치가 이제서야 한숨을 돌리며 말했다.

"기동대의 대형 경비차 투광기를 다마키치가 부셨어." 총안에서 머리를 피하고 이사나 쪽을 뒤돌아보며 다카키가 말했다. "두 발로 두 대, 놈들은 그 후 움직이지 않아."

"2시 정각에 암흑에서 대기하던 경비차가 투광기를 켜더라고." 다마키치가 덧붙였다. "우리들이 어둠 속에 숨어서 도망갈 경우를 고려해서 테스트해본 거겠지. 우선 한 대를 부쉈더니 저쪽이 다른 한 대를 알아서 소등하더니만, 무슨 속셈인지 3분이 지나자 그 등을 다시 켰어. 그래서 그것도 부숴버렸어."

"투광기 부서지는 소리가 들렸어?"

"확실히 맞았어. 150미터 정도의 거리니까." 다마키치가 말했다. "이 자동소총의 정확도는 세계적이라고 군인도 말했어. 자위대 현역 군인으로서……."

이사나는 다시 총안 건너편의 암흑을 바라보았다. 그곳에는 망가진 투광기를 실은 대형 경비차가 서 있었고, 처음에는 여름밤 드라이브를 하는 기분이었을 기동대원들이 기습적으로 기선 제압당한 것에 화를 내고 있었다…….

"그 어떤 방송국의 2시 반 뉴스에도 우리에 대한 보도가 없어. 지금 시점에서는 뉴스 속보 같은 것도 없고." 무선기사가 보고했다.

"확실히 포위했다고 생각될 때까지 보도관제를 계속할 셈인가?" 다마키치가 말했다. "그래도 아침이면 모든 라디오 방송국이 우리의 농성전에 대해서만 떠들게 될 거야. 어쨌든 자위대 자동소총으로 저격하는 자가 이 건물 안에서 버티고 있는 건 확실하니 말야."

"그렇게 되겠지." 무선기사가 말했다.

"하지만 상대편은 투광기가 부서졌으니까 날이 밝을 때까지 공격도 설득 공작도 못 하겠지." 다카키가 말했다. "보도진이 제대로 배치될 때까지 기다리기로 했을지도 몰라. 그렇다면 우선 잠이라도 자두는 게 어때? 다마키치는 투광기를 쏴서 자유항해단의 의지와 사격 기술을 이미 선보였으니, 이제 아침까지 더 이상 쏘지 말고."

"안 쏴." 다마키치는 혼자 생각에 잠긴 듯한 목소리로 답했다. "나는 내가 쏜 총알에 사람이 파괴되는 걸 보면서 쏘고 싶어. 안 그러면 이런 기계로 내가 도대체 뭘 하고 있는 건지, 내가 나 자신을 모르겠으니까……."

19장

고래 배 속으로부터 (1)

진의 청각에 대해서 배려해달라는 말을 꺼내지도 못한 채 이사나가 다카키와 함께 일어섰을 때 홍당무가 격분과 곤혹감을 억누르지 못하는 검붉은 얼굴을 불쑥 내밀었다.

"중졸 녀석들 넷이 다 배신했어." 홍당무가 그답지 않은 난폭한 목소리로, 역시나 그답지 않은 차별적인 말을 내뱉었다. "덥다면서 녀석들끼리 지하벙커 침상에서 자더니, 방금 총성 두 발에 벌벌 떨며 여기에서 나가고 싶다고 하고 있어. 지금 닥터가 말리고 있긴 하지만……."

홍당무는 방에 들어와서 거칠게 숨을 쉬며 다마키치 옆에 앉았는데, 다마키치는 조심스레 자동소총을 무릎 위에 놓고 입을 다문 채 총안으로 밖의 어둠을 감시할 뿐이었다. 그 문제는 다카키나 홍당무 본인 소관임을 분명히 하고 싶다는 듯이. 다카키는 다시 바닥에 앉아 두 개의 탄피를 집어 올려 양손 엄지와 검지 사이에 하나씩 길게 끼우고 바라보며 잠자코 있었다. 침묵 가운데 조그만 게가 미세한 거품을 내뿜는 듯한 소리가 들렸다. 무선기사가 벗어둔 헤드폰에서 나는 소리였다. 이사나는 몸이 빈혈로 푹 꺼지는 듯한 감각과 약간의 울렁거림을 느끼면서, *이렇게 사형*私刑*이 시작된다, 오그라드는 남자에 대한 사형의 반복이다*라고 나무의 혼·고래의 혼에게 말했다. *같은 것의 반복이란 퇴폐가 아닐까? 이렇게 그들이 무너져간다면……*.

"그건 배신이라기보다는 탈락자 아니야?" 다카키가 생각 끝에 얘기했다. "하선자下船者라고나 할까……."

다카키가 그렇게만 말하고는 다시 침묵하자, 그 대신 다마키치가 무척 냉정하게,

"닥터가 그들을 말리고 있다고 했는데 그건 총으로 닥터가 제지하고 있다는 게 아니라, 녀석들이 총을 꺼내 자신들은 농성을 그만두겠다고 하는 걸 닥터가 왜 그러냐고 하고 있단 말이지?" 하고 구체적인 문제점을 확실히 했다.

"맞아. 지하벙커에 있는 침상 옆을 무기고로 삼고 있으니까" 하고 홍당무가 대답했다.

"그러면 녀석들의 요구대로 밖으로 내보내주면 돼. 이걸

전자동으로 해서 연발하면 아무리 어두워도 결말을 낼 수 있어."

"미치광이 살인마냐, 너는?" 다카키가 그런 다마키치를 힐책했다. "왜, 죽여야만 해? 단순히 하선하려는 사람들이잖아? 우리는 이데올로기를 내세워 여기서 농성하고 있는 게 아니야. 녀석들이 옳지 않고 우리들이 옳다는 기준은 아무것도 없어. 그것도 죽일 정도로……. 그렇잖아? 남는 자들과 남지 않는 자들의 차이는 배의 비전이 있는지 없는지 하는 차이에 지나지 않잖아? 어째서 녀석들을 죽여?"

"그러면 오그라드는 남자를 죽인 건 어째서야?" 다마키치가 즉시 냉정함의 가면을 벗고 반발하기 시작했다.

"오그라드는 남자는 내가 책임지고 사형私刑한 거야." 다카키가 말했다. "더 정확하게 말하자면 그건 나와 오그라드는 남자가 한 거야. 꼬맹 씨가 자신의 비전을 위해 살해당하기를 바랐기에 그렇게 사형을 강행할 수밖에 없도록 꾸민 거지. 하지만 결국 그건 내가 나서서 한 사형이었어. 그리고 그 뒤 내게도 내 비전이 더 확실히 나타났어. 하지만 지금 자유항해단의 비전을 버리고 하선하려는 자들을 사살하면 어떻게 되는데? 이전에도 나는 자진해서 사람을 죽일 마음은 없었고 앞으로도 그럴 거야."

"그러면 지금, 저쪽에서 대기하는 기동대를 향해서도 쏘고 싶지 않아?"

"쏘지 않아도 된다면 그 이상 바람직한 일은 없지. 하지만 그들은 자유항해단의 비전을 부수러 올 거니까, 아직 비전을 가지고 있는 자는 거기에 저항해야만 하지 않겠어?"

"그렇다면 알겠어." 다마키치가 말했다.

"물론 총은 놓고 가도록 하겠지만, 녀석들은 지금 바로 도망치고 싶어 해, 그렇게 하도록 하면 돼?" 홍당무가 안도감을 슬며시 드러내며 말했다.

다마키치가 무기고에서 눈을 뗀 사이 총을 손에 넣고 도주를 계획한 사람들을 일단 제어한 후에, 다카키와 다마키치와 교섭해보자고 제안한 건 다름 아닌 홍당무였을 것이다. 닥터에게 그런 종류의 정치력이 있을 것 같지 않았으니까.

"도망간다 해도, 녀석들이 셸터를 벗어나 기동대로부터도 도망칠 수 있을 거라고 생각하고 있다면 그건 이제 무리야." 다카키가 말했다. "혼잡한 틈에 저편에서 날아오는 총에 맞는 일이 없도록 날이 밝을 때까지 기다렸다가 내보내도록 하지."

"나는 다카키 의견에 찬성해." 홍당무가 말했다.

"나도 꼬맹 씨 사건으로 많이 배웠으니까." 다카키가 쑥

스러운 듯 말했다.

"하지만 그들에게 아무 일도 시키지 않고 빈손으로 나가게 할 수는 없지." 이사나가 조언했다. "나와 진 둘이 셸터에서 도망치고 싶어 하는데 인질로 남아 있다고, 나가는 사람들에게 믿게 하면 어떨까? 그게 그대로 경찰을 통해 보도진에게 전달된다면 공격이 시작될 때 우리 쪽에 유리하지 않겠어?"

"경찰은 차치하고 나가려는 녀석들이 당신과 진도 나가고 싶어 한다고 믿을까요?" 홍당무가 말했다. "녀석들은 당신이 자유항해단 사람이 되었다는 걸 잘 알고 있는데……."

"녀석들도 다마키치가 총을 두 발 쏘기 전까지는 자신들이 자유항해단 사람임을 의심하지 않았으니까." 다카키가 말했다. "총성을 듣고 도망치고 싶어진 사람이 또 있다는 걸 녀석들이야말로 누구보다 납득할 수 있을걸."

"실제로 진은 총성을 싫어해." 그 기회를 틈타 이사나가 말했다. "진의 귀는 너무 정교하니까."

"그랬어?" 다카키가 기가 꺾여 반문했다. "진이 총성으로 괴로워했어? 그건 그랬을지도 모르겠네……. 진짜로 진을 밖으로 내보내는 걸 생각해봐야겠어……."

"하지만 총격이 시작되기 전에 진과 이나코를 지하벙커

에 들어가게 하고 덮개 문을 닫아두면 진은 괴로워하지 않아도 될 거야."

"다음 충격이 시작되기 전에 꼭 그렇게 할게. 다마키치, 이건 정식으로 결정된 일이야." 다카키가 말했다.

"자유항해단의 말의 전문가가 할 일이 하나 생긴 것 같네." 다카키가 보인 실제적인 자상함에 감사한 마음을 나타내며 이사나가 말했다. "셸터에 진과 함께 갇힌 인질로서의 편지를 아내에게 쓸게. 그게 경찰의 손에 전해지면 나와 진의 인질설을 형식적으로나마 상대편은 무시할 수 없을 테니."

"그 편지를 가지고 가도록 한다면 도망가는 놈들도 쓸모가 있겠군." 다마키치가 말했다. "나는 모든 게 쓸모없어지는 일이 생기면 우울해져."

"편지에는 당신과 진을 인질로 삼아 협상하는 경우의 우리 쪽 요구도 쓰는 거지? 여기를 탈출해서 바다로 나갈 수 있도록 배와 항구까지 갈 차를 준비하라고 요구하면 되겠네."

"항구에서 공해를 향해 나가는 동안에도 인질은 배를 타고 간다, 그러니 공격하지 말라고도 써두는 게 좋겠어."

"배에 대해서 구체적인 지시가 필요할까? 어떤 배를 준비하면 되지?" 이사나가 물었다. "아내에게 배를 부탁할 때도 구체적인 사항을 몰라 곤란했어."

"어떤 배가 필요할지 말이군, 그건 구체적으로 우리의 현재 조건을 검토해봐야겠지." 다카키가 진중하면서도 꿈을 꾸는 듯한 기분을 드러내며 말했다.

"그런데 저쪽은 어떤 배도 제공해주지 않을 거야." 홍당무가 말했다. "경찰이 그걸 허락하지 않을 테니까."

"우리가 우리 배에 대해서 구체적으로 생각해보는 것까지 금할 수는 없겠지." 다카키가 되받아쳤다. "이번 편지에는 안 쓰더라도 결국 필요한 일이니까, 홍당무가 세세한 부분을 생각해서 배의 규모나 기능을 정리해줘, 네 전문이잖아?"

오전 4시, 청년 넷은 텔레비전 영화에서 배운 대로 뒤통수에 양손을 얹고 수치스러움에 몸을 앞으로 숙인 채 셸터에서 나갔다. 감금된 인질로서 무선기사 옆에 남겨진 이사나는 총안에서 그들을 배웅했다. 그들이 한 줄로 멀어지는 모습을 보며 그들 온몸에서 치욕과 절망감이 배어 나오고 있음을 느꼈다. 다카키의 말과는 달리 도망치는 청년들에게도 자유항해단의 비전은 이쪽이 눈을 돌리고 싶을 만큼 확실하게 실재했다. *지금 자신들이 등지는 것과 해후하지 못하는 이상(그건 불가능한 일이지만), 저 청년들은 평생 이런 치욕과 절망감으로부터 자기를 회복시킬 수 없을 테지* 하고 이사나는 나무의 혼·고래의 혼에게 애절한 마음을 담아 말했다. 앞으로 몸을 숙인 청년들은 희미하고 낮은 안개 속 여름풀이 무성하게 자라난 습지대를 고집스럽게 똑바로 걸어갔다. 그들 앞에는 기동대 군단이 대형 경비차를 방패로 세우고 대기하고 있었다. 하지만 총안으로 보이는 건 대형 경비차뿐이었다.

"4시 뉴스에서 보도관제가 풀렸어. 있는 얘기 없는 얘기 낱낱이 들추며 떠들고 있어. 우리를 살인 게릴라 집단이라고 부르네." 무선기사가 시간을 알릴 때와 동일한 객관적인 말투로 말했다.

셸터 정면 총안으로 대형 경비차 두 대가 보였다. 그래서 다마키치는 총안 유리를 하나 더 부수었다. 지금 기동대의 바퀴 달린 방패가 경비차 주변에서 다수 확인되는 이상, 그 뒤에 숨어 공격하러 올 자들을 생각하면 더 많은 총안이 문자 그대로 총안으로서의 기능을 하도록 개조해야 하지 않을까?

"셸터 건물을 상하게 하지 않으려고 조심하는 거라면, 무의미해. 총안 유리는 전부 깨도 상관없어" 하고 이사나가 권했지만,

"그럴 필요 없어. 지금으로서는 경비차를 공격할 의사가

있다는 것만 확실히 해두면 되니까" 하고 다마키치는 거절했다. "나도 기동대원을 모두 죽일 생각은 아냐. 자유항해단의 의사표시를 위해 적의 본거지를 저격할 태세만 갖추어 두면 돼. 지휘관이 차에서 머리를 내밀면 날려버리겠지만 닥치는 대로 쏘지는 않을 거야."

다카키는 셸터를 중심에 두고 포위하러 오는 경찰력 분포도를 그리고 있었다. 지금 확실히 그려 넣을 수 있는 것은 대형 경비차 두 대와 방패의 대열뿐이었지만, 셸터 뒤편의 절벽 위로 총안에서 볼 수 없는 장소에 대형 경비차가 배치되어 있을 거라 생각해, 아직 보이지 않는 대형 경비차를 점선으로 그려 넣었다. 이 분포도에 입각해 다카키는 어떤 방향에서 기동대원들이 공격해올지, 간단한 시뮬레이션을 했다. 얼마 안 되는 탄약을 효과적으로 사용하기 위해 셸터 안에 있는 무기는 우선 다마키치 혼자 사용한다. 총격의 당면 목적은 보여주기용이다. 경비차가 두 방향에서 동시에 공격해와도 다른 파수병들이 협력해주면 다마키치가 혼자서 모두 저격할 수 있을 것이다. 셸터는 습지대에서 오는 적의 공격을 방어하기에 좋은 조건을 갖추고 있다. 문제는 뒤편 비탈 위에서 공격해오는 경우다. 자유항해단이 얼마 전 심야에 이 셸터에 해코지하러 왔을 때, 그들은 정원사에게서 훔친 대나무 사다리로 손쉽게 옥상으로 올라갈 수 있었다. 뒤편 위에서 사다리차를 이용해 기동대원들이 내려온다면 사태는 골치 아플 것이다. 그럼 어떻게 할까?

"하지만 아직 생각할 여유는 충분히 있어." 다카키가 말했다. "기동대가 돌격해오는 건 한참 뒤의 일일 테니까. 인질 공작이 바로 들통났을지 모르지만 그래도 어린아이가 하나 셸터 안에 있다는 건 확실하니까, 상대편도 신중을 기할 거야. 가령 경찰이 그 편지를 공개하지 않았고 비밀리에 통지조차 해주지 않았다 하더라도, 당신 부인은 분명 여기로 올 거야. 이 셸터가 포위됐다는 보도는 계속 나가고 있으니까. 부인이 여기서 일어나고 있는 일을 모를 수는 없겠지?"

지금 무선기사는 헤드폰 단자를 장치에서 뽑고 주선실 안에 라디오 소리가 울리도록 했다. 계단 아래에서 이나코와 홍당무도 소형 라디오를 듣고 있을 터였다. 무선기사처럼 다이얼을 극도로 미세하게 움직이며 각 방송국의 뉴스 특보를 기민하게 뒤쫓아가지는 못한다 하더라도. 모든 방송국 뉴스가 똑같이 경시청 발표를 인용하고 있기 때문에 이 방송국 저 방송국 찾아 듣는 것도 큰 의미는 없었다. 물론 그렇다 해도 강조하는 세부 사항이 방송국별로 어떻게 다른지 뉴스 보도의 차이는 알 수 있었고, 각각에서 강조하는 부분을 모으자 그들을 향해 만들어진 왜곡된 '여론'이 짜깁기되어 드러났다.

자유항해단이라는 이름은 이미 밝혀졌다. 이즈에서 붙잡힌 자들이 모조리 불어버린 모양이었다. 자유항해단은 광범위하게 퍼져 있는 유연한 기동성을 가진 광폭 집단이다. 단원 모두 오토바이광, 자동차광이고 자동차를 훔치는 것도 아무렇지 않게 생각한다. 거기다 그들은 자위대나 주둔 미군, 또한 일반 건설 현장에서 자동소총과 라이플총, 수류탄, 다이너마이트 같은 총기와 폭약을 훔쳐내어 숨겨두고 있다. 이 위험하기 짝이 없는 놈들은 현 자위대원을 코치로 데려다가 이즈의 한 산속에서 전투 훈련을 벌였다. 그 실제 사진이 시중의 주간지에 발표되기도 했다. 그 사진을 찍은 사진작가는 잔혹한 방법으로 살해되었다. 그들의 아지트 부근에서 발굴된 사체에는 구타당하고 돌에 맞은 타박상이 온몸에 남아 있었고 깊은 외상도 보였다. 체내에서 자위대 군용 자동소총에 사용하는 NATO 7.62밀리 총알이 나왔다. 아흐레 전 이즈 후토항에서 일어난 총격·폭파 사건으로 막다른 지경에 몰려 자살한 자위대원이 그들의 전투 훈련을 맡은 코치였다는 것도 이미 확인되었다. 그들의 사상적 배경은 밝혀지지 않았다. 그건 모른다, 모른다, **아무것도 모른**

다…….

체포된 단원의 자백에 따르면 자유항해단은 간토 지방의 대지진을 기다리고 있었던 것으로, 바다 위 배 아지트에서 천재지변이 확인되면 쓰나미와 함께 도쿄만으로 상륙해 이재민들을 습격할 계획이었다. 무엇을 위해, 무엇을 위해, **무엇을 위해**? 이토록 철저히 반사회적인 미성년자들이 전투훈련까지 마치고 자동소총 외에도 화기와 탄약을 갖추고 콘크리트 가옥 속에 틀어박혀 있다. 그저께 아침, 촬영소 해체 현장에서 창고를 폭파하고 방화하며 현장 노동자를 습격하다가 역으로 구타당한 뒤 도쿄대학병원 아케이드에서 사체로 발견된 소년도 그들 패거리이다. 빈사 상태의 소년을 동료들이 유기한 것이다. 그들이 지금 틀어박혀 있는 건물이 범죄 현장 바로 근처에 있다. 무장 농성도 전부터 계획하고 준비했던 것으로 보인다. 지난 수개월 사이 만약 도쿄에 대지진이 일어났더라면 어떻게 되었을까? 이렇게 반사회적인 폭도를 격퇴하기 위해서라면 경찰은 갖은 방법을 다 동원해야 할 것이다. **쳐부수자, 섬멸하자, 죽이고 태우고 뿌리를 뽑자!** 쉼 없이 고조되는 라디오에서 그런 외침이 들려올 것만 같았다.

"이게 전부 진실이라면 자유항해단에는 정상참작의 여지

따윈 없군." 입을 다물고 있던 다카키는 무선기사에게 헤드폰 단자를 끼우게 해 라디오 소리를 막으면서 우울한 목소리로 말했다. "거기다 지적장애아와 그의 아버지를 총으로 협박해 인질로 삼고 있다는 점까지 추가될 테니까 말야."

"우리가 대지진이 일어난 도쿄에서 하려던 건 피난민으로 북적대는 도로를 마비시키는 강한 놈들의 차를 때려 부수고 피난의 기회를 평등하게 만드는 거였는데." 다마키치도 말했다. "우리는 소방서를 대신할 생각이었다고. 더럽네, 완전히 반대로 날조하고! 이즈로 간 녀석들이 거짓 자백을 하지는 않았을 텐데!"

"하지만 우리도 피난 가는 약한 타인을 구조할 생각은 못 했으니까." 가라앉은 다카키가 말했다. "우리는 대지진이 일어난 도쿄에서 우리 자신들이 배에 도착할 수 있도록, 일반 시민을 따돌리는 강한 놈들의 자동차를 격멸한다, 단지 그런 계획이었잖아? 그러니 말야, 경찰이 너희는 뭘 위해 그런 한심한 일을 저지르려던 거냐, 하는 질문을 하고 두들겨 패면 어떻게 하겠어? 나도 나를 모르겠고, 맞아서 아프긴 하고, 어떻게든 경찰을 납득시켜야 하니까 대지진으로 혼잡해진 가운데 차를 부수어 사회에 보복하고 싶었다고 말할 수밖에 없지 않을까?"

"말의 전문가가 두 명 생겼군." 다마키치가 비꼬았다.

"하지만 저격 전문가는 하나니까." 다카키가 현실적으로 말했다. "다마키치는 잠을 한숨도 못 잤잖아, 이제 아침밥 먹고 잠깐이라도 눈을 붙이고 와."

"내가 주선실로 올라올 때까지 총을 쏘지 말고 있어. 기동대를 견제하기 위해서는 저격이 정확하다는 인상을 주는 게 중요하니까."

"사람을 쏘지 않으면 안 될 때는 부를게" 하고 다카키가 약속하며 다마키치를 계단 아래로 내려보냈다. "……하여간 기묘한 녀석이야. 사람을 쏘는 건 자기 전담이란 걸 확인하지 않으면 식욕조차 안 생기나?"

이제 파수병으로는 이사나 혼자가 되어 다시 긴장하며 총안으로 밖을 바라보았다. 맑게 갠 하늘에 떠 있는 해는 백금색을 띤 선이 미묘하게 떨리듯 난반사하며 격렬히 빛났다. 오전 6시 반. 눈이 부셔 가늘게 뜬 육안으로 바라보는 한, 습지대 맞은편 경비차 옆은 방패만 있을 뿐 인기척이 없었다. 다마키치는 렌즈가 빛을 반사하는 쪽은 저격의 표적이 될 수 있다고 염려해, 프리즘 쌍안경을 사용하는 걸 원칙적으로 금지했다. 사람이 없는 풍경 속 사물들의 형태는 바라보는 동안 뚜렷해져갔다. 방패 저편에 헬멧과 방탄조

끼로 무장한 기동대원들이 누워 있는 것도, 경비차 속에 올림픽에 나갈 정도로 숙련된 라이플 저격의 명수가 대기하고 있는 것도 틀림없는 사실이었다. 하지만 모두가 숨어 있다는 것이 유년기의 악몽처럼 초현실주의적 기괴함을 풍경 속에 더하고 있었다. 확실한 빛 가운데서 모든 사물이 수상해 보인다. 나무까지도…….

돌연 이사나는 눈에 비치는 외부 세계의 저편 끝이 물 샐 틈 없이 막혀 있다는 감각이 일었다. 반대편 사물군의 모든 틈에 뱃밥(배의 틈으로 물이 새어 들어오는 것을 방지하기 위해 틈을 메우는 물건)이 끼어 있는 듯한 감각. 더구나 그건 구체적이었다. 이사나는 무언가 알 수 없는 그로테스크한 것에 가슴이 조여와 땀이 마구 솟았다.

"무슨 일 있어?" 다카키가 기민하게 물었다.

"잘 모르겠지만." 야무지지 못한 파수병이 말한다. "맞은편에 놈들이 숨어 있다는 건 처음부터 알고 있었는데 말야. 갑자기 더욱더 확실하게 저기 놈들이 있구나 하는 느낌이 들었어."

현실주의자답게 다카키는 즉각 프리즘 쌍안경을 들고 총안에서 30센티 물러나 외부를 살펴보았다. 그러면서 그는 쌍안경 시야 속으로 들어오는 것들에 대해 보고하기 시작했다.

"있어, 있어. 벌레가 꼬이듯이 사람들이 나타났어, 우글우글해. 여기서 쏜 총알에 맞지 않으려고 각자 차폐물을 확보해두고 한쪽 눈만 내밀고서 여기를 보고 있어. ……뭘 보고 싶은 거지? 이래서야 인간이란 전부 외눈박이에다 쥐며느리처럼 숨어 있는 존재라고 오해하겠어. 우리가 타인들과 연을 끊은 이후 지구에 무서운 일이 일어나서 핵셸터 안에 숨은 우리 말고 다른 사람들은 모두 이렇게 변해버렸다고 말야."

다카키에게서 프리즘 쌍안경을 받아 들고 이사나도 빛 속에 있는 외부 세계를 바라보았다. 이쪽에서부터 건너편까지 시선을 옮겨가며 살폈는데 습지대의 여름 초원은 변한 게 없었다. 대형 경비차와 그 양쪽에 이중으로 자리 잡은 방패의 대열도 변함이 없었다. 그런데 그 뒤편의 해체된 촬영소터가 철판과 목재, 콘크리트 조각으로 된 작은 바리케이드들로 메워져 있었다. 특히 불도저가 부순 콘크리트 조각과 돌로 쌓아 올린 바리케이드는 작열하는 햇볕에 하얗게 빛나서 마치 에스키모의 얼음집을 연상시켰다. 모든 자질구레한 바리케이드 뒤에서 그야말로 한쪽 눈밖에 없는 사람들의 얼굴이 어른거렸다. 엿보는 그 한쪽 눈에 카메라가 겹쳐 있기도 했다. 눈 하나가 사라지면 또 다른 눈이 나타났다. 얼마나 많은 한쪽 눈이 거기 숨어, 무슨 일이라도 있는 양 끊임없이 엿보았다가 숨었다가 하는지. 그것은 현미경으로 관찰하는 혈구의 움직임을 떠올리게 했다. 그러다 참으로 생생하지만 아나키적인 움직임의 전경을 짙은 회청색의 운동체가 쓱 하고 지나갔다. 방패로 머리에서 무릎까지 가리고 연락하러 뛰어다니는 기동대원들이었다. 그들은 모두 한쪽 눈이라도 부주의하게 이쪽에 보이는 일이 없었다.

이사나는 프리즘 쌍안경을 바닥에 놓으며 그 옆에 있는 다마키치가 남기고 간 자동소총에 눈길을 주었다. 그 한쪽 눈의 혼돈스러운 혈구를 향해 한 발 쏘는 망상이 일었다…….

빈틈없는 자유항해단의 총기 책임자는 그걸 미리 알고 있었다는 양 아래층에서 돌아왔다. 평생 한 번도 총을 만져 본 적 없는 자의 내부에 꿈틀거리는 공격 본능을 가라앉히듯 그는 등 뒤에서 불쑥 다가와 이사나의 손가락이 닿기 직전에 자동소총을 집어 들었다. 그리고 그 동작에 자연스럽게 이어, 다마키치는 남은 손에 프리즘 쌍안경을 들더니 두 무릎은 꿇은 채 허리를 펴고 총안 맞은편을 바라보았다. 물론 그는 저격 대상이 나타날 수 있는 범위만을 확인했다. 곧바로 쌍안경을 내려놓고 자동소총의 총구가 총안 콘크리트 벽 밖에서 보이지 않도록 주의하며 총신을 올렸다.

"경비차가 우리가 저항하지 않을 거라고 깔보고 이쪽으로 다가올지 몰라, 방향 전환을 시작했어. 운전하고 있는 남자를 쏴야겠어. 이제 진이랑 이나코는 지하실로 들어갔으니까."

다마키치는 붉게 빛나는 총대에 볼을 갖다 대고, 실제 보이와 피를 나눈 형인가 싶을 정도로 어둡고 우울하면서도 고요한 표정을 지었다. 그는 잊어버린 기억을 찾아 나서듯 잔잔하게 호흡하며 집중했다. 쐈다. 그리고 튕기듯 신속하게 자동소총을 당기고는 콘크리트 벽에 숨어 옆 총안을 통해 밖을 바라보았다. 이사나는 발사 전부터 손바닥으로 귀를 막고 있었는데, 그래도 윙윙 소리가 났다. 이사나는 다마키치의 불연속적인, 그러나 정력과 확신에 가득 찬 움직임을 바라볼 뿐이었다. 총대를 얹었던 다마키치의 어깨와 목덜미는 두드려 맞은 듯 아릿하고 아름다운 혈색을 띠고 있었다.

"사살됐는지 어떤지는 모르지만 유리를 깨고 총알이 명중했어. 지금 기동대원들이 방패를 여러 개 겹치고 나타나

운전대에 나자빠진 몸을 어떻게든 끄집어내려고 하고 있으니까. 헬멧과 방탄조끼 사이, 즉 귀 아래를 노렸는데. 거길 맞혔는지 어떤지는 유리가 있어서 잘 모르겠어……."

다마키치는 그렇게 말하더니 프리즘 쌍안경을 다카키에게 건넸다. 이사나는 총의 반동이 남긴 붉은 흔적을 찾을 수 없을 만큼 목덜미에서 머리끝까지 금세 충혈된 다마키치가 거친 숨을 내쉬는 걸 보았다. 그것은 똑바로 쳐다보기 힘들 지경이었다. 이어서 다카키가 프리즘 쌍안경을 건네려 했으나 이사나는 받아 들지 않았다. 다마키치는 그런 이사나를 잠깐 바라보았지만, 크게 신경 쓰지 않았다. 그는 자유항해단의 그 누구보다 전투 한가운데 깊숙이 있었다. 건물 위쪽을 선회하는 헬리콥터 소리가 무척 가깝게 다가왔다.

"저걸 격추할 수 있으면 시위에는 효과적일 테지만" 하고 다마키치가 말했다. "옥상으로 나가면 우리 쪽이 저격될 거야."

"방금 그 일격으로 효과가 있지 않을까." 다카키가 말했다. "헬리콥터까지 격추할 필요는 없어. 놈들은 한동안 행동에 나서지 않을 거야. 잘 생각이 없다면 다마키치가 대신 망을 봐줘. 우리도 뭘 좀 먹고 올게."

다카키도 다마키치 못지않게 비위가 좋구나 하고 이사나

는 생각했다. 그렇다고 자신에게 식욕이 없는 건 아니었다. 여하튼 모두가 이 작은 규모의 전쟁에 익숙해져 있었다.

아침에는 상대편 진영에 어떤 움직임도 포착되지 않았다. 프리즘 쌍안경으로 멀리 바라보면 보도진의 바리케이드는 더욱 밀집해 있을 것이다. 구경꾼들은 쫓겨났다 하더라도……. 건물 상공을 선회하는 경시청 혹은 신문사의 헬리콥터가 두 대인지 세 대인지로 늘어났다. 다시 다마키치와 함께 망을 보게 된 이사나는 그를 따라 셸터에 공격을 가하려는 자가 숨어 있을 만한 범위에 감시를 집중했다. 움직이는 사람, 달리는 동물은 눈에 띄지 않았다. 햇빛에 지친 눈에 들어오는 것은 황량할 만큼이나 짙은 그늘을 드리운 사물뿐이다. 더구나 그 사물들은 끊임없이 움직이고 있었다. 바람이 풀과 나무를 움직였다. 그것들의 움직임이 움직이지 않는 돌의 윤곽에 활기찬 운동의 인상을 부여했다. 모든 사물이 어지럽게 자발적으로 움직이는 것 같았다. 특히 셸터 바로 앞에 있는 산벚나무는 금방이라도 코끼리처럼 뛰어나갈 것 같았다. 거무스름할 정도로 무성하게 빨리 자란 잎사귀가 거칠게 상해버린 산벚나무는 작열하는 햇볕에 맹렬히 맞서고 있었다. *기동대가 한꺼번에 공격해온대도*

나는 놈들이 나무줄기는 물론이고 가지나 잎사귀에도 상처를 입히지 않길 바라, 하고 이사나는 산벚나무의 혼에게 말했다. 그러나 나무가 신경을 곤두세우고 있는 건 반드시 외부에서 이곳을 포위하고 있는 자들에 대해서만은 아닐지도 모른다…….

"어" 하고 다마키치가 생각지 못한 어린 목소리로 외쳤다.

총안 너머 시야 가득히 투명하고 엷은 청색 유리섬유 덩어리가 출현한 것이다. 덩어리의 밑부분이 여러 가지 크기의 은구슬 장식으로 뒤덮여 있었다. 물이었다. 상대편이 뒤편 절벽 위에서 압력을 가하며 퍼붓는 대량의 물줄기. 둘레 전체에 반짝이는 작은 은색 물고기들을 휘감으며 낙하했다. 그리고 그뿐이었다.

"제기랄." 오히려 감명을 받은 듯 탄식하며 다마키치가 말했다. "놈들이 살수차를 가지고 왔어. 공격 대기를 하기 전에 잠깐 실험한 거야."

다마키치는 콘크리트 벽에 몸을 숨기며 총안 콘크리트 모서리에 이마를 대고 비스듬히 아래를 보았다. 이사나도 같은 자세로 아래를 살펴보았다. 풀이 무성한 비탈에 이사나와 진이 걸어 반반해진 흔적(역사!)이 땅 위에 작은 길을 만들고 있었다. 그 흙이 드러난 구덩이 한두 개에 방금 낙하

된 물이 고여 햇빛을 반사했다. 물웅덩이의 가장자리는 광물질처럼 빛나고 한가운데는 투명한 엷은 청색을 띤다. 이사나는 물웅덩이에 눈과 마음을 빼앗겼다. *이건 지금 새롭게 나타나서 바로 다시 소멸하겠지만 사람과 다른 사물의 견고함, 항구성을 나타내*, 하고 이사나는 나무의 혼·고래의 혼에게 속삭였다. *지금 나는 타인과 함께 있지만, 지하의 명상실에서 그랬듯이 고양감을 느끼며 이 물웅덩이를 바라보고 있을 수 있다. 더구나 그전보다 더 확실하고 깊이 느낀다. 어떻게 된 걸까*…….

"저 빛나는 곳을 보고 있으려니 은광의 노두露頭가 아닌가 싶어." 다마키치가 아직 눈이 부신지 눈을 껌뻑거리며 말을 걸어왔다. "어린 시절에 광산 발견 가이드북이라는 책을 보고서(그는 '읽고서'라고 하지 않았다), 스스로 광산을 하나 찾으면 좋겠다 싶었어. 광산이 길거리에 있을 리가 없는데도 거리를 걸으며 반짝반짝 빛나는 곳을 발견하면 차분히 있지를 못했어. 산으로 가면 흥분으로 귀가 울렸지. 그걸 지금 몇 년 만에 문득 떠올렸달까, 병이 도졌달까, 이상한 기분이야. 저게 물웅덩이라는 건 잘 아는데도, 드디어 은광을 발견했다는 생각이 들어. 그렇지만 생각해보면 이번만은 저게 은광이라고 생각한들, 실은 물웅덩이라고 실망할 일도 없으니까, 저건 내가 마침내 발견한 진짜 은광이 될 거야."

"이번만은?"

"저 은광이 있는 곳까지 물웅덩이가 아닌가 하고 내가 보러 가지 않을 거니까 이번에는." 다마키치가 말했다. "그런 짓을 했다간 총에 맞아 죽을 테니……."

이사나는 다마키치의 은광의 노두를 다시 내려다보았다. 물웅덩이가 햇볕에 말라 빛을 잃는 시점이 되도록 늦게 찾아오기를 바랐다.

"다마키치, 건물 뒤를 어떻게 하지 않으면 안 돼." 미군 라이플총을 어깨에 메고 올라온 다카키가 말했다. "지금 뉴스 보도에 새로운 내용이 없다면 먼저 건물 뒤를 어떻게 좀 하자고. 어때, 라디오는?"

그런데 무선기사는 라디오 장치 앞 비좁은 곳에서 몸을 웅크리고 잠들어 있었다. 그의 맨발은 삶은 새우처럼 붉고 어떤 새우보다도 컸다. 그 활력 넘치는 발이 풍부한 에너지의 원천을 증명했다. 이 잠이 든 남자는 자신의 원천에서 자연스럽게 넘쳐흐르는 것으로 지탱하며 긴 시간을 라디오 장치와 관련된 세세한 작업에 집중해왔던 것이다. 그는 분명 보트 창고에서도 일을 잘 해냈을 것이다.

"무선기사가 이렇게 라디오를 내팽개쳐두고 있다는 건

새로운 변화가 없다는 거야. 이 녀석은 프로니까." 다카키가 말했다. "그러면 다마키치 네가 가서 건물 뒤편을 어떻게든 해보지."

"방법은 딱 하나야. 잘될지 어떨지 모르지만……."

"그걸 해보자." 다카키가 선선히 동의했다.

"이 작전에는 수류탄을 두 개만 사용할 수 있어. 나머지 한 개는 대형 경비차가 공격해올 때, 또 한 개는 최후의 결전 때 기세를 돋우는 데 쓰고 싶으니까." 다마키치가 말하고 이사나를 다시 바라보았다. "당신이 말한 원폭의 폭발력과 파괴력의 관계? 그건 수류탄처럼 작은 폭탄에도 적용되는 거야?"

"수류탄 두 개를 동시에 폭발시키면 파괴력이 두 배가 된다고 생각해도 되느냐는 말이야? 그거라면 그대로 적용할 수 있지."

"좋아, 두 개를 한꺼번에 사용해보지." 다마키치가 말했다. "뒤편 절벽의 튀어나온 끝을 수류탄으로 날려버릴까 해. 적어도 저편에서 진 치고 있는 놈들 모습이 이쪽에서도 잘 보이도록 해놓고 싶으니까."

"파괴력이 너무 세서 비탈면 전체가 무너지는 일은 없을까? 그러면 건물까지 망가져." 다카키가 말했다.

"이 건물은 튼튼하게 지어졌으니까 약간의 토사 붕괴라면 견딜 거야." 다마키치가 말했다. "다만 진이 폭발음에 괜찮을까 싶은데."

"당신이 지하벙커에서 진을 보고 있어." 다카키가 말했다. "직접적인 폭발 공격에는 다마키치가 혼자 나서기로 하고 나와 무선기사는 바리케이드의 개폐를 맡을게. 저걸 들어 올리는 데는 둘이면 충분하겠지?"

"한 명이면 충분해." 조용히 눈을 뜨고 헤드폰을 쓰며 무선기사가 장담했다.

"그러면 수류탄을 가지고 올게." 다마키치는 그때까지 억누르던 흥분을 드러내며 그것을 그대로 운동에너지로 전환시킨 것 같은 기세로 나선계단을 뛰어내려 갔다.

"다마키치가 총에 맞지 않아야 할 텐데." 이사나가 말했다. "경찰이 인질에 관한 얘기를 믿는다 하더라도 옥상에 수류탄을 가지고 나온 녀석이 인질이 아닌 건 그들도 알아차릴 테니까."

"저래 봬도 다마키치는 경계심덩어리야. 오토바이광이었던 시절에 작은 사고를 무수히 내면서도 자기는 상처 하나 입지 않았어." 다카키가 대답했다.

이사나가 거실로 내려가자 그곳에는 들새 소리가 분수처

럼 흘러넘치고 있었다. 다마키치가 덮개 문을 열어둔 지하 벙커에서 진이 무한 반복 테이프를 듣고 있었기 때문이다. 새소리에 파묻혀 홍당무가 노트에 뭔가를 적고 있었다. 이사나가 들여다보자 들어 올린 그의 얼굴이 순식간에 새빨개졌는데, 그 눈매는 공부에 열중하는 중학생의 눈처럼 망연하게 열기를 띤, 연약한 것이었다. 홍당무의 노트에는 주돛대와 앞 돛대를 단 배의 측면도와 세세한 주석이 적힌 평면도가 나란히 그려져 있었다. 홍당무는 어금니를 악물고 주저하는 소심한 마음을 억누르며 설명했다.

"어떤 규모와 구조의 배를 저쪽에 요구하면 좋을지 조건을 쓰는 중이에요."

"실제로 필요한 작업이지." 이사나가 말했다.

빛나는 다마키치의 얼굴이 덮개 문의 그늘에서 쑥 하고 올라왔다. 가슴도 배도 그보다 더 좋은 자세는 할 수 없을 것 같은 똑바른 모습으로 쭉 올라왔다. 다마키치는 식료품이 들어 있던 합성수지로 된 튼튼한 자루 두 개에 각각 하나씩 무거운 고체를 넣어 올리고 있었는데, 수류탄이 수제 화염병처럼 위험한 것인가 의아할 정도로 조심스러운 태도를 보였다.

"10분 지나면 공격할 테니까 지하벙커로 들어가 뚜껑을 단아." 다마키치가 위엄을 드러내며 말했다.

"네가 욱해서 건물 속으로 그걸 던지기라도 하면 큰일이니까" 하며 홍당무가 놀렸는데, 다마키치는 돌아보지도 않았다.

홍당무를 앞세우고 덮개 문 조작에 숙달된 이사나는 그 뒤를 따르며, 마치 피난하는 비전투원이 된 양 지하벙커로 내려갔다. 들새 소리의 소용돌이 속에서 진이 조용히 그 소리의 주인공을 구별하고 있었다. 예전에 진은 테이프 새소리와 자신의 인지 사이에 폐쇄된 관계를 구축하고 있었다. 그러나 지금 진은 자신의 얼굴을 깊숙이 들여다보는 이나코에게 하나하나 새를 소개하듯 이름을 알려주고 있었다.

"호랑지빠귀입니다, 쏙독새, 입니다(달빛 비치는 숲속에서 돌연 길을 잃었음을 알게 된 진이 이나코에게서 격려의 말을 듣고 싶어 하는 느낌이었다), 올빼미, 입니다, 솔부엉이, 입니다, 쇠뜸부기사촌, 입니다……."

새를 매개로 하는 대화에 열중하느라 진은 이사나에게 관심을 돌리지 않았다. 이나코도 바로 옆에서 바라보는 이사나에게 수영 줄기 같은 갈색 목덜미를 드러낸 채, 부끄러워하며 돌아보지 않았다. 이사나가 습지대에서 뛰어다니거나 할 때 입던 무명 셔츠에다 무명 바지를 걸친 이나코는 그가 지금까지 봐온 어떤 경우보다도 더 꼼꼼히 살을 가리고 싶어 하는 것 같았는데, 그건 지하층에 여름철 이른 아침 찬 공기의 감촉이 아직 남아 있다는 걸 의미할 터였다.

"진은 진짜 새소리 전문가구나……."

"너희들도 배 전문가잖아? 이 지하벙커를 정리한 방법 꽤 괜찮은데……."

"노트에 도면을 그리기 전에 실제 배를 어림잡아보려고 여기에 시험해봤어요." 홍당무가 설명했다. "이렇게 하지 않으면 확실히 알 수 없으니까요. 무게 15톤, 배 길이 15미터의 어선개조형 모터세일러를 생각해서 침상도 열 개 정도로 잡고 이곳을 다시 배치해보았죠."

"어선개조형? 창고에 있었던 크루저는 더 로맨틱한 느낌 아니었나?"

"처음에 자유항해단은 항해 훈련을 제대로 하고 출항할 계획이었으니까요." 홍당무가 말했다. "하지만 지금의 자유항해단이라면 어선개조형 모터세일러로 바다에 나가는 게 제일 안전할 것 같아요."

"어쨌거나 너는 착실히 생각하는구나." 이사나는 정직하게 자신이 감명받았다는 사실을 드러냈다.

가스레인지와 작은 개수대가 있는 안쪽 구석에서는 닥터

가 혼자서 웅크리고 식료품을 정리하고 있었다. 진에게 묶여 있는 이나코의 일을 대신 하는 것 같았다.

"그래 어떻게든 될 것 같아, 닥터?" 이사나가 들새 소리 틈을 노려 말을 걸었다.

"무척 훌륭해요." 닥터가 기쁜 듯이 말했다. "시금치랑 양배추 절임 통조림을 잘도 찾아냈네요. 눈에 잘 띄지 않지만 중요한 건데. 끓이기만 하면 먹을 수 있는 즉석 통조림도 좋네요. 지금 인원이라면 꽤 오래 먹을 수 있을 것 같아요. 물은 어떻게 할까요? 수도를 위에서 잠가버리면 골치 아프게 될 텐데……."

"플라스틱 양동이를 이용해 있는 대로 다 물을 받아놓으면 좋겠어. 적들은 물을 진짜 잠가버릴 수 있어." 처음으로 이사나와 닥터를 향해 얼굴을 들고 이나코가 말했다.

그러나 그들의 들뜬 대화는 급속히 시들어갔다. 모두의 눈길이 끊임없이 벽에 걸린 전자시계로 향했기 때문이다. 따라서 진정으로 인간다운 깊이를 갖춘 말은 오히려 진에게서만 들려왔다. 진은 지하벙커의 다른 승조원들로서는 하나하나의 개성을 전혀 식별할 수 없는 새소리의 각축장에서 여름 들새들의 세계를 발굴하고 있었다.

"할미새사촌, 입니다, 종다리, 입니다, 긴꼬리딱새, 입니다, 노랑할미새, 입니다…….”

폭발의 진동이 두 번, 그것도 두 개의 물방울이 붙으려는 순간처럼 서로 겹치는 것 같으면서도 정확히는 각기 단독적으로 일어났다. 지하벙커가 거대한 나무 밑동이 흔들리듯 흔들렸다. 새소리 테이프는 여전히 돌아가고 있었는데, 진은 새 이름을 알려주는 대신 수두 딱지가 점점이 앉은 양팔을 이나코를 향해 내밀고 그녀를 올려다보았다. 그러나 동공과 홍채가 수축되기라도 한 것처럼 주위에 넓고 동그랗게 흰자위를 드러낸 이나코 역시 이사나에게 구원을 청하는 모습이었다.

“자, 진, 알려줘. 새 이름 좀 알려줘.” 그래도 용기를 북돋우듯 이나코가 말했다.

“유리딱새, 입니다, 바위종다리, 입니다.” 진도 무서워 떨면서 다시 말하기 시작했다…….

이사나와 홍당무와 닥터는 철제 사다리를 올라가 등 뒤에서 들리는 새소리와 진의 목소리를 덮개 문으로 봉했다. 건물 뒤편 외벽에서 크고 작은 자갈과 토사가 맹렬히 떨어지는 소리가 여전히 울리고 있었기 때문이다. 그때 자동소총 총신을 아래로 하고 옆구리에 낀 다마키치가 달려 내려왔다. 그대로 현관의 토방까지 뛰어내려 문에 어깨를 대고 숨을 쉬면서, 다마키치는 그를 지켜보는 세 사람에게 험상궂은 눈길을 보냈다.

"당신은 위층에 숨어. 홍당무와 닥터는 나를 도와줘." 다마키치가 쉰 목소리로 명령했다. "포로를 잡을 거야."

그러더니 그는 문에 기댄 어깨를 미끄러뜨리며 자동소총을 바로 들어 올려 금방이라도 쏠 수 있게끔 허리께에 두고 왼손으로는 문의 자물쇠를 풀었다.

"당신은 빨리 위로 숨어, 인질이니까!"

나선계단을 혼자 올라가는 이사나의 머리 위를 둔기로 때리는 듯한 소리가 덮쳐왔다. 거칠게 갈라진 다카키의 조야한 목소리가 웅얼거려 의미를 알아들을 수 없었다. 다카키가 총안에 바싹 붙어 밖을 향해 화를 내고 있는 것이다. 그의 곁으로 무선기사가 나서서 라이플총의, 클립에 재어진 상자형 탄창을 확인하고 있다. 곧이어 이사나도 다른 총안으로 밖을 내다보았다. 그곳에서는 실제로 우습고도 장대한 광경이 펼쳐지고 있었다. 대형 경비차가 셸터 옆 오른쪽으로 굴러떨어져 있었다. 마치 옆으로 넘어진 코뿔소 같았다. 그리고 바로 그 앞에 완전무장을 한 기동대원이 혼자 고개를 숙이고 꼼짝 않고 있었다. 멀리 떨어진 전방에 진을 친 대형 경비차와 방패의 대열 쪽으로 돌아가려고 해도 거리가 멀어 의지를 잃었고, 또한 등 뒤에서 화를 내는 다카키의 목소리에 견제당하고 있는 듯 보였다.

"이번에는 괜찮을 거야" 하고 말하며 무선기사가 다카키의 손에 라이플을 떠맡겼다.

다카키는 라이플 총신을 총안에서 쑥 내밀고 아래를 향해 한 발 쏘았다. 그 총성을 따르듯 수 발의 총탄이 갑자기 건물 외벽으로 날아왔다. 튕기는 총탄과 깨진 콘크리트 조각이 망연히 고개를 떨구고 있는 기동대원의 실드를 덮은 헬멧으로 튀었다. 아마도 운전대에 앉아 있다 굴러떨어졌기 때문인지 쇼크로 가사 상태가 된 물고기 같던 기동대원이 순간 각성했다. 그는 결연히 '뒤로 돌아'를 하고, 두 팔꿈치를 몸 옆에 단단히 붙이고는 커다란 검정 구두로 지면을 힘껏 밟으며 셸터를 향해 빠른 걸음으로 투항의 행진을 시작했다.

"됐어!" 총안에서 뒤를 돌아보는 다카키가 사냥감을 몰아붙인 개처럼 흥분을 드러내며 외쳤다.

그대로 뛰어내려 가는 그의 여윈 얼굴은 넘치는 희열에 분홍빛으로 물들고 눈가에는 피가 맺혀 있는 듯했다. 기다렸다 포로를 받아들이고 바로 문을 닫는 소리가 크게 울렸다. 현관의 기척에 귀를 기울이자니, 그 이후 포로에게 무언가가 행해지고 있는 것만은 확실했는데, 포로가 물리적으로 저항하는 기미는 없었다. 그렇긴 해도 그는 말로 저항하는 유창한 포로였다. 처음 그의 간헐적 저항의 목소리는,

"Bakkar!"라는 외침이었다.

첫 자음은 이 이상 운동 에너지가 가미된 파열음은 있을 수 없다고 생각될 만큼 강했고, 끝모음 'ㅏ'는 일본어에 있어서 가능한 한 가장 많이 열린 모음이었다. 그것은 단지, '바보가!'라고 외치는 소리이기는 해도, 전체적으로 이 말이 내포할 수 있는 최대한의 적의의 폭발력을 지니고 있다고 느껴졌다. 더구나 쾌활한 느낌조차 주는 욕설이었다. 그렇게 외쳐대는 이상 포로는 현관에서 두 자루의 총에 제약을 받으며 복종하지 않을 수 없었고, 그 육체 또한 무언가 피해를 입고 있는 듯했다. 그건 정신적인 굴욕이기는 해도 생명의 위험은 고사하고 고통도 없는 피해인 것 같았다. 그 가운데 포로는 변함없이 육체적인 저항의 뜻은 드러내지 않은 채 다짜고짜 웅변조로 항의하기 시작했다.

"Bakkar! 너희들이 하는 방법으로 혁명을 할 수 있어? Bakkar! (우리는 혁명 안 해, 항해하러 갈 거야, 하고 다카키가 침착하게 대꾸하고 있다), Bakkar! 혁명한다면서 동료를 학살해? Bakkar! (끈질기네, 우리들은 혁명 안 해),

Bakkar! 너희는 이런 짓을 하면서 혁명도 안 하고, 뭐 하는 거야? Bakkar! (여전히 참을성 있고 침착하게 다카키가 대꾸하고 있다. 그래, 그러니까 항해하러 가는 거야) 응? 살인마! Bakkar! 뭘 하든지, 신중하지 못한 짓은 그만해! 너희 혁명하는 인간으로서 도의는 어떻게 된 거야? Bakkar! (다시 돌아간 거야? 우리는 혁명 안 한다고!)" 침묵, 이어서 문이 열리고 덜커덕하는 소리를 내며 자물쇠가 잠겼고 요란한 웃음소리가 들리며 다카키 무리가 뛰어올라 왔다. 이사나는 돌연 석방된 포로가 역시나 두 팔꿈치를 몸 옆에 단단히 붙이고 쿵쿵 뛰어가는 것을 눈으로 좇았다. 포로는 어두운 청색 헬멧은 물론이고 어딘가 헐렁헐렁한 출동복도 전과 동일하게 걸치고 있었고 커다란 구두도 잊지 않았지만, 바지를 걷어 내려 하반신이 그대로 드러나 있었다. 더구나 햇볕에 하얗게 빛나는 부푼 엉덩이에는 빨간 페인트로 커다란 동그라미가 칠해져 있었다. 늠름하고 잔잔하게 떨리는 둔부 위의 일장기를 흔들며 기동대원은 여름풀밭을 똑바로 가로질러가다 도중에 딱 한 번 팔을 옆구리에서 떼더니 헬멧의 실드를 쓱 하고 내리고 다시 두 팔꿈치를 몸 옆에 붙이고 뛰어갔다. 총안에 붙어 있던 승조원들 모두가 언제까지고 크게 웃었다. 유리를 제거한 총안에서 자동소총으

로 겨냥하고 있던 다마키치만이,

"바지를 올리고 엉덩이를 가리려고 하면 일장기를 쏴버릴 거야!" 하고 그걸 상상하는 것만으로 화가 끓어오르는 듯이 목소리를 높였다.

이미 한낮의 느낌이 나는 햇볕 속에서 키가 큰 여름풀을 헤치며 둔부에 깃발을 올린 남자가 똑바로 뛰어간다. 오전 9시…….

20장

고래 배 속으로부터 (2)

"Young man be not forgetful of prayer. 여기는 자유항해단 방송국. 송신은 145메가헤르츠, 수신한 CQ 여러분은 녹음한 뒤 여러분의 방송국에서 재생해서 방송해주십시오. 또 보도 관련자들에게 테이프를 제공해주십시오. Young man be not forgetful of prayer. 여기는 자유항해단 방송국. 우리는 이미 경찰 당국에 인질 교환 조건을 제시했습니다. 여기에 어린아이 하나를 포함해 인질 두 명이 있다는 걸 경찰은 알고 있습니다. 우리가 직접 거래하기를 희망하는 민간인에게는 인질 교환 조건을 받아들일 의지가 있습니다. 그럼에도 불구하고 경찰은 의도적으로 거래를 늦추려고 하고 있습니다. 인질의 생명에 위험이 발생한다면, 그 모든 책임은 경찰 당국에 있습니다. 앞으로 필요에 따라 우리 요구의 세부 사항 및 우리가 거래하기를 희망하는 민간인의 이름을 공표하겠습니다. 우리의 방송국은 이 전파로 단지 송신만 합니다. 이 전파로 수신하지 않습니다. Young man be not forgetful of prayer. 여기는 자유항해단 방송국."

이사나가 쓴 방송 원고를 무선기사는 정성껏 계속 읽었다. 라디오 장치로 송신이 불가능해질 경우를 대비해, 다카키는 총격용과는 별도로 유리를 깨부숴둔 총안에 대형 핸드마이크를 고정하는 중이었다. 그 핸드마이크는 자유항해단의 젊은 승조원들이 반자위대 야외 집회에서 통째로 훔친 자동차에 있던 것이었다. 그들은 대치하는 쌍방의 진영에서 차를 훔쳤다. 기동대가 최루가스탄을 쏘면 유리가 없는 총안으로 가스 안개가 유입되는 걸 막으려고, 닥터는 작은 도구를 만들고 있었다. 언제나 조심스럽고 말이 없는 닥터는 기동대의 최루가스에 대해서는 집요할 정도로 말이 많아져서 자유항해단의 승조원들에게 주의를 주었고, 그 자신이 선두에서 응급처치를 위한 준비도 하고 있었다. 특히 가스총에 눈이 직접적인 공격을 당하지 않도록 조심해야 했다. 기동대원은 가스총을 수평 사격하며 얼굴을 노릴 테니까. 이사나가 사 온 식료품 가운데 저민 레몬을 컵으로 덮어두었다. 가스가 눈에 스며들기 시작하면 즉시 그걸로 눈을 닦아내야 한다. 특히 닥터는 상처 하나 남기지 않고 수두를 이겨낸 진의 피부가 가스탄의 클로로아세토페논에 상하는 걸 무척 걱정하고 있었다. 결국, 공격이 시작되면 이나코와 진은 지하벙커에 숨어들어 어떤 전황이 펼쳐지든지 간에 마지막까지 덮개 문은 열지 않는다는 방침이 정해졌다. 지상에서 싸우는 자들을 위한 긴급 식량은 다시 거실로 옮겨졌다.

다마키치는 프리즘 쌍안경과 자동소총을 무릎 양옆에 두고 왼쪽 측면을 감시했다. 홍당무는 예전에 보이가 이사나를 겨냥했던 엽총에 산탄을 채우고 현관 옆 나선계단을 조금 올라간 곳에서 오른쪽 측면을 감시했다. 부엌에서 건물 뒤편으로 나가는 문에는 미리 콘크리트 조각으로 바리케이드를 쳐두었는데, 그 바깥쪽은 이제 수류탄 공격으로 무너진 토사에 문 틈새가 깜깜했다.

이사나 자신은 뒤편 벽 쪽에 사무용 책상을 붙이고 그 위에 의자를 놓고 천장 가까이에 있는 채광창으로 망을 보고 있었다. 그 총안은 유리가 그대로였고, 이사나는 당연히 총을 들지 않았다. 수류탄에 비탈이 무너지기 전에는 단지 마른 관목이 달라붙은 비탈만이 그 총안에서 보였을 뿐, 시야는 막혀 있었다. 그런데 지금 총안에는 비탈에 생겨난 작은 골짜기로 인해 고지대를 바라보는 전망이 확보되었다. 수류탄 두 발 그 자체에도 상당한 파괴력이 있었을 것이다. 이에 더해 셸터를 급사면 아래에 세울 때 기저부를 깊게 파내듯 땅을 골라 역학적으로 불균형했기 때문에 산사태가 일어난 것이리라. 시커먼 흙으로 덮인 골짜기 너머로 바라다보이는 것은 정원수 가게에서 취급하는 무성한 식물들이었다. 몇 겹이나 열을 지어 조밀하게 심긴, 어린 동백나무와 회양목이 보였다. 그러나 통닭구이용 영계처럼 길러지는 그 어린나무들은 망을 보는 이사나에게 아무런 감흥도 불러일으키지 못했다. 그보다는 수류탄으로 파헤쳐진 지면 위에 쓰러져 말라가는 작은 떡갈나무, 졸참나무와 수많은 어린 관목들이 그를 위협했다. *나무가 뿌리박고 있는 지면을 폭탄으로 날려버리는 무리에 가담한 이상, 나에게는 앞으로 오랫동안 살아남을 명분이 없어. 하지만 이미 난 죽어가고 있으니까 이제 와서 대리인 역할을 그만두게 하지는 마. 나랑 교신을 끊지 말아줘*, 하고 그는 빈사 상태에 있는 어린나무의 혼에게 말했다. *난 죽어가고 있으니까*라는 말이 나무의 혼에 반사되어, 셸터로 들어오기 직전 한 가지 기억을 비추었다.

큰 졸링겐 면도칼을 잡은 그의 모습은 그 당시 나날이 더

퇴폐해지던 일상을 보여주는 한 가지 예이다. 그는 독일제 진통제를 다량 복용한 참이었다. 진통제에는 최면 효과가 있기 때문에 서둘러야 했다. 칼날로 절개할 부분은, 그 역시 퇴폐적인 삶의 비참함을 보여주는 예인데, 발칸반도의 어린이가 할퀸 손목 안쪽이어야만 했다. 진통제가 가져온 흥분 효과로 그는 용기를 잃지 않았다. 그런데 큰 혈관 옆에 떠오른 보랏빛과 푸른빛이 감도는 가는 혈관과 크림색 피부의 미세한 주름을 향해 면도칼을 댔을 때 그곳을 응시하는 그의 눈이 독단적으로 다음과 같은 생각을 일으켰다. 이 손목 표면에서 시작해 육체의 전 영역은 분명히 자연의 구조를 이루고 있다. 이미 반은 죽어 있는 내가 자연의 구조를 파괴할 수 있을까? 금방이라도 죽어 부패될 내가 자연의 구조에 상처를 입힐 수 있을까? 억지로 눈을 감고 면도칼에 힘을 가하는 일쯤 간단하게 느껴졌지만, 그는 자연의 구조 그 자체에 반한 수치심으로 얼어붙어 눈을 감을 수 없었다……. 이제 다시 그에게는, 죽어가는 인간인 자신에게 나무를 그 지면에 뻗은 뿌리까지 통째로 날려버릴 권리 같은 건 없다는 사실이 비전처럼 뚜렷이 인식된다. 죽어가는 자신이 자연의 구조를 파괴한다는 건 얼마나 가당찮고 부조리한가. 또다시 이사나는 쓰러진 어린나무들의, 빈사 상태에 있는 나무들의 혼에게 하소연했다. *그런 짓을 하면, 이 지상이 죽은 혼의 나라가 돼. 이 지상에서 죽은 혼의 횡행을 누구도 막을 수 없게 돼. 인간의 횡포는 계속될 테고…….*

"10시야." 송신을 멈추고 헤드폰을 쓰고 듣고 있던 무선 기사가 시간을 말하며 일어섰다. "아무래도 놈들이 쳐들어올 것 같아. 당장이라도 엄호사격이 시작되지 않을까? 나는 이나코한테 그렇게 전하고 덮개 문을 닫고 올게."

……제일 먼저, 뒤편에서 망을 보던 이사나가 동백나무와 회양목 묘목들 위로 흩어져 날아오는 검은 새 같은 걸 보았다. 눈을 감지 마, 하고 이사나는 자신을 격려하며 시야를 지붕처럼 덮으면서 건물로 집중해오는 검은 점들을 응시하다가 맹렬한 발사음과 충돌음이 이어지는 긴 소리를 들었다. 건물 옆벽에 맞은 물체에서 벌써 굉장한 기세로 하얀 연기가 뿜어져 나왔고, 총안 바로 앞을 굵은 막대가 교차하듯 가려 이사나의 시야 전체가 금방 하얗게 흐려졌다. 총안을 닦으면 어떻게든 될 거라고 믿는 건 아니었지만, 이사나는 손가락으로 유리를 문질러보았다. 그 손가락을 찡하고 저리게 만들며 가스탄이 총안에 명중했다. 이중 강화유리의 바깥 유리에 부딪쳐 안쪽 유리 끄트머리까지 강한 균열과 서리 모양을 만들어냈다. 만약 조금 전처럼 유리에 눈을 대

고 있었더라면, 하는 뒤늦게 찾아든 두려움을 이사나는 다음과 같이 극복했다. *나는 눈을 맞지 않을 거야, 아무리 싫다고 해도 이 전체를 다 지켜봐야 하는 인간이 바로 나니까,* 하고 이사나는 나무의 혼·고래의 혼에게 동의를 구했다. 셸터는 이제 모든 총안이 농밀한 하얀 연기로 막혀 황혼의 빛 속에 있었다. 닥터가 기민하게 뛰어다니며 열려 있는 총안에 가스 막이를 달았다. 다마키치는 유순히 옆으로 물러나 대기하고 있다. 오히려 핸드마이크를 다 달고 나서 측면의 총안으로 돌아가 있던 다카키가 라이플총을 가슴에 비스듬히 안고 안절부절못했다…….

"연기가 걷히고 상대가 확실히 보이면 쏘겠어." 다마키치가 그런 다카키를 향해 다짐했다. "이런 경우 마구 쏘아대봤자 아무 효과가 없어. 경비차 그늘에 있는 지휘관에게는 결국 아무런 위해도 가하지 못할 테니까. 한 발 한 발, 상대를 죽여가면 비로소 우리에게 그러하듯 놈들에게도 이것이 무엇과도 바꿀 수 없는 전쟁이 될 거야. ……어때, 뒤에서 뭔가 보여?"

"발연통이랑 최루가스탄이 처음으로 날아온 건 뒤쪽 비탈 너머였어. 그건 확실히 봤어. 그런데 가스탄 한 발이 총안에 박혀 유리에 금이 간 이후에는 이제 여기선 아무것도 안 보여."

다마키치가 사무용 책상으로 한 번에 뛰어올라 총안의 상황을 살폈다.

"이 강화유리 한 장으로는 어림없어. 라이플 총탄이 아니라 가스총이라도." 다마키치가 말했다. "여기에 한 발 더 날아오면 큰일이니까, 콘크리트 덩어리 같은 걸로 막아줘. 콘크리트라면 여러 크기의 파편이 현관에 있으니까."

이사나는 이제 겨우 구체적인 행동으로 연결되는 임무를 수여받은 하급 병사로서, 콘크리트 조각을 주우러 의욕적으로 달려갔다. 하얀 연기에 막힌 나선계단 옆의 총안을 향해서, 엽총을 끌어안은 채 눈을 떼지 않고 있던 홍당무도 이사나가 내려오자 갑자기 활기를 띠는 듯했다.

"지령을 가져온 게 아니야." 이사나가 해명했다. "공격을 받은 총안 유리를 가리기 위해서 콘크리트 조각을 가지러 왔어. 이 총안 유리는 이중으로 되어 있는데 한 장만으론 별로 강하지 않은 것 같아, 가스탄 직격에 주의해."

"주의하고 있어요. 이 높이라면 수평 사격한 가스탄이 똑바로 날아오니까." 홍당무가 말했다. "하지만 방금 수류탄으로 겁을 주었으니까 여간해선 현관까지 들이닥치는 일은 없겠죠. 나는 별로 중요하지 않은 곳을 감시하는 역할이니까. 실제로 이 총도 갖고만 있을 뿐이고……."

"각자의 역할이지. 나도 당장은 콘크리트를 총안 앞에 매다는 일만 하는걸. 뭐 어떻게든 해보지."

현관 안쪽은 포로의 포획과 석방이 이루어진 이후 대량의 깨진 콘크리트 조각으로 다시 보강되어 있었다. 이사나는 몸을 웅크리고 크기가 적당하고 달아매기에도 편리하게 철사가 튀어나와 있는 콘크리트 조각을 여러 개 골랐다. 습지대로부터 날아와서 건물 외벽에 충돌하여 현관 바로 바깥에 탁탁 떨어지는 물체의 소리도 발사음과 함께 격화되기만 했다. 그것은 폭풍이다. 그러나 지하벙커까지 그 진동이 전해질 리는 없다. 방사능진 처리를 위해 여과기를 따로 달지 않는 이상, 환기통은 외부로부터 차단되는 구조이다. 건물 외부를 최루가스의 농밀한 띠가 두르고 있다고 해도 지하벙커에 있으면 문제가 되지 않는다. 총안에서 난사하지 않을까 견제하느라 저쪽에서 발연통과 가스탄뿐 아니라 간헐적으로 라이플총도 발사하는 것이 분명했지만, 소음의 어둠을 관통하는 빛 같은 그 굉음도, 콘크리트 벽에 튀기는 소리도 지하벙커에는 미치지 못할 것이다. *일본 사람 중 누구 하나 유효성을 믿는 사람이 없었고 기업적으로는 웃음거리가 되었던 이 핵셸터가 여하튼 지금은 현실적으로*

도움이 되고 있군, 하고 이사나는 나무의 혼·고래의 혼에게 말했다. *내가 내 평생 했던 여러 무의미한 일 중에서도 특히나 무의미했다고 생각할 수밖에 없었는데, 구체적으로 도움이 되는 걸 이처럼 극적으로 깨닫게 되니 용기가 나.* 그렇게 스스로를 격려하면서 이사나는 콘크리트 조각을 양팔 가득 안고 나선계단을 올라갔는데, 총안을 직격하는 게 아니면 관통하지 못한다는 걸 알면서도 라이플 총탄이 외벽에 닿을 때마다 신출내기 병사답게 무서웠다…….

그러나 창백한 어둠에 갇히는 시간이 길어짐에 따라 그 시간을 무겁게 느끼기 시작한 건 베테랑 저격수도 마찬가지였다. 다카키를 통제하던 다마키치가 지금은 자기가 한 말을 어기고, 막아둔 총안으로 자동소총을 내밀고 싶어 안절부절못했다. 총안을 가린 하얀 연기와 소음에 신경 쓰지 않는 건, 라디오 장치로 돌아가 착실하게 일을 계속하고 있는 무선기사 한 사람이었다. 그의 미디어는 전파에 의한 것이므로 연기도 총성도 충돌음도 그의 헤드폰에 침투하지 않는 이상은 실재하지 않는 것과 같다는 듯. 이윽고 그는,

"대형 경비차가 곧장 여기로 올 모양이야. 기동대원들은 당연히 그 뒤에 숨어서 전진해오겠지. 하지만 셸터를 직접 공격하지는 않을 것 같아" 하고 유용한 정보 분석을 제공

했다.

"얼마나 가까이 왔는지, 그건 알 수 없어?" 다마키치가 물었다.

"라디오에서 떠드는 건 경비차 후방에서 취재하며 실황방송을 하는 놈들이니까, 얼마나 진행이 됐는지 알 수 있을 텐데, 아무 얘기가 없어. 세세하게 보도를 규제하고 있는 게 아닐까?"

"실황방송은 속임수 양동작전에 불과할 뿐, 그 경비차 말고 지금 이 주위 곳곳에서 기동대원들이 밀고 들어오는 중 아닐까?" 다카키가 의혹을 제기했다.

무선기사는 라디오 장치를 통해서 확실한 뒷받침을 얻은 것 외에는 입 밖으로 내지 않는 남자였다. 그는 바로 주파수를 바꿔서 기동대 내부의 연락을 잡아보려 애썼다.

닥터는 베란다 창유리가 부서질 때를 생각해, 바리케이드 틈으로 최루가스가 들어오지 못하게 하기 위해 창 전체에 담요를 붙이려고 했다. 지금 옥상에 어마어마하게 많은 가스탄이 떨어진 것이 틀림없었기 때문이다. 이사나도 자신의 역할로 선택한 일에 집중할 수밖에 없었기 때문에 총안을 막기 위해서 콘크리트 조각을 달아매며 작은 바리케이드를 계속 만들었다. 유리가 다시 관통되었을 경우를 대비해 작은 바리케이드를 적어도 다섯 개는 만들겠다고 스스로 할당량을 세우고…….

다마키치가 세 번 연속으로 총격했다. 바람이 살랑 불어와 하얀 연기층에 틈을 만들었던 것이다. 총성에 뺨을 맞은 것처럼 눈을 든 이사나는 옛날 프로펠러기에서 바라다보이던 풍경 같은, 두꺼운 연기 터널의 밑바닥에서 빛나는 창공을 보았다. 곧바로 보복의 총탄이 외벽을 집중적으로 두드려댔다. 모두가 총안과 총안 사이에 더 확실히 몸을 피했다. 라디오 장치에 몰두하고 있는 무선기사 외에 모두가……. 하얀 연기층의 틈이 메워져 맞은편 저격단의 위치에서 총안을 가늠하기가 어렵게 되었다. 그래도 마구 쏘아대는 총탄은 여전히 콘크리트 외벽을 두드려댔다.

"화를 내고 있군. 기동대원이 이렇게 화를 내는 건 합법인가?" 다카키가 새로이 고양감을 드러내며 조롱했다.

"연락을 하면서 모두가 화를 내고 있어." 무선기사가 말했다. "지휘를 하는 놈은 기동대원 중에서도 대장이나 반장쯤 되는 놈이겠지? 도쿄대학 법학부를 나오거나 한 놈들이야. 그런데 화가 나서 자제력을 잃고 있네."

"그래서야 경시청의 장래는 어떻게 되겠냐고 같은 파장으로 방송해줄까?"

"저쪽의 무선 연락을 우리가 잡았다는 건 계속 비밀로 해 두는 편이 좋아." 다마키치가 다시 이상할 정도로 냉정을 되찾고 말했다. "방금 첫 총알은 경비차 지휘관을 쓰러뜨렸어. 다음 두 발은 운전하고 있는 놈을 쐈는데, 운전대 앞의 감시창을 방패로 감싸두어서 타격을 주었는지 어떤지 확실치 않아. 그런데 놈들은 동료가 당하는 것보다 상관이 당하니까 더 화를 내는 것 같지 않아? 이상해."

"어쨌든 무척 화를 내고 있어." 무선기사는 다른 사람들처럼 정보 자체를 즐기지 않고 그저 덤덤한 목소리로 말했다.

무선기사의 귀는 그가 말하는 사이에도 헤드폰으로 들리는 목소리만을 들으려고 했다. 그러나 그 중립적인 무선기사의 목소리를 통해 이사나는 기동대원이 품은 노여움의 덩어리를 확실히 느꼈다. 총안을 가린 하얀 어둠 저편의 습지대 전체를 배경으로 분노한 기동대원들에 대한 비전이 일어났다. 그 비전의 반사에 의해 윤곽이 또렷해진 이사나 자신은 그들의 열 받은 머리가 파악한 대로 폭력적인 흙인형이었다. 오로지 폭력적이기만 한 어두운 육체였다. 이게 나다, 하고 이사나는 인정하며 받아들였다. 실제로 그가 그곳에서 자기를 폭력적인 인간이라고 확인할 만한 행동을 한 건 아니었고, 그저 콘크리트 조각에서 튀어나온 철사를 비틀고 구부리고 잇고 있을 뿐이었지만…….

“포위전 실황을 방송하는 라디오보다 텔레비전 FM 소리를 듣는 게 전체 정황을 잘 알 수 있어. 중심 깊숙이 이 셸터를 배치한 텔레비전 화면을 보고 있다고 생각하면 돼.” 무선기사가 말했다. “라디오 아나운서는 보이는 걸 전부 설명하려고 하니까 보도 규제 부분에 걸려서 얽히는 거야. 그런데 텔레비전 아나운서는 요점만 말하니까.”

“그러면 우리 같이 텔레비전 소리를 들을까?” 다카키가 말했다.

“이런 소리를 주선실 전체에 울려 퍼지도록 하는 건 불쾌하지 않아?” 소극적이기는 하지만 동시에 양보하지 않을 거라는 완강함도 보이며 무선기사가 말했다. “나는 들으면 역시 기분이 처지더라고.”

“처음 한 발에 죽었다고 그래?” 다마키치가 재촉했다.

“즉사야. 기동대장 경감이 당했다고 하네. 오른쪽 눈부터 목덜미까지 총알이 관통해 즉사했대.” 무선기사가 말했다.

“그걸 노린 거야.” 다마키치가 말했다. “얼마큼 전진했는지는 아직 파악이 안 돼? 내가 쐈을 때 경비차는 7, 80미터 부근까지 와 있었는데.”

“조금 전 총격 지점에 경비차가 멈춰 있다고, 아직 움직이지 않는다고 텔레비전이 그러네."

"다시 전진하겠지?"

"움직임이 없으니 말할 거리가 없어서 아나운서가 초조해해. 잠시 그대로 있지 않을까?"

"우리 쪽 사격의 위력을 잘 알았을 테니 7, 80미터 지점이라면 일단 거기에 진지를 확보하지 않을까." 다카키가 말했다. "우선 경비차 주위에 참호를 파고 흙 부대를 쌓고 하지 않을까? 거기서 마이크로 일단 설득전을 벌이겠지? 단숨에 힘으로 돌파해서 때려 부수러 오기 전에."

"지금 말야, 경감이 사살되었다는 발표에 이어 새로운 발표가 있었는데, 인질을 잡고 농성하고 있다는 걸 정식으로 공표했어." 무선기사가 보고했다. "자유항해단 방송국의 송신을 햄이 수신해서 우리 쪽에서 부탁한 대로 신문사나 텔레비전 방송국에 전한 거야. 그걸 들이대니 경찰도 공표에 나서지 않을 수 없게 된 것 같아. ……당신과 진에 대한 것도 얘기하는데, 진의 이름은 진인데, 당신은 다른 이름으로 부르는군."

"오키 이사나라는 건 내가 임의로 만든 이름이니까……."

"인질의 인권을 보호하기 위해 가명으로 부르는 건가 생각했어. 아니면 엉터리로 지어내 말하는 건가 싶기도 했고,

이제 알겠어" 하고 무선기사는 납득했다. "경찰은 우리가 수류탄을 한 다스나 가지고 있다고 발표했어."

"그거야말로 우리한텐 잘된 일이잖아." 다카키가 말했다. "잡힌 녀석들이 허위 사실을 흘려서 우리를 위해 엄호사격 해준 거야."

"녀석들도 전혀 도움이 안 된 건 아니군." 다마키치가 일종의 안도감을 나타내며 이사나에게 속삭이듯 말했다.

그는 뒤편의 총안에 친 바리케이드가 진동으로 낙하할 위험은 없을지 시험해보는 이사나 곁으로 와서 지켜보고 있었다.

"아직 눈은 괜찮아? 홍당무의 눈은 빨갛게 됐던데, 녀석은 거의 늘 그러니까……."

아래층에 있던 닥터가 돌아오면서 물었다. 그는 셸터 전체를 조사하며 돌아다녔다. 그렇게 대량의 연기를 보고, 가스탄 소리를 들었는데도 정신을 차리고 보니 누구 하나 눈이나 목구멍에 이상을 호소하는 사람은 없다. 건물 외벽과 옥상에 가스탄을 집중사격한다 해도 최루가스가 실내로 쉽게 유입되지 않는 것이다. 그걸 잘 알게 된 건 농성하는 사람으로서 마음 든든한 조건이었다.

"지하벙커가 덮개 문으로 밀봉되는 건 좋은데, 연락이 안 되는 점은 불편하네요." 닥터가 말했다. "왜 전성관傳聲管을 달지 않았을까요?"

"이건 핵전쟁용 셸터니까." 이사나가 말했다. "핵폭탄이 떨어진 지상에서 어떤 사람이 전성관으로 연락을 취하겠어?"

"글쎄?" 미심쩍다는 듯 다마키치가 말하고, 다른 사람들도 납득하는 듯한 모습이 아닌 것이 이번에는 이사나로 하여금 기이함을 느끼게 했다.

10시 반, 건물 외벽을 두드리던 발연통과 가스탄의 울림이 소나기 개듯 사라졌다. 총안을 덮은 하얀 어둠이 점점 사라져가고 몇 겹으로 겹친 연기층 사이로 빛이 돌아왔다. 그건 먼저 남아 있던 연기층 자체를 순백색으로 빛나게 했다. 맨 먼저 다마키치가 자동소총 개머리판을 무릎에 올려놓고 목을 빼서 바깥을 살펴보았다. 한편 다카키는 라이플총을 옆에 놓고 프리즘 쌍안경을 목에 걸어 그 소유권을 확보했다.

"적이 태세를 갖추었어. 이런 상황이면 저격하려고 해도 좀처럼 사람을 포착하기 힘들어." 다마키치가 말했다.

"교섭을 시작할 모양이야." 다카키가 말했다. "교섭이라고 해도 일방적으로 무기를 버리고 나오라든가 인질을 석방하라든가 하는 게 다일걸, 나중에 돌파를 강행할 때를 대비해 매스컴에 변명할 여지를 만들려는 셈이겠지. 그래도 잠깐 쏘지 말고 상황을 지켜보지."

"적을 확실히 포착할 수 있을 때까지 쏘지 않을게. 하지만 저편은 위협하려고 계속 총안을 노릴 거야, 얼굴에 맞지 않도록 조심들 하라고."

라디오 장치를 향해 있던 무선기사를 제외한 모두가 각각 총안 모서리에서 아래쪽을 내려다보았다.

"어떻게 됐어? 어떻게 할 거야?" 홍당무가 아래층에서 외쳤다.

"잠깐 상대편이 어떻게 나오는지 볼 거야." 다카키가 외쳤다.

짙은 안개 같은 연기에 갇혀 있던 이후라 빛에 눈이 부셔서 좀처럼 바깥의 전체적인 조감도가 눈에 들어오지 않았다. 이사나는 먼저 산벚나무를 단서로 홍채를 조절했다. 무성할 대로 무성해진 나뭇잎들 사이로 가지가 몇 개나 뒤집혀 있는 건 발연통과 가스탄이 끼친 피해를 보여주는 것이리라. 그러나 저건 적들이 한 짓이다. 산벚나무로부터 시선을 옮기자 셸터 정면에서 80미터 정도 지점에 대형 경비차가 보였다. 습지대의 여름풀에 타이어 높이까지 가려진 채 차체의 오른쪽 면을 드러내며 멈춰 서 있었다. 아직도 햇빛에 멍한 이사나의 눈은 경비차의 칙칙한 회청색에서 겨울 흐린 하늘의 색깔을 느꼈다. 다마키치가 사격력을 보여준 결과, 적들은 완전무장된 경비차의 창에다 방패를 또 덧대었다. 그렇게 무장하고 또 무장한 경비차로부터 완만한 곡선을 그리는 옷자락 같은 것이 양옆으로 뻗어 나와 있었다. 그것은 이중으로 만든 방패 울타리였다. 방패의 대열 사이로 규칙적으로 난 틈은 적들의 총안일 것이다. 주위 일대는 여름풀이 짓밟혀 있었고, 방패 대열 앞으로는 검게 젖은 흙이 보였다. 다카키의 예상대로 참호를 판 것이다. 그러나 이 현대판 트로이 목마에 인기척은 전혀 없었다. 대형 경비차와 방패 자락을 제외하면, 햇빛을 받고 있는 초원 위에는 새로운 사물도 새로운 그림자도 없었다. 촬영소터 작은 바리케이드들에 숨은 무리도 기동대장의 즉사에 쇼크를 받았는지, 조심스러운 한쪽 눈의 끔벅거림이 없어졌다. 연기가 셸터를 포위하는 동안에도 요란스레 울리던 헬리콥터 소리마저 그친다면, 지금 펼쳐진 광경은 방사능의 반감기를 기다렸다 핵셸터에서 지상으로 나온 생존자가 맞닥뜨릴 광경과 비슷했다. 나무의 혼·고래의 혼에게서 온 직접적인 계시인 양 자유라는 말이 이사나에게 떠올랐다. 핵셸터 선전 기획 책임자로서 준비하는 동안 예상한 고객들의 첫 번째 부정적인 반응은, 주위 사람들이 다 죽은 다음에 저희 일가족만 살아남으면 과연 어떤 생활을 하게 될까요? 하는 물음이었다. 부인, 당신의 가족분들은 진정한 자유를 맛보게 될 것입니다, 라고 대답하면 되는 거였는데, 하고 이사나는 아쉬운 마음이 들었다. 10시 35분.

"**건물 안에 있는 제군!**" 대형 경비차의 압도적으로 강력한 스피커가 소리를 냈다. "**건물 안에 있는 제군! 건물 안에 있는 제군!**" 하는 스피커 소리를 듣고 있자니 건물 안에 백 명 정도의 **제군**이 결집해 있는 것 같은 환각이 일어나는 듯했다. 이어서, "**너희들은 완전히 포위되었다!**" 그 놀라우리만큼 판에 박힌 말에 마른침을 삼키던 주선실의 승조원 모두가 한꺼번에 웃음을 터뜨렸다. 더구나 스피커는 똑같은 발성으로 그 말을 반복했던 것이다. "텔레비전 영화를 너무 많이 본 거 아니야?" 드물게 닥터가 야유했다. "**인질을, 석방하라!**" 이런 대사의 반복, "**무기를 버리고 나와라!**" 이런 대사의 반복. 그리고 기동대의 말의 전문가는 자기 스타일에 대해 불요불굴의 자신감을 나타내며 처음의 호소로 돌아가더니 그대로 되풀이했다. "**건물 안에 있는 제군!**"

"저놈들 미칠 듯이 화가 났을 거 아냐? 어째서 말에도 목소리에도 놈들의 분노가 나타나지 않는 거지?" 다카키가 말했다. "어떤 포위전에라도 사용할 수 있도록 이 문구를 테이프에 녹음한 걸까? 고작 이런 걸 방송하려고 대장을 총에 맞게 하면서까지 전진했던 거야? 이게 절차상의 말에 불과하다 하더라도……."

"더 이상, 죄를 거듭하는 짓은 그만둬라, 그 결과는 너희들도 알고 있겠지? 건물 안에 있는 제군!"

"이것도 절차상의 말인가? 저 바보들에게 우리가 대답해 주자고." 다마키치가 인내심을 잃고 말했다.

"우리 쪽 핸드마이크는 출력으로 치면 저쪽과 비교가 안 되겠지만, 어디 한번 해볼까? 다마키치, 너 해봐." 다카키가 말했다.

다마키치는 눈치를 살피듯 자유항해단의 말의 전문가를 돌아보았는데, 말할 것도 없이 그로서는 자기 자신의 말로 외치는 것 외에 다른 말을 늘어놓을 마음이 없었다.

"해봐, 다마키치." 이사나도 말했다.

"더 이상, 죄를 거듭하는 짓은 그만둬라, 그 결과는 너희들도 알고 있겠지? 건물 안에 있는 제군!"

"대형 경비차 안에 있는 제군! 대형 경비차 안에 있는 제군!" 다마키치가 전율하듯 흥분하며 외쳤다.

확성기가 밖을 향해서 단단히 고정되어 있었기 때문에

마이크를 통한 소리는 이쪽으로 돌아오지 않아, 등 뒤에서 듣는 사람들에게는 다마키치의 육성만이 들려와서 뜻이 잘 전달되었다. 자유항해단의 승조원들 사이에 더할 나위 없이 환한 웃음이 터졌다. 그리고 경비차 스피커의 반응에 귀를 기울였는데, 한 호흡 두 호흡 뒤에 상투적인 설득 멘트가 중단되었다. 그야말로 다마키치의 핸드마이크를 위한 순서였다! 모든 승조원이 다마키치를 격려했다.

"**대형 경비차 안에 있는 제군!**" 다마키치는 다시 불렀다. "**너희는 무얼 하고 있는 거야?**"

이 안티클라이막스의 울림이 농성하는 자들을 폭소케 했다. 그건 대형 경비차와 방패 너머에 쏙 숨어 있는 기동대원들까지도 분노와 불안에서 한순간이나마 해방시켜주지 않았을까? 이사나는 포위하는 측 바리케이드 너머의 상황을 볼 수 없는 것이 아쉽게 느껴졌다. 나는 지금 상대편이 웃었는지 어떤지 확인하지 못한 채 죽는 거야, 하고 이사나는 생각했다. 그 아쉬움을 자각하고 보니, 그는 점점 더 확실하게 자신이 이미 반쯤 죽어가고 있다는 사실을 인식하고 있었다. 묘한 허탈감을 동반하는 극도로 고요한 존재의 감각에 있어서…….

그런데 다마키치는 주선실을 메운 웃음소리에 불끈했다.

핸드마이크를 독점하고 떡 버티고 선 그의 귀는 칙 하고 두 줄기의 수증기를 금방이라도 뿜어댈 것 같았고 목덜미는 새빨갰다. 말을 꺼냈지만 뒤이을 말이 막혀버렸고, 그래도 경비차의 응대를 기다리는 척 얼버무리려 했다. 상대 진영 스피커의 변론가는 다마키치가 할 말을 잃어버린 벼랑 끝에서 계속 돌진하기를 기다릴 심산인 듯했다. 그리고 다마키치는 추궁당하면 반드시 반격에 나서야 하는 남자였다. 아무리 비지땀이 흐르고 온몸의 근육이 옥죄이는 듯하더라도…….

"내가 말야, 총격을 쭉 해왔는데 말야, 앞으로도 계속 쏠 거야!" 다마키치는 외치기 시작했다. **"그리고 얼마든지 죄는 더 지을 거야, 너희는 나를 벌할 수 없어. 나를 무기징역에 처한들, 이 세계는 금방 멸망하고 말 테니까. 의미 없어. 나는 너희와 함께 죽을 거야, 바보들아!"**

그리고 갑자기 다시 입을 다문 다마키치는 자동소총 옆에 앉아 무릎을 감쌌다. 어깨를 들썩이며 숨을 쉬고 떨군 얼굴은 여전히 오뚝이처럼 동그랗고 새빨갰는데, 이제 보니 다마키치의 얼굴에는 수염이 거의 나지 않았다.

"방금 한 얘기는 효과적이었어." 이사나가 말을 걸었다.

다마키치는 분노로 불타오르며 그를 노려보았다. 지금

자신이 한 일이 꼴사나웠다고 생각하며 수치심을 느꼈던 것이다.

그래도 다카키가,

"진짜야. 효과가 있었어" 하고 달래자 반신반의하면서도 기쁜 마음에 경직된 몸을 풀었다.

"그런데 내가 저놈들이랑 같이 죽을 것 같아?" 다마키치가 거칠게 말했다.

다시 대형 경비차의 스피커가 방송을 시작했다. 거기엔 다마키치의 말에 대한 대답이 없었을 뿐 아니라 그에 대한 반발, 경멸, 냉소의 기색조차도 없었다. 그저 판에 박힌 말들이 반복될 뿐이었다.

"놈들에게 말이 전달되었을까?"

"적어도 라디오에서는 점점 화를 내고 있는데. 욱하고 있어. 전국의 경찰관들이 화가 나서 발광하는 거 아니야?" 무선기사가 보고했다. "실황중계하는 아나운서마저 화를 내고 있어. 목소리가 떨리기까지 해. 평상시에는 해상의 기상에 대해 방송하던, 눈에 잘 띄지도 않던 놈이 말야. ……핸드마이크 소리가 집음 마이크에 잡히지 않았는지, 규제되고 있는 건지, 다마키치의 목소리가 직접적으로 방송에 나가지는 않았지만. 핸드마이크로 기동대에게 도전해 왔다는 식으로만 말해. 분하다."

"그러면 이쪽 요구를 말할 때 핸드마이크를 사용하는 건 안 좋겠군." 다카키가 말했다. "핸드마이크로 조건을 제시한 걸 기동대가 무시한대도, 텔레비전이나 신문에 그대로 보도가 된다면, 협상에 대해 외부로부터 압력을 가할 수 있을 거라고 생각했는데 말야. ……역시 자유항해단 방송국으로 할까?"

"우리 방송을 수신해서 매스컴에 전달한 놈들은 분명히 텔레비전 방송국이나 신문사와 계약을 하고 다시 수신기에 붙어 있을 거야. 그런 놈들이 있는 이상 기동대의 전진 본부도 우리 방송을 완전히 무시할 수는 없지 않을까? 그들 자신이 수신할 가능성도 더 커졌어." 무선기사가 조심스럽게 자신감을 드러내며 말했다.

11시 반, 자유항해단 방송국은 홍당무가 적은 내용을 참작해서 이사나가 새로이 작성한 문장을 송신하기 시작했다. 상대편 방송과 헬리콥터 날개 소리가 너무 시끄러워서 유리를 없앤 총안을 닥터가 만든 충전재로 우선 막았다. 실내 온도가 급속히 올라가자 눈물방울만 한 땀이 볼을 타고 흘러내렸다. 무선기사는 라디오 장치에서 발생하는 열에 더 심하게 땀으로 범벅이 되어 찬찬히 다이얼을 조작했다.

그리고 지구의 이면에 송신하는 것처럼 객관적인 형식을 만들고 그것을 무너뜨리지 않는 목소리로 방송했다…….

"Young man be not forgetful of prayer. 여기는 자유항해단 방송국. 송신은 145메가헤르츠, 수신한 CQ 여러분은 녹음한 뒤 여러분의 방송국에서 재생해서 방송해주십시오. 그리고 이미 보도 관련자들에게 테이프를 제공한 CQ 여러분은 이후로도 계속 제공해주십시오. Young man be not forgetful of prayer. 여기는 자유항해단 방송국. 우리의 요구는 이미 경찰 당국에 제시했습니다. 지금부터 요구 조건을 말하겠습니다. 우리가 요구하는 것은 최저 여덟 명이 지낼 수 있는 거주 설비를 갖춘 모터세일러입니다. 예를 들자면, 15미터, 16.5톤, 가다랑어선 스타일의 어선개조형, 38마력의 농업용 디젤엔진 규모의 모터세일러를 우리는 요구하고 있습니다. 배에는 적어도 일주일 분의 물, 식량, 연료가 실려 있어야 합니다. 계류항은 에노시마섬. 그곳까지 이동하기 위한 대형 자동차 한 대를 우리는 요구합니다. 이런 조건은 먼저 경찰 당국에 제시했습니다만, 국가에 부담을 지우자는 건 아닙니다. 앞의 조건을 갖춘 모터세일러는 1500만 엔 정도의 비용이 들 텐데, 그건 우리가 잡고 있는 인질 가족이 몸값으로 제공할 겁니다. 우리는 이미 준비 기간 동안 총기와 수류탄, 다이너마이트로 무장했습니다. 우리는 자폭하는 것도 두렵지 않습니다. 모든 인질 구조 계획은 인질을 폭발사의 위험에 처하게 할 뿐입니다. 오후 1시에 경찰 당국이 직접, 아니면 보도기관이 중개자 역할을 맡더라도 대답을 주길 요구합니다. 특히 보도 관계자는 인질 가족의 요구를 받아들인다는 의사표시를 경찰이 묵살하지 않도록 감시해주십시오. Young man be not forgetful of prayer. 여기는 자유항해단 방송국."

"이런 뻔뻔한 요구가 통할 거라고는 기대하지 않지만." 다마키치가 말했다. "그래도 이런 식으로 머뭇거리지 않고 떠들어대고 있자니, 우리가 탈 어선개조형 모터세일러가 비전으로 보이는 듯해……."

다마키치에게 어울리지 않는 그 감상적인 말은 자유항해단 전체가 공유하는 감정을 대변하는 것이었다.

그리고 갑자기 총격이 시작되었다. 이번에는 가스탄과 라이플 총탄만 날아왔다. 다마키치는 경비차에 늘어선 이중 방패 틈으로 잠깐 흘끔거리다 사라져버린 총구 하나를 노려 즉각적인 반격에 나섰다. 그러나 상대편 저격수가 방패 너머에 참호를 파고 몸을 숨기고 있는 이상, 그것은 진정으로 다마키치의 흥분을 끌어낼 수 있는 총격은 아니었다. 오히려 충전재를 치워버린 총안으로 날아들 듯 가까운 곳에, 가스탄 두 발이 연달아 터졌다. 다마키치는 총을 끌어당겼고 기다리고 있던 닥터는 총안을 다시 덮었다. 주선실의 승조원들은 모두 눈물을 흘리고 기침을 하며 레몬 슬라이스로 몰려드는 형국이 되었다. 지금이라도 저편에서 의도적으로 총안을 노리고 가스탄을 쏘기 시작한다면, 충전재로 총안을 막는 일만으로도 벅차 반격하는 건 불가능해진다. 그리고 한 발이라도 제대로 가스탄이 들어온다면 견디기는 무척 힘들 것이다. 그런 걸 감안하면 저편이 화가 났다고는 해도 아직까지는 진짜로 작심하고 전투를 하고 있는 건 아니다. 이러한 생각은 따끔거리는 눈에서 흘러나오는 눈물 너머로 흔들리는 형상을 확실히 포착하기 위해 눈을 계속 껌뻑거리며 기다리는 자에게 자신이 궁지에 처하고 말았다는 분노를 끌어올렸다. 반격을 중단한 다마키치는 물론이고, 다카키와 닥터 또한 눈물로 범벅이 된 얼굴에 빨간 눈을 하고서는 입을 다물고 외벽을 두드리는 소리에 모든 의식을 집중했다.

"당했다!" 무선기사가 갑자기 격노하며 비명을 질렀다. "당했어, 놈들에게 안테나를 공격당했어!"

그것이 바로 총격의 목적이었음을 드러내듯, 그대로 총

격의 발사음도 메아리도 멈췄다. 승조원들은 모두 라디오 장치 주변에 모였다. 무선기사는 아직도 빠르게 다이얼을 움직이며 접속 상태를 확인하고 있었다. 그러나 무선기사가 라디오 장치의 핵심이 죽어버렸다고 판단했다는 것은 그를 둘러싼 자들도 금방 알 수 있었다. 일반 라디오 방송은 안테나 없이 계속 수신할 수 있다. 그러나 송신이 불가능하고 기동대의 상호 연락을 감청할 수 없게 된 이상, 무선기사는 그걸 완전히 죽은 장치로 간주했다. 곧 그는 단념하고 장치를 올려놓은 테이블을 앞으로 밀어내며 등을 폈다.

"전원 상태는 어때?"

"전원? 아까부터 나갔어." 무선기사는 어리석은 자의 입을 때리듯이 말했다. (이사나는 진의 테이프리코더에 새 전지를 끼워두었던 기억을 바로 떠올렸다. 전원 소켓을 리코더에서 빼내면 그 순간 전지로 작동하기 시작한다. 이사나는 진을 혼자 두고 외출할 때 그 조작을 반복해서 학습시킨다.) "지금까지 배터리를 써서 송신하고 수신했어. 놈들은 그걸 짐작하고 안테나를 공격한 거야, 우리의 요구에 아직 한마디도 대답하지 않고. ……더럽지 않아?"

무선기사는 등을 더 힘껏 펴고 몸을 젖히며 눈을 감았다. 이사나는 그때까지 무선기사의 얼굴이라곤 라디오 장치를 향하고 있는 옆얼굴밖에 본 적이 없었던 것처럼 느껴졌다. 살이 도톰하게 찐 눈가에 난 눈썹은 짙고 두꺼웠다. 단단한 뺨에서 입술 가장자리까지 기름때 같은 오염물이 줄무늬를 이루고 있었다. 땀방울이 맺힌 늠름한 콧방울을 부풀리며 그는 크게 숨을 쉬고 눈을 감은 채로 있었다. 방금 전 있었던 총격과는 무관하다는 듯, 건물 밖에서는 상투적인 방송이 계속되었다. "**건물 안에 있는 제군! 더 이상, 죄를 거듭하는 짓은 그만둬라**……."

"안테나를 주우러 갔다 올게. 수리해서 이번에는 총격을 당하지 않도록 개의 등 높이 정도로 낮게 조절해서 옥상 한가운데 콘크리트로 눌러두면 어떻게든 제 역할을 할 거야." 무선기사가 분노와 수치로 우물거렸다.

"옥상으로 나가면 바로 사살되고 말아." 다마키치가 반대했다. "놈들처럼 엄호사격을 하는 거, 우리는 무리야."

"물론 무리지." 살이 뒤틀린 듯한 주름을 미간에 만들며 무선기사가 눈을 감고 말했다. "엄호사격은 필요 없어. 텔레비전 실황용 망원렌즈로 계속 보고 있으니까, 맨손으로 나온 사람이라는 걸 알면 놈들도 쏘기 힘들겠지. 위협사격 정도로 그칠 거야. 그러면 내가 벌벌 떨면서 도망가는 척하다가 망가진 안테나의 잔해물을 들고 철수할 거야……."

무선기사의 말은 다른 누군가가 아니라 먼저 자기 자신을 속이기 위한 것이었다. 듣는 사람은 아연실색해서 그 억지 가정과 논리를 듣고 있을 수밖에 없었다.

"안테나가 뭐가 그리 중요해?" 결국 다카키가 의문을 제기했다. "이제 됐잖아, 방송은! 상대편은 지금까지 계속 방송을 무시해왔으니 우리가 다시 안테나를 달고 방송을 시작한다 해도 같을 거 아냐?"

"놈들이 방송을 무시한다는 건 사실이 아냐. 실제로 놈들은 내 안테나를 쐈잖아?" 하고 말하더니 무선기사는 갑자기 완고함을 드러내는 강한 눈빛을 보였다. "나도 이 방송만으로 놈들과 할 거래가 전부 잘될 거라곤 믿지 않아. 하지만 콜사인까지 만들어 방송을 시작했으니까, 안테나를 공격당했으니 그걸로 끝이다 할 수는 없잖아? 도중에 그만둬버리면 이건 방송놀이야. 나는 방송놀이나 하려고, 여기는 자유항해단 방송국, 그러는 게 아니야. 원래 난 그런 거 싫어해……."

무선기사는 그렇게 말하고 말을 멈췄다. 최루가스로 빨개졌지만 보통 충혈된 눈이 주는 우둔한 이미지와는 전혀 다른 눈빛을 하고서 행동의 순서를 생각하며 베란다 출구 바리케이드를 바라보았다. 이 독특한 청년이 자기 내면을 적절히 표현해보지도 못한 채, 내면과 함께 자신의 육체를 한 번도 실재하지 않았던 것으로 만들려고 한다, 하고 이사나는 생각했다. 적막감이 쿵 하고 소리를 내며 그의 어깨를 짓누르는 듯했다. 그래서 이사나는 분한 마음이 스며 나오는 목소리로,

"하지만 방송이 결국 무의미한 것이라면" 하고 말을 꺼내고 말았다. "안테나를 수리해서 방송을 재개할 수 있다 하더라도 그걸로 무의미함이 보상되는 건 아니잖아?"

놀라서 그를 올려다보는 무선기사의 눈에 분노와 굴욕의 안개가 껴 있었다. 안개는 이내 그 같은 의미마저도 스스로 덮어버렸고 무선기사는 결코 타인에게 마음을 열지 않을 것 같은, 붉은 철의 눈을 한 청년으로 변해버렸다. 무선기사는 대수롭지 않게 펜치를 하나 들어 올려 무명 반바지춤에 찔러 넣었다. 그러고는 콘크리트 조각을 매단 움직이는 바리케이드로 가서, 그걸 혼자서 밀어 올리기 시작했다. 콘크리트 조각 모서리가 틈에서 새어 나오는 햇빛에 빛나며 흔들렸다. 얼굴을 숙인 채 다마키치가 그 작업을 도우러 갔다.

빼꼼히 열린 직사광선의 동굴 속으로 얼굴을 부딪치지 않도록 아주 깊숙이 몸을 구부리며, 그러나 건물을 포위하고 있는 자들에 대해서는 전혀 신경 쓰지 않는 모습으로 무

선기사는 베란다로 나갔다.

그 순간 그는 돌풍에 몸을 가누지 못할 때처럼 다리가 공중으로 붕 떴고 총성의 울림 속에서 옆으로 쓰러졌다. 총성은 옆으로 쓰러진 몸을 다시 일격하는 것처럼 또다시 울렸다. 그러나 무선기사는 곧바로 일어났다. 그가 되돌아올 거라 생각하며 다마키치가 콘크리트 바리케이드를 밀어 올려 공간을 더 넓게 만들었다. 무선기사는 한두 발짝 되돌아오기는 했지만, 그대로 바리케이드를 가리는 짧은 철제 사다리를 타고 주선실 바로 위로 올라가는 모습이었다. 다시 총성이 울렸다. 다마키치가 콘크리트 조각을 내팽개치고 자기 자리로 돌아가 총안의 충전재를 총신으로 밀치고 바로 전자동 총을 연사했다. 그것은 그가 말하던, 확실히 포착된 인간에게 타격을 주는 사격이 아니었다. 탄창을 다 비울 때까지 연사하며, 다마키치는 우느라 아무것도 보지 못했으니까. 계단 쪽 구석에 위치한 총안에서 이상하리만큼 밝은 색의 혈액이 방울져 떨어졌다. 다카키가 옥상에 있는 무선기사를 불렀는데, 말할 것도 없이 대답은 없었다. 혈액이 흘러내리는 곳으로 보아 무선기사는 방송놀이가 아닌 진짜 방송을 위해 꼭 필요하다던 안테나에 도달한 뒤 쓰러진 것이 분명했다.

다마키치는 보이처럼 앳된 소리로 오열하면서 자동소총의 탄창을 바꾸고 총안 아래쪽을 비스듬히 노려보았다. 헐레벌떡 뛰어올라 온 홍당무를 포함해 그를 제외한 다른 사람들은 모두 총안 유리를 타고 흘러내리는 피에서 눈을 돌릴 수 없었다. 많은 피가 방울져 떨어지는 리듬에 맞추어 홍당무가 이사나 곁에서 기도하듯 중얼거렸다. Young man be not forgetful of prayer……. Young man be not forgetful of prayer…….

21장

고래 배 속으로부터 (3)

오후 1시, 대답이 없다. 대형 경비차는 상투적인 문구를 되풀이해 방송할 뿐이다. 그것은 처음부터 같은 말, 같은 소리를 반복했는데, 테이프로 방송하는 건 아니었다는 증거로서 지금은 종종 어미 부분의 발음이 애매해졌다. 혀가 꼬이기도 했다. 셸터에서는 보이지 않는 뒷문이 혹여 열려 있다 하더라도 경비차는 필시 더울 터였다. 열기로 나른해하며 좁아터진 방송석에서 판에 박힌 문구를 되풀이하는 남자가 누구보다 먼저 그 상투적인 말들로 두뇌에 과열 현상이 나타난 건 전혀 이상한 일이 아니다……. 그러나 그는 단호히 자신의 직업의식을 흔들어 깨우고 다시 판에 박힌 말들을 유창하게 쏟아냈다.

"놈을 자유항해단 방송 담당으로 데려오고 싶네." 다카키가 말했다. "꼬맹 씨 같은 타입이잖아……."

"오그라드는 남자 같은 인간은 다시 없어." 다마키치가 퉁명스럽게 내쳤다.

다마키치는 오토바이 라이더용 컬러 방풍 유리로 얼굴을 반쯤 가리고 햇볕이 한창 내리쬐는 밖을 감시하고 있었다. 끊임없이 땀이 흐르고 닭살이 돋은 그의 초췌한 얼굴은 오랫동안 헤엄치다 물에서 나온 아이, 특히 인도 아이 같았다. 다마키치가 어떻게든 저격되지 않고 무선기사의 사체를 주선실로 가져올 방법을 생각하고 있는 건 분명했다. 그가 머리 위 비스듬한 곳에 위치한 핸드마이크를 흘끗흘끗 노려보는 건 대형 경비차에 일시적 휴전을 제안하는 몽상에 젖어 있기 때문일 것이다. 햇빛 아래 방치된 죽은 무선기사를 옮겨 오는 시간만큼의 휴전. 그러나 그는 이제 와서 같은 말을 되풀이하고 있는 말의 전문가와 핸드마이크로 대결을 한다는 게 어쩐지 내키지 않았다.

또한 다카키가 헤드폰을 집어 들 때마다 다마키치가 신경을 쓰는 듯한 모습을 보면, 이제는 중파방송을 수신하는 용도로만 쓰이는 라디오 장치에서 무선기사에게 총격을 가하고 양달에 사체를 방치한 것에 대해 비판이 일기를 기대하고 있는 게 분명했다. 무장하지 않은 남자를 사살한 건 기동대가 너무했다, 시신을 수습하라, 하는 '여론'이 들끓는다면 다마키치는 당장이라도 옥상으로 나갈 것이다. 그러나 다카키는 라디오 방송에 귀를 기울일 때마다 구역질 난다는 표정을 보일 뿐이었다.

닥터가 홍당무가 갖고 있던 물안경을 부수어, 두 개의 렌즈를 연결하는 고무포를 잘라서 짧게 연결하려고 했다. 최루가스로부터 진의 눈을 보호하기 위해. 이미 그는 예비용 헤드폰에서 코일과 소형 스피커를 떼어내어 가볍게 만들고 귀를 누르는 부분에 스펀지를 묶어 진을 위한 방음 장치를 만들었다. 그는 무선기사가 살아 있었을 때 옥상으로 구조하러 가지 못한 걸 자유항해단의 의사로서 불명예스럽게 느끼고 보상이 될 만한 일에 몰두하고 있었다.

건물 뒤편에서 공격해오지는 않는지 감시하는 역할을 맡은 승조원으로서, 이사나는 이제 나선계단 꼭대기의 채광창을 지키기로 했다. 의자에 올라가면 머리가 천장에 닿기 때문에 허리를 뒤로 빼고 얼굴을 갸울이고 지켜볼 수밖에 없었다. 오랫동안 그렇게 있기는 어려웠다. 그래도 묘목들이 펼쳐져 있는 곳을 바라보다가, 뚜렷이 보이지는 않지만 흰 바탕에 검게 글씨가 적힌 현수막이 바람에 나부끼는 걸 발견했다.

"언덕에 사는 사람들도 자유항해단을 증오하기 시작한 것 같아" 하고 중간보고를 한 후, 이사나는 다카키에게서 프리즘 쌍안경을 받아 들고 의자로 돌아왔다.

그러나 현수막에 적힌 글자는 그들에 대한 규탄이 아니라, '기동대 여러분, 여기는 조용한 주택지입니다, 유탄流彈은 민폐입니다!'라는 권력에 대한 지역이기주의 선언이었다. 이사나는 목덜미가 아파올 때까지 프리즘 쌍안경을 들여다보며 소리를 죽이고 웃었다. 다가오는 다카키에게 쌍안경과 장소를 양보하자, 그 또한 그걸 보고 질렸다는 듯 웃음소리를 냈다.

"기동대는 사면초가인가? 안됐군. 엎친 데 덮친 격으로 밖은 점점 더 더워질 테니까, 기동대원의 분노는 더 커져갈 거야. 저들에게 공동 투쟁으로 언덕 마을을 공격하자고 제안하면 받아들일지도 모르겠어!" 그렇게 말하고 다카키는 결코 총안에서 눈을 떼지 않는 다마키치의 등에 대고 외쳤다.

"다마키치, 언덕의 시민들이 기동대 모두에게 유탄은 민폐라고 현수막을 내걸고 따지고 있어."

"현수막이 한 장 더 있다면, 기동대 여러분, 얼른 미치광이들을 섬멸해주세요, 하고 쓸걸." 다마키치가 말했다.

이사나는 말의 전문가로서 해야 할 새로운 일을 생각해

냈다. 자유항해단도 천에 글자를 써서 어필하는 것이다. 기동대 세력은 그걸 무시한다 하더라도 보도진의 눈까지 막을 수는 없을 것이다. 곧바로 텔레비전 망원렌즈가 포착할 테니까. 그것은 라디오 송신 장치가 침묵한 후에도 자유항해단이 요구를 철회하지 않았음을 분명히 해줄 것이다. 이 사나는 진이 아직 어린아이 나름의 우울에 잠겨 교감의 길을 쉽사리 열어주지 않았던 시절, 매일 밤 채워두었던 기저귀 다발을 꺼냈다. 닥터가 현수막 계획을 바로 받아들이고 바느질로 기저귀를 정교하게 꿰매주었다.

"그건 의학부 실습에서 훈련한 거야?"

"뭘 위해서요?" 닥터가 실소를 터뜨리더니, 돛을 수선하기 위해 연습했었다고 설명했다.

말의 전문가는 매직펜으로 '**우리들의 배에 대해 답하라!**' 하고 가장 직접적인 요구의 말을 적었다. 현수막 아랫부분에 추를 달고 세 군데에 횡목을 끼워 총안에서 내려뜨리자, 참호에 있던 저격수들이 곧바로 기민하게 반응하며 현수막에 총격을 집중했다. 걸고 나서 1분도 안 돼 현수막은 총안에서 매단 밧줄이 총에 맞아 떨어져버렸다. 그리고 다시 스피커를 통해 상투적인 연설이 반복되었다. 대형 경비차와 울타리를 이루는 방패의 윤곽이 아지랑이 속에서 흔들거렸다. 참호에서 파낸 흙은 이미 모래처럼 말라버렸다. 참호 자체도 건조하고 더울 것이 뻔했다. 셸터 안도 기온이 계속 상승하고 있었다. 오후 2시, 언덕에서 내려와 습지대를 멀리 우회하던 구급차가 이쪽 대형 경비차 쪽으로 다가오려다가, 풀숲 한가운데 털썩 서버리고 말았다. 고생하며 뒤로 물러났다 덤프트럭이 낸 길로 다시 올라갔다.

"구급차 운전수는 우리가 적십자조약 같은 걸 지킬 거라고 믿나 보지? 우리가 한 발 쏘면 금방 천 발이 날아오는 상황에서도……."

"저것도 단순한 구급차가 아닐 거야. 방탄유리와 강판으로 탱크 빰칠 정도로 무장한 걸 거야." 다마키치가 말했다. "어떻든지 난 구급차를 쏠 마음은 없어. 이건 기동대원 가운데 일사병으로 쓰러진 자들이 나왔다고 저편이 인정하는 거잖아. 놈들은 부끄러울 테지."

"부끄러운 게 사실이라면 무선기사의 시신을 수습하게 해주면 좋을 텐데." 닥터가 말했다.

"우리한테 부끄러운 게 아니야. 막연히 소문이 나는 걸 꺼리는 거야." 다카키가 말했다. "처음부터 저편은 우리를 인간 취급도 안 해."

구급차는 경비차 뒤편의 안전지대로 들어가서 구호 활동

을 개시한 듯 보였다. 셸터에서 총격해올 걸 전혀 염려할 필요가 없음을 간파했을 것이다. 이어서 구급차 한 대가 이번에는 곧장 다가왔다. 일사병에 걸린 기동대원이 네다섯 명 정도가 아닌 것이다. 하기야 구급차로 위장해서는 참호에 있는 자들에게 점심 식사를 보급하는 것인지도 모른다. 그렇다고 하더라도 어쨌든 일시 휴전이다. 이쪽도 베란다를 향하는 바리케이드를 옆으로 밀어 올려 고정하고 새로운 공기를 들였다. 거길 노리고 옥상에 가스탄을 집중시켰다면 다시 또 골치 아파졌을 테다. 그러나 상대편도 구급차를 그냥 놔둔 것에 대한 답례의 의미인지 공격해오지 않았다.

"이렇다면 적십자 기를 흔들며 옥상으로 나가볼까?" 다마키치가 제안했다.

"네가 당하면 이쪽에는 이제 저격수가 없어." 다카키가 말했다. "무선기사도 기는 들지 않았지만 분명 비전투원이었어. 그보다 이 상태가 한동안 지속되길 기도하며 점심 식사나 하지, 어쨌거나 아직 살아있는 사람들끼리……."

이야기를 전하러 이사나가 부엌으로 내려가자, 이나코는 이미 서서 일하고 있었다. 조리대 옆으로 옮겨둔 의자에 진을 앉히고.

"진, 어때?" 이사나가 소리를 쳤는데도, 진은 그를 흘끗 바라볼 뿐 이나코에게 들은 내용을 성실하게 복창하고 있었다.

"저건 헬리콥터 소리야, 진……. 저건 경찰 아저씨들의 방송이야, 진……."

그건 진을 달래기 위한 것이라기보다는, 오히려 예전에 이사나가 밑도 끝도 없는 우울에 빠져 반복적으로 하던 것과 마찬가지로, 진의 말이라는 거울에 이나코 자신을 비춰 보며 평형을 유지하려는 것일 테다. 이나코가 준비하는 식사에는 자유항해단 승조원 모두가 농성 이후 사로잡혀 있는 미묘한 이중성의 징후가 보였다. 농성이 수 주간이나 계속될 거라고 생각하는 듯, 이나코는 가열하면 금방이라도 먹을 수 있는 밥 통조림을 하나도 열려고 하지 않았다. 전기밥솥을 사용할 수 없게 되었는데도. 그 대신 대량의 우동을 삶고 있었다. 게다가 식료품 리스트 중에 고가에 해당되는 품목들을 모두 조리대 위에 펼쳐놓고는 다시 한번 만찬을 벌이려고 계획하고 있었다.

개봉한 꽃게 통조림에서 진은 얇은 껍질 속에 육질이 꽉 찬 다리 하나를 얻었다. 아이는 그걸 엄지와 검지 사이에 끼우고 눈앞에 똑바로 세우고 신이 난 얼굴로 바라보다 입에 넣었다. 처음 셸터에 도망 왔을 때 비록 소극적이기는 했어도 모든 음식을 거부하던 진에서 게 껍데기가 콧구멍을 찌를 때마다 미소 지으며 연한 살을 한 점도 흘리지 않고 장밋빛 혀끝으로 받아들이는 진에 이르기까지, 백 년 정도 되는 세월이 흐른 것 같았다…….

"어두운 침대에 누워서 생각하자니 태어나서 지금까지 있었던 모든 일이 어젯밤을 기점으로 매듭지어지면서, 지금의 나 자신이 새로운 생활로 진입했다는 기분이 들었어. 완전히 새로운 생명으로 거듭난 것 같은 기분이 들었어."

그렇게 말하며 볼을 붉히는 이나코에게로 시선을 돌리니, 무지개색을 띠고 반짝거리는 눈은 확실히 새로운 생명력을 발하는 듯 보였다.

3층에서 망을 보는 일을 닥터가 혼자서 맡고 그 외의 승조원들은 다 같이 거실에 모였다.

"우리 지금까지 몇 시간 동안이나 전투를 벌인 거지?" 다카키가 식탁을 앞에 둔 승조원들을 둘러보면서 물었다. "열 시간에서 열두 시간 정도? 자유항해단의 첫 전투로서는 제법 아니야? 자 이제 먹자."

시간이 한정되어 있음에도 불구하고 식사는 오히려 천천히 시작되었다. 승조원들 모두가 주선실로 2인분의 식사를 가지고 올라간 이나코가 무선기사가 죽었다는 사실을 깨닫고 받을 쇼크에 마음이 쓰였던 것이다. 이윽고 이나코는 머리를 꼿꼿이 세운 채 초점을 잃은 눈을 무섭도록 동그랗게 뜨고 눈물을 흘리며 내려왔다. 자신이 무언가를 말함으로써 무선기사가 맞이한 잔인한 죽음이 진에게 전달될 것을 두려워하는 듯, 이나코는 입을 다문 채 식탁 앞에 앉았다. 그리고 크게 뜬 눈 가득히 끊임없이 눈물을 쏟으며 야무지게 먹고 정성껏 씹었다. 진은 그 모습을 따라 삶은 우동에 끼얹은 소스 속 콘비프 힘줄을 정성스레 씹었다.

"뒤집힌 경비차 말인데, 그걸 총안에서 보면서 생각했는데." 홍당무가 이나코가 퍼뜨리고 있는 침묵의 안개를 물리치듯 말을 꺼냈다. "그 경비차가 움직이게 되면 저걸 타고 탈출할 수 있지 않을까?"

"어떻게 저걸 일으킬 거야? 크레인도 없는데? 저건 보통 대형 트럭보다 몇 배는 무겁잖아?" 다카키가 말했다.

"그래, 일으키는 게 힘들어. 일단 일으키기만 하면 차 열쇠는 아까 포로로 잡았던 기동대원한테서 빼어두었으니."

그렇게 말하며 홍당무는 자동차 열쇠를 손바닥에 올려 보였다. 그는 변함없이 얼굴 전체에 홍조를 띠었는데, 혹시 발열에 의한 것일까 싶을 만큼 침울한 모습이었다. 이미 구체적인 순서를 마음속에 정하고 있으면서도 자신이 느끼는 깊은 수치심으로 인해 그런 이야기를 하고 승조원들을 이끌어갈 용기가 생기지 않는 것이리라. 홍당무는 하필이면 자기 내부에 상상력을 불러일으키는 일과 가장 동떨어진 다마키치에게 이렇게 물었다. 그것도 그 특유의 굴절된 수치심을 드러내며.

"다마키치! 셸터 정면에 있는 놈들 말고도 복병들이 당연히 우릴 포위하고 있겠지만, 우리가 경비차에 올라타면 돌파할 수 있을 것 같지 않아? 저건 상대편이 가진 제일 강력한 차량이니까 놈들이 아무리 잘 싸운다 해도 우리가 저기 올라타면 우리랑 막상막하가 될 테니 말야."

"뭘 타고 가든지 간에 나는 어째서 우리가 여기에서 나가야 하는지 모르겠어." 다마키치가 냉정하게 말했다.

"물론 우리 요구에 저쪽이 회답을 주기 전까지 농성을 관둘 필요는 없어. 그리고 상대편이 배를 제공해준다면 저 경비차 같은 건 필요 없어지겠지. 경비차를 일으켜 세워서 언제든 올라탈 수 있게 만들겠다는 건 상대편이 우리 제안을 확실히 거절하고 우리를 셸터에서 몰아내기 위해 최루가스를 터뜨릴 경우에 대비해서야."

"넌 우리가 배를 진짜로 입수할 수 있을 거라 믿지 않는구나." 다마키치가 점점 더 냉담한 태도를 보이더니 식사

중에도 옆에 두고 있던 자동소총을 손질하기 시작했다.

"전복된 경비차를 어떻게 일으켜 세울 작정이야?" 다마키치가 잘라버린 이야기의 흐름을 다카키가 다시 이으며 물었다.

"확실한 가능성이 있는 건 아닌데." 홍당무는 말하며 볼에서 귀 아래까지 얼룩덜룩해질 정도로 다시금 얼굴을 붉혔다. "경비차 뒤 비탈 아래에서 폭발을 일으키면 말야, 그 폭풍爆風으로 차체가 일어설 수 있을 거야. 원래 폭발에 의한 쇼크로 쓰러졌잖아? 그건 폭약에 그만한 힘이 있다는 거 아니겠어?"

"수류탄을 비탈 아래로 던져보면 알겠지." 다카키가 말했다.

다마키치가 쓱 고개를 들고 다카키를 바라보았다. 그러나 그에 앞서 홍당무가,

"수류탄을 그런 식으로 사용하면 안 돼" 하고 염치를 차리듯 반발했다. "어떤 결과가 나올지 의심스러운 작전에 수류탄을 쓸 수는 없어."

"그러면 어떻게 할까?" 다카키가 되물었다.

"전복된 경비차로 내가 잠복해 들어가 상황을 보고 비탈 아래에서 다이너마이트를 터뜨릴게." 홍당무는 아주 간단

한 작업에 대해서 말하듯 쉽게 말했다.

"그건 *황당무계*해"라고 다마키치가 한자어를 써가며 조롱 조로 말했다.

"*황당무계*? 지금까지 우리가 한 것 중에 황당무계하지 않은 게 있었나?" 홍당무는 갑자기 정색했다. "적어도 나는 자유항해단에 들어온 것도, 여기에서 농성하며 싸우고 있는 것도 모두 황당무계하고 재미있어서 그렇게 하고 있는 것뿐이야. 다마키치는 황당무계의 적이야?"

"다이너마이트를 설치한다 치고, 설치하는 동안 저편으로부터 저격되지 않을 수 있겠어? 성과가 의심스러운 작전이라고 홍당무 자신도 말한다는 건, 펑 하고 폭파시켜도 경비차가 일어날지 어떨지 모르겠다는 거야? 아니면 애당초 무사히 다이너마이트를 설치할 수 있을지조차 모르겠다는 거야?" 다카키가 끼어들었다.

"다이너마이트가 폭발해서 제대로 차를 세울 수 있을지 어떨지는 몰라. 하지만 다이너마이트를 설치하는 건 확실히 할 수 있어." 홍당무가 말했다. "내가 생각하고 있는 걸 조금 더 말하자면, 나는 이 계획이 완전히 황당무계하니까 거꾸로 그 황당무계하다는 이유로 성공할 수 있지 않을까 생각해. 세계사에서도 위대한 사람들은 우리 같은 사람이 황당무계하다고 생각하는 걸 통해서 새로운 일을 했어."

"황당무계는 이제 그만 됐어." 다마키치가 얼굴을 숙인 채 자기 생각을 스스로 꺾었다. "다이너마이트는 나누어줄 테니까. 지금 생각해볼게, 얼마만큼 주면 적당할지……. 너무 많아서 경비차가 부서지는 거야 어쩔 수 없지만, 홍당무까지 날아가버리면 어떡해……."

"황당무계도 정도가 너무 심한가?" 하고 홍당무는 말했다.

지금까지 홍당무의 극히 사소한 조소에도 대결 의식을 드러내던 다마키치가 이제는 반발하는 대신 스스로 일어나 혼자 지하벙커로 다이너마이트를 가지러 내려갔다.

"녀석이 보물처럼 소중히 여기는 수류탄을 요구하지 않아서 협력적인 거야." 다카키가 작은 소리로 말했다.

"다마키치가 없었다면 우린 무기를 엉망으로 관리하다가 지금쯤 경찰 곤봉에 두들겨 맞으며 끌려 나가고 있었을 거야." 홍당무는 변호했다.

그런 말들은 지하벙커에도 들렸을 것이다. 하지만 막대형 다이너마이트와 도화선을 가지고 올라온 다마키치는 아무 말도 하지 않았다. 그는 식기를 정리한 테이블로 옮겨온 것들을 늘어놓으며 신경질적으로 꼼꼼하게 세팅하면서 사용법을 설명했다. 단순한 걸 면밀히 반복하는 다마키치의 이야기를 홍당무는 집중해서 들었다. 다마키치는 고무줄로 묶은 막대형 다이너마이트와 도화선을 비닐봉지에 넣고, 어떤 결단을 하듯이 홍당무에게 건넸다. 홍당무는 봉지째로 옆구리에 끼고 상태를 확인한 뒤에 봉지를 둘둘 말아 다시 고무줄로 묶었다. 그 모습만 봐서는 그가 무척이나 실제적인 승산을 가지고 있는 것 같았다. 그러나 건물 전체를 감시하는 수많은 저격수가 현관에서 전복된 경비차를 향해 달려가는 홍당무를 어떻게 놓칠 수 있을까?

"밤이 되면 행동을 시작할 거야?" 이사나가 물었다.

"밤까지 기다릴 수 없어요." 놀란 듯 홍당무가 말했다. "저편은 인질 보호라는 명분으로 여론을 움직일 수 있다면 금방이라도 공격해오지 않을까요? 이번에 저쪽이 뭔가 하려고 발연통을 쏘면, 연기가 건물을 에워쌀 때까지 기다렸다 돌진하겠어요."

"하지만 가스탄도 같이 쏠 텐데, 그 속에서 움직이는 건 어렵지 않을까?"

"잠수복을 입고 잠수용 안경을 쓸 테니까, 최루가스는 이겨낼 수 있어요." 홍당무는 있는 그대로의 자신감을 드러내며 말했다. "물이 부예서 시야 확보가 잘되지 않는 바닷속을 잠수하고 있다 생각하면서 해볼게요."

그러고 나서 홍당무는 잠수 능력을 보여주어 납득시키기 위해서인지, 피리 같은 소리를 내며 특별히 깊게 호흡했다. 호흡하는 소리가 점차 높고 강하게 셸터 안에 울려 퍼지자 진은 두려워하기는커녕 새로운 종의 새소리를 듣듯 생생한 호기심을 드러내며 홍당무의 입술을 바라보았다. 그 시선이 청년의 뺨을 지극히 순수한 기쁨으로 붉게 물들였다.

"진, 사람이야. 사람 소리야." 호흡을 원래대로 바꾼 홍당무가 말했다.

다시 진과 이나코를 지하벙커로 돌아가게 하고 승조원들이 주선실로 올라가자, 총안을 감시하면서 라디오를 듣던 닥터가 보고했다.

"설득하러 올 것 같아요, 당신 부인이. 저기까지 와서 대기하고 있어요. 아무래도 자동차 공장 담 너머에 경찰 쪽 본부가 있나 봐요. 먼저 거기에서 설득하러 오는 심경에 대해 기자회견을 했어요. 라디오로 중계하더라고요."

"배의 요구에 대해서 뭔가 말했어?"

"보도관제 때문인지 모르겠는데, ……이쪽의 요구에 대해서는 아무것도 말하지 않아요. 기동대에게 인질을 어떻게 해서든 구조해주면 좋겠다는 어머니다운 희망을 말하지도 않더라고요. 그걸 유도하는 듯한 질문이 있었는데도. 거꾸로 시민들은 개인적인 희생을 치르더라도 폭력에 굴하면 안 된다고, 완전히 강경파 정치가 빨쳐요. 진짜인지 아닌지 모르니까 당신한테 들어보라고 하고 싶었는데, 놈들이 언제 여기로 올지 모르니까 계속 감시하고 있었어요."

"내 아내는 정치가 견습생 같은 게 된 지 얼마 안 됐어. 이참에 지역구 사람들에게 이른바 정치인다운 인상을 주고 싶은 거겠지……."

"선거를 겨냥한다면 자식을 인질로 빼앗겨 탄식하는 어머니의 슬픔을 어필하는 편이 효과적일 텐데." 다카키가 말했다.

"저 사람은 미국에서 교육받은 걸 혼자서 살아가는 길의 지팡이로 삼기 시작한 것 같아. 먼저 드라이한 방법으로 어필하며 시험해볼 생각인 거겠지. 나 개인으로서는 그쪽이 고맙지만……."

"설득하러 와서 무얼 교환 조건으로 내세울지 기다리는 것 말곤 달리 방법이 없지만, 저쪽이 그 판에 박힌 방송만 하지 않고 설득하러 오게 된 건 우리로서 한 걸음 전진이야." 다카키가 말했다. "어떤 강경파라도 일단 우리와 말을 주고받다 보면 그걸 계기로 양보할지도 모르니까, 그렇지 않나?"

"기본적으로 내 아내는 진은 차치하고라도 내가 정말로 인질로 잡혀 있는지 어떤지 의심하는 거야. 아마도 내가 너희 멤버라는 사실도 눈치채고 있을걸. 그건 말 안 해? 혹시 기자회견에서 그걸 비밀로 했다면 어쩌면 정말 희망이 있을지도 모르겠어."

"그럼 저들은 어떤 식으로 다가와서 설득할까? 구급차로 올까?"

"아니, 구급차를 그렇게 사용해서 이쪽 눈을 속이는 짓은 안 할 거야." 다카키가 말했다. "설득 방송이 시작되면 누구를 보냈는지 금방 들통이 날 테고. 앞으로 싸우지 못하게 된 기동대원을 후송하기 위해서라도 구급차는 그대로 남겨둘 거야. 근본적으로 민간의 협력자를 보호하고 있다는 걸 과시할 좋은 기회니까, 대대적으로 당당하게 또 한 대의 대형 경비차를 끌고 올 거라 생각해."

"그러면 분명 또 가스탄과 발연통이다." 홍당무가 기다렸다는 듯이 말했다. "나는 그 엄호사격의 틈을 노렸다가 쓰러진 경비차의 운전대로 뛰어들게……."

주선실의 총안이 가스탄 집중에 대비해 보강되었다. 그들이 다시 대형 경비차로 접근해온다면, 이쪽의 총격에 또 다시 희생자를 낳지 않기 위해 경계를 강화하고 있을 것이다. 따라서 셸터에서 사격하기 알맞은 표적을 찾을 가능성은 없으리라 보고, 유리가 없는 모든 총안을 메웠다. 이어서 3층에서 망을 보는 건 다카키 한 명으로 하고 다른 승조원들은 홍당무가 잠수복을 입는 걸 도왔다. 동시에 홍당무가 구체적인 작전 행동에 들어갈 때를 위한 무대장치를 만든달까, 현관 안쪽에 대비 장치를 만들었다. 그건 홍당무 자신의 안전을 위한 것이 아니라, 셸터에 남는 사람들이 방어하기 위한 조치로서 홍당무가 그 필요를 주장했었다. 홍당무가 뛰어나가고 나면, 곧바로 현관문을 보강하기 위해 콘크리트 조각 바리케이드를 치지 않으면 안 된다. 콘크리트 조각을 1미터 쌓아 올리는 것만으로 문은 외부에서 가해지는 충격에 두 배 강해지니까. 그래서 콘크리트 조각을 미리 옆에 산더미처럼 쌓아두고, 한꺼번에 밀어서 무너뜨리기로 한 것이다, 홍당무가 나가자마자…….

"쓰러져 있는 경비차에 다다르기 전에 저쪽이 너를 발견하면 금방 되돌아와야 하잖아? 이걸 무너뜨려버리면 금방 문이 열리지 않을 거야." 다마키치가 반대했다.

"발각되면 어차피 퇴각할 수 없어. 더욱이 내가 현관에서 나왔다는 건 금방 알 수 있을 테니까 놈들은 이 문에 가스탄을 쏘고 돌을 던져서 요절을 내려고 할 거야." 홍당무가 말했다. “그 전에 바리케이드를 보강해놓지 않으면 안 돼.”

“발각되면 그걸로 끝이 되는 상황이라면 지금 그만두면 되잖아? 저기까지 가는 데 성공한다 하더라도, 그러고 나서 또 어떻게 될지 알 수 없으니까.” 다마키치가 퉁명스럽게 말했다. “역시 이건 너무…….”

“너무 *황당무계*해? 아까 내가 말한 대로 그렇기 때문에 성공할지도 몰라.” 홍당무는 낙천적인 모습으로, 또한 고지식하게 말했다.

홍당무는 대형 경비차가 나타나자 큰 땀방울로 뒤덮인 얼굴을 물안경으로 덮었다. 잠수복 안의 몸이 구석구석까지 땀범벅이 되어 있을 거라는 건 의심의 여지가 없었다. 금방 흐려진 물안경 유리를 통해서는 그의 얼굴이 붉어졌는지 어떤지조차 알 수 없었다.

3시 35분, 발연통과 가스탄이 셸터에 집중되기 시작했다. 나선계단에 면한 총안은 곧바로 하얀 연기에 싸이고 현관은 물속처럼 어두워졌다. 홍당무는 두 손으로 물안경을 똑바로 하고, 소리를 내며 깊은숨을 들이쉬었다. 문을 열고 홍당무가 뛰어나갔다. 순간 여우비 같은 햇살 가운데 지면을 두드리다 튕기며 뭉게뭉게 움직이는 짙은 연기 자락이 몇 개나 보였다. 홍당무는 그 자락이 겹치는 안쪽 깊은 곳을 향해 마치 다이빙하는 사람처럼 무서우리만치 몸을 앞으로 구부리며 달렸다. 바로 문이 닫혔다. 그러나 이미 생물과도 같은 최루가스 덩어리가 뒤에 남은 자들을 덮치고 있었다. 그들은 심하게 기침했고 호흡마저도 어려웠다. 눈물이 끊임없이 솟는 건 물론이고, 눈을 감으려 해도 눈꺼풀 주위의 살갗이 타는 듯해서 정말 눈을 감을 수 있는지조차 알 수 없었다.

"눈을 비비지 마." 닥터가 적절히 유효한 경고를 주었다. "눈을 비비지 마, 이건 CS가스니까. 눈을 씻을 때까지 비비면 안 돼……."

그래도 그들은 서로 뒤엉키듯 하며 문을 향해서 콘크리트 조각으로 쌓은 탑을 무너뜨리고(그건 거의 장님이 된 자들의 행동으로 위험하기 짝이 없는 것이었다), 거실로 비틀거리며 도망쳤다. 모두가 구토하듯이 계속 기침을 했고, 눈은 세면대에 준비된 묽은 붕산액으로 씻어도 끊임없이 눈물이 흘러 마치 남의 눈 같았다.

"우리가 맨 마지막에 지하벙커로 들어가는 건 좋지만, 덮개 문이 파손돼서 CS가스가 들어오게 되는 상황을 생각하면 진을 계속 농성에 가담시키는 건 무리야." 닥터가 신음하듯이 말하고 다시 기침했다.

닥터 이외의 다른 사람들은 거기에 대답할 소리마저 내지 못했다. 더군다나 모두 최루가스를 마시고 갈팡질팡하다 거실로 도망갈 때까지, 그리고 그 후에도 건물 바로 바깥에서 라이플총의 집중사격 소리가 곧 울리지 않을까 계속 귀를 쫑긋 세우고 있었다. 닥터는 누구 하나 그에게 대답하지 못하는데도 개의치 않고, 기침을 하며 작고 쉰 목소리로 위협하듯 말을 이어나갔다.

"진이 수두에 걸려서도 긁지 않았던 피부가 CS가스에 상하는 상황이 오면 나는 진을 안고 당장이라도 항복할 거야. 자유항해단에 아이를 CS가스로 괴롭게 할 만큼의 가치는 없어. 그런 양해하에 난 선의船醫를 맡고 있는 거니까, 그 점을 기억해줘……."

최루가스에 가장 심하게 당한 건 다마키치였다. 순간의 차이이기는 하지만 그가 제일 오랫동안 홍당무를 배웅했다. 실제로 다마키치는 구토를 억누르기 위해서 고개를 숙이고 힘을 꾹 주고 있을 정도였다. 그런 상황임에도 닥터에게 답을 한 것 역시 다마키치였다.

"자유항해단은 원래 자유로운 모임이니까. 누가 어떤 이유로 떠난다 해도 그건 자유야. 나는 혼자가 되더라도 마지막까지 갈 거야. 그것도 자유니까."

그들은 있는 힘을 쥐어짜 일어나서, 젖은 타월로 입을 가리고 아직도 최루가스가 떠도는 현관을 지나 나선계단으로 달려갔다.

"라이플총 사격은 없었어. 홍당무를 발견하고 쏘는 일도 없었고 위협사격조차 안 했어. 우리 쪽은 굉장히 조용히 있었으니까. 가스탄도 건물 윗부분을 향해서 쐈으니까 홍당무가 유탄에 맞는 일은 없었을 거야." 흐린 날의 석양 같은 빛 속에서 혼자 갇혀 있던 다카키가 모두에게 알렸다.

"그런데 최루가스는 진짜 대단하군." 이사나가 말했다. "홍당무는 이 속에서 제대로 움직일 수 있을까?"

"녀석은 불가사의한 강인함을 지닌 사내니까. 3년 연속 전국 스노클링 주니어 선수권 우승자였어. 그만큼 강하면 최루가스의 바다를 잠수하는 것쯤으로 지치지 않아." 다카키는 그렇게 말하고 뒤를 돌아 이 최루가스에 이사나를 비롯해 다른 사람들이 입은 타격을 깨닫고 씁쓸한 얼굴을 했다.

3시 45분, 발연통과 가스탄 발사음이 멈췄다. 외벽이 조용해졌다. 연기 덩어리들이 풀리고 빛살이 층을 이루며 나타나더니 삽시간에 여름 땡볕이 내리쬐었다. 눈물이 멈추지 않는 눈으로 그 변화를 바라보자니 빈혈이 날 때처럼 아득한 기분이 들어, 농성전이 시작된 후 며칠이나 지난 것 같은 느낌이 들었다. 그러나 바닥에 털썩 주저앉아 망연히 그런 몽상을 하고 있는 건 나이에 걸맞게 체력을 소진해버린 이사나뿐이었다. 연기가 옅어지는 걸 보고 젊은 승조원들은 곧바로 모든 방향을 살피며 돌아다녔다. 조금 전까지 홍당무가 감시하고 있던 나선계단의 총안을 들여다보러 갔다 온 다마키치는 또다시 최루가스에 맞아 다시 한번 눈을 씻었다. 그러더니 그는 힘을 주어,

"홍당무는 경비차 운전대로 잠복해 들어간 것 같아" 하고 보고했다. "경비차가 굴러떨어진 이후 계속 열려 있던 문이 지금은 닫혀 있으니까."

"하지만 저쪽 감시병이 그걸 눈치채지 못하겠어?" 이사나가 말했다.

"눈치채더라도 당분간은 아무것도 할 수 없겠지. 그런 생각을 하고 홍당무는 문을 닫았을 거야." 다카키가 대답했다. "오히려 셸터의 전체적인 조건이 나빠졌어."

핵셸터의 오른쪽과 왼쪽 전방에 새로운 대형 경비차가 나타났다. 뒤편 비탈 너머 묘목 숲에 숨어 있는 기동대 세력이 가담하면 셸터는 철저히 포위당하는 형국이 된다. 이제 셸터의 총안이란 총안은 모두 대형 경비차와 그 옆에 겹쳐 둔 방패를 차폐물로 하여 이쪽을 지켜보는 저격수의 시각

안에 들어 있다.

“놈들이 일제히 공격을 개시하면 어떻게 할 수도 없어. 우리 쪽에는 총격에 숙련된 사람이 단 한 명뿐이니까.” 닥터가 말했다.

“자유항해단이 수류탄을 넘치게 갖고 있어서 다가오는 자들을 날려버릴 수 있다고 저쪽이 믿고 있는 게 의지가 되는군.” 다카키가 말했다.

“하지만 홍당무가 위험을 무릅쓰고 밖으로 나가서는 다이너마이트와 도화선밖에 사용하지 않는다면, 저쪽도 우리가 수류탄을 현재 수중에 얼마나 가지고 있는지 짐작할 수 있지 않을까?” 다마키치가 말했다. “그 때문에라도 홍당무에게 수류탄을 나누어줘야 했었어…….”

“홍당무는 홍당무 나름대로 할 거야.” 다카키가 날카롭게 제지했다. “실제로 여기 없는 사람을 위해서 원통해하는 건 자기 자신을 위로하는 일은 될지언정 홍당무에게는 아무런 의미도 없잖아? 우리가 할 수 있는 건 이 위에서 홍당무의 *황당무계*를 엄호하는 것뿐이야.”

“**건물 안에 있는 여러분, 건물 안에 있는 여러분**.” 정면 왼쪽에서 스피커가 이야기를 시작했기 때문에 다카키가 얼른 총안의 충전재를 치우고 새로운 방송에 대비했다. 그 순간 이사나는 마치 여장한 괴가 이야기하는 것 같은 기묘한 착각이 들었다. 그야말로 노정치가의 억양으로, 그것도 괴가 여자였다면 그런 가성을 냈을 게 분명하다고 생각되는 목소리로 나오비가 말하고 있었다. "**나는 당신들에게, 배를 제공하도록 요구받은 사람입니다**. 하지만 나에게는 당신들한테 배를 제공할 의지가 없습니다. 배를 제공할 의지는 전혀 없습니다. 어리석은 꿍꿍이는 그만두세요. 협박은 소용없습니다. **인질을 석방하고 바로 나오세요**. 더 이상, 죄를 짓지 않고 나오면 당신들의 재판을 위해 구명 운동을 조직하겠습니다. 변호 비용도 제공하겠습니다. 바로 나오세요. 당신들이 인질로 삼은 아이는 지진아입니다. 이렇게 비겁하고 비인간적인 협박이 어디 있습니까? **인질을 석방하고 바로 나오세요**. 당신들은 농성전에서 꼭 지키고자 하는 어떤 주의 주장도 없지 않습니까? 어째서 안 나오는 겁니까? 이런 걸 계속하면 뭐 합니까? 당신들은 대지진이 일어나는 걸 기다리고 있다면서요? 대지진으로 모든 사람이 괴로워할 때 도당을 짜서 뭘 하려는 겁니까? 그런 식의, 절대적으로 반사회적인 일이 용서되겠습니까? 어떤 체제하에서도 그런 건 인정받지 못해요. 그런 반사회적인 인간을 배제하지 못하는 미래 사회는 멸망하는 사회입니다. 당신들이 하려는 짓이 용서받는 시대는 이 지상의 인간 사회에는 없습니다. 당신들은 도대체 무엇을 추구하고 있습니까? 동료를 린치해서 자살로 몰고 가고, 경찰관을 살해하고, 지진아를 인질로 잡고 농성하면서 무얼 할 수 있을 거라고 생각합니까? 당신들은 인간이 아닙니다! 그런 당신들에게 어떻게 도주 수단을 제공하겠습니까? 이건 개인의 문제를 훨씬 넘어서고 있어요. 설사 정신박약아인 제 자식이 희생되는 일이 있다 해도 타협할 수 있는 일이 아닙니다. 사람에게는, 그리고 시민에게는 사회에 대한 의무가 있습니다. 나는 엄마입니다. 아이가 걱정이 돼서 미칠 지경입니다. 그래도 사회의 일원으로서 해야 할 일은 안 하면 안 됩니다. 당신들의 요구를 모두 거부합니다. **인질을 석방하고 바로 나오세요**. **건물 안에 있는 여러분, 건물 안에 있는 여러분**, 무기를 버리고 바로 나오십시오. 당신들은 비겁한 사람들입니다. 나는 당신들의 비겁한 협박에 굴복하지 않습니다. 나는 굴복하지 않습니다. 설사 내 아들을 희생하더라도 굴복할 수 없습니다. 어리석은 꿍꿍이는 얼른 버리십시오. **인질을 석방하고 나오세요**. 이것이 당신들의 마지막 기회입니다. **인질을 석방하고 바로 나오세요**."

"완전히 센 여자랑 결혼했군, 당신은." 다카키가 거의 경탄하듯이 말했다.

이사나는 실제로 망연해져 있었기에, 다시 한번 내용을 되풀이하기 시작한 스피커 소리 사이의 여백을 메꾸듯이 던진 다카키의 말에 바로 대답하지 못했다. 스피커 목소리가 그다음 쉬는 부분에서 멈췄을 때 비로소 그는,

"나랑 결혼해서 사는 동안에는 아내가 저렇게 길게 혼자서 말하지 않았는데 말야" 하고 변명할 수 있었다. "인간은 성장해, 어쨌거나 변하지……."

"당신이 부끄러워할 건 없어." 다카키가 말했다. "하지만 인질로 진에 대해서만 말하고 당신에 대해서는 무시하고 있는 건 왜지? 당신과 우리의 관계를 눈치챈 걸까? 경찰도 그것에 동조하고 있는 건가?"

"경찰 측에는 나에 대해 단정할 근거는 아무것도 없을 거야. 아내만 혼자 속으로 나를 너희 멤버 혹은 동조자로서 행동하고 있는 게 아닌지 의심하기 시작했을 거야. 막연하기는 하지만 너희들에 대해서는 어제도 이야기했으니까. 그래서 아내는 나중에 나와 너희들이 공모했다는 사실이 확실해질 경우 자신에게 그 영향이 미치지 않도록 조심하며 말하는 거야. 이 호소를 녹음해두고 선거운동에 쓸 셈이 아닐까?"

“그래서 진에 대한 걸, 뻔뻔스럽게 동정을 유도할 수 있게 끼워 넣은 거야? 건조함과 촉촉함 양면작전으로 나오는 건가, 진짜 센 인물이군.” 다카키가 말했다.

“기동대가 결국 진까지 죽을 수도 있는 공격을 취할 때, 여론을 향해 그걸 미리 변호해두려는 연설이야.” 무척 불쾌해하며 다마키치가 말했다. “어머니가 이런 얘기까지 하는 걸 들으면 더위 속에서 대기하는 기동대원들은 아이를 희생해서라도 악당을 몰살해야겠다고 선동당할 거야.”

“그래, 지진아라든가 정신박약아라든가 반복하는 것도, 기동대원의 차별 의식을 부채질하는 거야. 녀석들은 보통 아이들과는 다른 아이에게 잔인한 짓을 할 만한 정신을 가진 어린놈들이니까.” 닥터가 말했다. “그것까지 계산했다고 한다면, 엄마로서는 완전히 구역질 나네. 진이 얼마나 상냥한지, 인내심이 있는지, 얼마나 새소리를 잘 구별하는지, 그런 걸 잊어버리지 않았다면, 저렇게 지진아다, 정신박약아다, 하고 고함을 지르지 못했을 거야.”

이제 주선실의 정체된 공기는 열탕처럼 느껴질 정도였는데, 닥터는 분노로도 또 새로이 땀을 흘리는 것 같았다.

“우리 가족 셋이 함께 지내던 때, 진은 완전히 자기 안에 갇혀 있었으니까.” 이사나는 아내를 변호했다. “그보다 우리는 왜곡되어 알려지고 만 자유항해단과 대지진의 관계를 공적으로 정정해둘 필요가 있지 않을까? 이쪽에서도 핸드마이크 방송을 시작하지?"

"원고가 없으면 안 돼." 다마키치가 몸을 움츠리듯 하며 말했다.

"지금부터 원고를 쓸 시간이 없어." 다카키가 다마키치를 설득하려 했다. "방금 전 다마키치는 제법이었잖아?"

"이번에는 내가 할게." 이사나가 말했다.

"당신 목소리가 나오면 당신 부인이 바로 알아채잖아?"

"나도 너희 멤버가 아닐까 의심하면서도 아내가 그걸 경찰에 밝히지 않았다면, 선거를 위한 선전으로 이걸 이용할 생각이라서야. 일단 이렇게 된 이상 내 목소리가 들려도 아내는 아무 말 안 할 거야. 핸드마이크를 통해서 나오는 목소리로는 알 수 없었다고 하면 경찰도 따질 수 없을 테고, 그런 게 조사될 때쯤엔 신문상의 소란도 잦아들어 선거운동에는 영향을 미치지 않을 거고……. 나도 말의 전문가로서 조금 일하고 싶어."

"말의 전문가로서라면, 당신은 이미 그 역할을 잘 수행했어. 이번에는 내가 할게." 드디어 다카키가 나섰다.

앞서서 다마키치가 흥분해 방송했을 때 끊어지려고 하

던 마이크와 본체를 연결하는 코일에 힘을 가하지 않으려고, 다카키는 핸드마이크 아래에 두 무릎을 꿇고 대기했다. 그리고 나오비의 호소가 일단락되자 바로 반복적인 멘트로 콜사인을 대신하며 역방송을 시작했다.

"**우리들의 배에 대해 답하라, 우리들의 배에 대해 답하라!** 우리는 변호 같은 거 필요 없다. 너희들의 법정이 내리는 판단 따위, 우리에게는 아무것도 아니니까! 제군들의 형무소가 우리를 충분히 벌할 수 있을 때까지 오래가지 못할 테니까. 그보다 제군들의 세계 그 자체가 오래가지 못할 테니까! 우리가 인질로 잡고 있는 아이는 우리와 지내는 동안 해방되어 생기를 찾았다. 자기해방되어 멋진 아이가 돼 있다. 그것에 대해 깊이 생각하라. 그리고 **우리들의 배에 대해 답하라, 우리들의 배에 대해 답하라!** 대지진보다 앞서 자유항해단이 바다로 나가려고 하는 건 대지진에 도쿄가 괴멸하는 날, 너희들이 우리를 몰살하려고 할 것이기 때문이다. 우리는 대학살로부터 미리 피난하려고 하는 것이다. 실제로 너희가 지금 뭘 하고 있는지, 뭘 하려고 하는지 그걸 생각하라. 그리고 우리의 공포를 이해하라! 그러고 나서 **우리들의 배에 대해 답하라!** 너희들이 말하는 대로 우리는 반사회적인 자들이다. 그리고 그것뿐이다. 우리는 어떤 미래 사회와도 연결되고 싶지 않다, 우리는 미래 사회 따위 존재하지 않는다는 걸 안다. 우리는 너희와 함께 지상에서 멸망하고 싶지 않아 바다로 나가는 것뿐이다. **우리들의 배에 대해 답하라, 우리들의 배에 대해 답하라!**"

커다란 목소리를 마지막까지 당당히 내질렀지만 일단 입을 다물자 다카키는 슬프도록 울적해졌다……. 그리고 나오비의 스피커, 상투적인 멘트를 반복하던 그 스피커도 한동안은 침묵했다. 그러나 핸드마이크를 향해 외치는 동안, 다카키는 침묵하는 청중을 상대한 것이 아니었다. 대형 경비차와 방패로 보호받는 참호 그늘에서, 무더위 때문인지 핸드마이크의 도전 때문인지 분간하기 어려운 분노로 격앙된 기동대원들이 한참 야유를 퍼부었다.

"홍당무가 밖에서 저걸 들으면 짜증이 안 날 수 없겠군."

오한을 참고 있는 것처럼 역시 침울해하며 다마키치가 말했다.

그리고 그 말을 계기로 승조원들은 숨을 삼키고 기다렸다. 아직 셸터를 둘러싸고 있는 시끄러운 함성 가운데, **폭발**. 벽면이 미세한 가루를 뿜어대며 흔들렸다. 총안의 충전재는 안쪽으로 튀어 날아가버렸다. 승조원들은 각기 총안에 매달려 밖을 내려다보았다. 기묘하게 젖은 빛깔의 흙먼지가 퍼졌고 그 위로 바싹 마른 흙먼지층이 형성되어 총안 높이까지 밀려오고 있었다. 자갈과 진흙 덩어리가 소나기처럼 퍼부었다.

"실패했어!" 나선계단으로 뛰어나온 다마키치가 외치더니, 총안으로 자동소총을 겨냥했다.

흙먼지가 걷힌 후 정면 총안으로 밖을 내려다본 사람들에게 실패는 자명한 사실로서 다가왔다. 여전히 전복된 채로 대형 경비차가 셸터 비스듬히 앞쪽까지 밀려와 있었으니. 다시 운전대 문이 열려 덜커덕덜커덕 흔들렸다. 그런데 그 안쪽에서 새까만 고무에 싸인 팔이 쑥 나와 문을 끌어당겼다. 그것은 전복된 경비차와 함께 정삼각형을 이루는 나머지 두 꼭짓점의 위치에 서 있는 두 대의 경비차에서 눈에 쉽게 띄는 움직임이었다. 가스탄이 곧바로 옆으로 넘어진 운전대에 쇄도했다. 대량의 검은 고체의 집중과 흩어짐은 이즈에서 보았던, 느티나무에서 부산히 솟아오르던 찌르레기의 큰 무리를 떠올리게 했다. 비웃고 욕하는 소리와 함성도 새로이 일었다. 펑펑 하는 가스총보다도 시끄러울 정도로 **나와, 나와** 하는 소리가 끊임없이 터져 나왔다. 살인마, 미치광이, **나와** 하는 그 외침은 분노로 격앙되어 있었는데, 거기에 흥분된 축제의 느낌도 섞여 들기 시작했다.

다마키치가 한 발 쏘았다. 잠깐의 틈을 두고 함성은 오히려 높아졌다. 반격하는 라이플 총탄이 한바탕 외벽을 두드렸는데, 그것도 앞으로 시작될 잔인한 게임을 부추기기 위한 목적으로 쏜 것이었다. 엉덩이에 일장기를 그리고 돌아온 포로를 대신해 보복하려고 기동대원 모두가 벼르며 기다린다…….

이윽고 전복된 경비차 문이 슬슬 위로 들리고 최루가스의 집중 살포에 지친 고무인간이 긴장된 어깨를 검게 빛내며 나타났다. 전방에 있는 적의 존재는 의식 속에서 완전히 지워버린 듯했다. 폭발의 쇼크로 뇌진탕을 일으킨 것인지, 짙은 CS가스가 뇌에 장해를 일으켰는지 의심스러울 정도였다. 새까만 고무인간은 문밖으로 한쪽 다리를 걸치고 상체를 주체하지 못하며 간신히 엉덩이를 끌어올렸다. 그리고 물안경을 홱 벗어 던지고 몸을 젖히며 높은 곳의 공기를 들이마시려고 하는 듯했다. 그러나 그 즉시 격렬하게 기침을 하며 뒤로 나자빠질 지경이 되어서, 고무인간은 문짝에 납작하게 달라붙어 몸을 지탱했다. 맹렬하게 비웃고 욕하는 소리와 함성의 밑바닥에 벌써 환희가 정열적으로 빛나고 있었다. **이리 와, 이리 와** 하고 기동대원들은 부르짖었다. 이제 살인마, 미치광이라고 외치는 사람은 없다. 포위진은 그 누구의 모습도 보이지 않지만 **이리 와, 이리 와** 하고 외치며 어리석게 큰 소리로 웃어대고 있었다…….

새까만 고무인간은 다시 허리를 안정시키기 위해 연신 몸을 꿈틀거리다가 문틀에서 겨우 양손을 뗐다. 잠수복 목덜미에서부터 지퍼를 내리고, 저편을 바라보고 있어 자세한 상황은 알 수 없었지만, 담배와 성냥을 꺼내서 한숨 돌리려는 것처럼 보였다. 다시 커다란 웃음소리와 비웃고 욕하는 소리가 울려 퍼졌다. 똑바로 등을 펴서 몸의 균형을 잡고 고개를 숙이며 새까만 고무인간은 성냥을 긋다 몇 번이나 실패를 거듭했다. 셸터 내부에 있는 자들은 홍당무가 담배를 안 피우는 사람인 것을 알았다. 목이 타들어가는 심정으로 기다리는 것은 그들의 몫이었다. 고무인간은 갑자기 위협하는 몸짓을 했다가 아래 눈꺼풀을 뒤집어 보였다가 했다. 정면과 왼쪽 전방의 대형 경비차를 향해 재빨리 한 번씩. **폭발**. 경비차 전체가 위로 한 번 튕기더니 그대로 연기에 휩싸였다. 운전대의 각 부분이 고무인간의 잔해와 함께 활활 타면서 사방으로 흩어져 산벚나무에까지 떨어졌다. 나무와 초원이 불타올랐다.

“내가 죽였어! 수류탄을 안 줘서 내가 죽인 거야!” 다마키치가 고립무원의 애절한 목소리를 내고 있었다.

열이 끓어오르던 때의 보이와 꼭 닮은 목소리를. 어느 누구도 그 말에 답하지 못했다…….

22장

많은 물이 흘러 내 영혼에까지 이르고

오후 5시를 알리는 사이렌이 멀리서 울리자마자, 셸터에서 총격이 다시 시작될 것을 경계하며 구급차가 왼쪽 전방의 대형 경비차를 향해 접근해왔다. 이쪽 반응을 시험하기 위한 발언통과 가스탄이 산발적으로 날아왔다. 그러나 다마키치는 반격에 나서지 않았다. 구급차는 일단 경비차의 그늘에 숨었다가 이내 다시 나타나 이상할 정도로 급하게 속도를 높이며 멀어져갔다. 이 계절엔 건조하다고는 해도 황무지와 진배없는 습지대를 그렇게 달리면 진동이 보통 아닐 것이다. 등줄기에 힘을 주고 발을 디뎌 무서운 것에서 등을 돌리자마자 뒤에서 엄습해오는 공포에 이를 악물며 땀투성이가 된 중년 여성이 멀어져간다. 방금 매스컴을 통해 이루어진 정치적 데뷔가 성공적이었는지 어떤지를 가

엷게도 다시 헤아려보며……. *진 엄마는 나를 필요로 할 일 없이, 괴가 후두암으로 죽은 뒤 그의 기반을 물려받아 국회의원이 되고 그에 상응하는 정치적인 꿈을 좇아 계속 달려가겠지. 구급차 속에 있는 지금의 모습처럼 크게 흔들리면서도 어떻게든 넘어지지 않으려 애쓰며*, 라고 이사나는 나무의 혼·고래의 혼에게 말했다.

"설득하러 온 사람이 물러난 이상 곧 총공격이 시작될 거야." 다카키가 말했다. "저쪽은 날이 어두워지기 전에 자유항해단을 궤멸할 기세로 움직이기 시작할 거야."

"어, 저건 뭐지?" 프리즘 쌍안경으로 지켜보던 닥터가 깜짝 놀란 듯 소리를 질렀다.

"바람이야." 셸터에서 바라다보이는 사계절의 조망에 정통한 사람으로서 이사나가 그를 달랬다.

습지대 한쪽에 우거질 대로 우거진 여름풀이, 특히 미역취와 수북이 솟아오른 칡잎이 큰 손바닥에 갈라지듯 파도치고 있었다. 햇빛을 받으며 대기하던 기동대원들은 모두 이 바람에 되살아나 그들의 폭력적인 정기를 갱신할 것이다.

"작은 나무 수풀에서 이쪽으로 살수차와 사슬에 쇳덩어리를 매단 크레인이 나타났어. 촬영소터를 무너뜨렸던 크레인의 다섯 배는 될 것 같아" 하고 셸터 후방을 감시하러 간 다마키치가 주선실을 향해 소리쳤다.

"대놓고 이쪽으로 왔잖아? 바로 저기네." 나선계단의 층계참까지 살피던 다카키가 말했다.

"저쪽은 홍당무가 한 일의 진짜 의미는 알지도 못하고, 우리 쪽에 수류탄이 떨어졌다는 것만 눈치챘어." 다마키치가 말하며 어두운 분노를 드러냈다. "놈들은 홍당무가 히스테리를 일으켜 경비차를 쿵 한번 해본 것뿐이라고 생각하고 있어. 그것도 수류탄이 없으니까, 다이너마이트로 폭파하려다, 자신까지 날아가고 만 거라고 얕보는 거야."

"처음부터 경찰은 매스컴을 향한 선전으로서 우리가 대량의 수류탄을 은폐하고 있는 게 아닌지 의심하는 척한 거뿐이야." 다카키가 냉정하게 말했다. "실제로는 상당히 정확한 추측을 하고 있었겠지. 그리고 지금 수류탄은 전부 썼다고 결론을 내렸고. 총공격 때는 셸터에서 가능한 것이라곤 라이플 총격밖에 없다고 상정하며 공격해올 거야……."

"홍당무가 남겨두고 간 수류탄을 내가 어떻게 쓰는지 봐." 더욱 어둡고 분개에 찬 목소리로 다마키치가 말했다.

"하지만 우리들이 인질을 잡고 있다는 것과 실제로 진이 여기에 있다는 건 저편에 확실히 전달된 거 아니야?" 닥터가 말했다. "그래도 총공격을 해올까? 다시 한번 접촉해오지 않을까?"

"그럴까. 인질 문제에 대해서는 경찰은 단지 매스컴만 신경 쓰겠지. 엄마의 연설과 우리들의 대답, 거기에 더해진 경비차의 폭파라는 것으로, 이미 이야기해봤자 해결이 안 난다고 선전할 여건이 갖추어진 거 아닐까? 설득 작업 시늉은 끝났어. 어떻게든 인질을 되찾으려면 남은 건 무장 진압밖에 없다고 매스컴에 떠들어댈 구실은 갖추어졌어. 일몰 때까지 총공격해서 사건을 해결하지 않으면 주변 시민은 불안해서 못 견딘다, 하는 식으로 말하겠지……."

"그렇다면 총공격이 시작되기 전에 인질을 석방해야겠네." 닥터가 모든 승조원에게 선의로서 권위를 내세우며 정색하고 말했다.

"인질이라는 건 가공의 이야기잖아" 하고 이사나가 말을 끊으려 했는데 닥터는 개의치 않고 제안을 이어갔다.

"총공격으로 셸터에 가스탄이 들어오면 진은 처참한 꼴을 당할 거야. 미리 지하벙커에 숨어 있을 수는 있겠지, 물론. 하지만 결국 덮개 문이 열릴 때가 되면 깔려 있던 가스가 전부 지하벙커로 흘러들 거야. 덮개 문을 여는 순간에도 안에 가스탄을 쏠 게 분명하고. 진의 눈과 목, 그리고 피부 전체가 CS가스로 어떻게 될 거라고 생각해?"

"인질은 이제 필요 없어. 만일 인질과 교환해서 배를 손에 넣을 수 있다 해도, 우리에게는 이제 무선기사도 항해사도 없으니까. 경험이 있는 승조원은 나랑 다카키뿐이니까, 아무리 모터세일러라도 먼바다까지는 못 나가." 다마키치가 애절한 단념의 마음을 드러내며 말했다.

이사나는 그런 다마키치에게도 자신이 그동안 인질로 있었던 게 아님을 확인시키고 싶은 마음이 들었는데, 가장 일방적으로 총에 의한 전투 개시만을 주장하던 다마키치가 여전히 그처럼 항해에 대한 꿈을 꾸며 싸우고 있었다는 사실에 숙연해졌다. 그것은 새삼 다마키치의 또 다른 측면을 보여주는 발견이었다.

"나는 진을 지키며 투항하겠어. 이나코와 함께." 닥터가 우러나온 용기를 담아 말했다.

"이나코의 투항 여부는 이나코 자신에게 결정하도록 해야지." 다카키도 부드럽게 말했다.

"그러면 이나코랑 얘기하고 올게" 하고 말하며 닥터는 자기가 없을 때 그의 투항 의사에 대해서 어떤 이야기가 오갈까 하는 것 따위는 신경 쓰지 않고 나갔다.

주선실에 남은 세 사람도 닥터의 재빠른 결단을 배신하지 않았다. *이나코의 결단이 어떤 것이든, 다카키나 다마키*

치가 침묵하며 생각하고 있는 걸 말로 표현하는 순간, 자유 항해단의 운명에 대한 근본적인 선택이 이루어질 거야, 라고 이사나는 그를 둘러싸고 정체되어 있는 열풍과도 같은 공기의 아득한 저편, 숲과 바다의 나무의 혼·고래의 혼에게 보고했다.

"나는 남은 수류탄을 다 쓸 때까지 전투를 그만둘 수 없어." 다마키치가 말했다. 홍당무에 대해 자책하는 것이 분명하게 느껴지는, 슬픔으로 무거워진 목소리로.

"당신은 어떻게 할 거야?" 다카키가 이사나에게 물었는데 그건 오히려 설득하기 위한 질문이었다. "진이 나가는 이상 당신도 나가는 게 자연스럽지. 물론 여기는 당신의 셸터이고 우리는 침입자에 지나지 않지만……."

"진은 이나코와 닥터에게 맡길 수 있어." 이사나는 깊은 깨달음과 함께 말했다. 그 깨달음은 이사나에게 자신이 이미 내린 선택의 전체를 뚜렷이 파악하도록 하는 빛을 발했다. "이전에도 말했는데 나는 셸터에 은둔하며 나무와 고래의 대리인으로서 살아왔어. 그런데 그 대리인으로서 외부에 메시지를 발신하는 일은 하지 않았어. 그건 역시 태만이야. 그런데 지금은 이 셸터에 틀어박혀 있기만 하면 그것만으로 대리인으로서 외부에 메시지를 발신하게 된다는 사실을 확실히 느끼게 되었지. 수백 명의 기동대원이 셸터를 포위하다 결국에 나를 사살한다면, 그건 확실히 나무와 고래의 대리인을 죽이는 일이니까. 더구나 텔레비전, 라디오, 신문이 계속 그걸 보도하고 있으니 이 메시지를 전달하기에 이렇게 좋은 기회는 없어. 자유항해단이 이런 구조를 만들어준 거야……."

"그렇다면." 다카키가 말했다. "이걸로 결정이야. 당신이 나가지 않는 이상 이나코는 진을 위해 나가야 하니까, 이나코와 닥터가 진을 데리고 떠날 때까지 휴전하지, 그러고 나서 전투 재개야."

"잠깐만 기다려, 다카키. 내가 쭉 생각했는데." 다마키치가 창백한 얼굴을 들어 올리며 느릿느릿, 그러나 그사이에도 완강한 결의를 드러내며 말하기 시작했다. "우리 셋이 여기서 모두 전멸해버리면, 자유항해단도 그걸로 끝이지? 보이가 언제나 꾸던 무서운 꿈처럼 돼……. 이나코와 닥터가 살아남더라도 진을 키우는 것만으로도 벅찰 텐데 자유항해단 일에까지 손길이 미칠까? 닥터는 스스로 여기를 나가기로 한 이상, 자유항해단이 품은 배의 비전을 진짜로 보지는 못한 거라는 생각도 들고 말야. 그렇다면 여자인 이나코에게 너무 무거운 짐을 짊어지우게 돼. 그걸 생각하면 오그라드는 남자나 보이, 무선기사, 홍당무는, ……우리도 마찬가지이지만, 내일이면 보이의 무서운 꿈과 같이 돼버려. 모든 것이 펑 하고 전멸하고 모든 것이 끝이지. ……그래서 생각했는데. 나는 수류탄을 다 사용할 때까지 싸우기로 하고, 다카키는 밖으로 나가서 자유항해단이 무서운 꿈처럼 물거품이 되어 사라지는 걸 막아주면 어떨까?"

"내가 나간다고?" 다카키는 이제서야 이야기의 맥락을 겨우 이해한 듯이 말했는데, 입술을 내밀고 땀으로 범벅이 된 그의 얼굴은 순식간에 핏기를 잃고 자기방어적으로 변했다.

"그래. 다카키가 나가는 역할을 맡아야만 한다고 생각해." 다마키치는 자기 무릎 쪽으로 무심코 자동소총을 끌어당기며 말했다.

"내가 나간다니, 원래 자유항해단은 내가 만들었잖아?" 다카키는 다마키치를 조소했다.

"그래, 네가 자유항해단을 만들었어. 그러니까 지금 내가 말한 역할도 네가 맡아야 하지 않을까? 아니면 자유항해단 같은 건 그냥 농담이었다고 할 참이야?" 다마키치가 집요하게 되받아쳤다.

"그렇다면 그 전에 전원 항복을 제안했을 거야." 다카키가 말했다. "나는 자유항해단이 농담이었다고는 절대로 말하지 않아. 특히 지금에 와서……."

"그러니까 그런 인간이 밖에 나갈 필요가 있는 거야." 그를 설득할 수를 훤히 읽는 다마키치가 부드럽게 달래는 듯한 목소리로 말했다. "그리고 체포되어 우리에 대해 낱낱이 얘기하는 것 말고는, 이나코와 닥터가 총격전이나 오그라드는 남자의 처형과 무관함을 증명할 방법이 없어. 그러면 진은 어떻게 되겠어?"

"자유항해단을 위해 외부와 통하는 말로 이야기하는 건 당신 역할 아니었어? 당신은 자유항해단의 말의 전문가잖아?" 더러워진 얼굴의 얇은 피부를 붉히고 낭패감보다는 오히려 공포심을 드러내며 다카키는 이사나를 향해 말했다.

"내 문제는 어젯밤에도 얘기했고, 바로 조금 전 얘기로도 결론이 난 거 아니야?" 이사나는 그의 말을 내쳤다. "나는 이쯤에서 자유항해단의 말의 전문가를 그만둘게. 나무와 고래의 대리인으로서의 일에 전념하고 싶으니까. 자유항해단의 내분은 오래된 승조원들끼리 해결해."

이사나는 그렇게 말한 뒤, 홍당무가 사용하던 엽총을 들고 자신에게 매달리는 듯한 다카키의 시선을 뿌리치며 주선실을 나갔다. 현관 옆에서 닥터와 이나코가 올라오고 있었다. 그들을 스쳐 보내기 위해 3층 층계참에서 이사나는 나선계단을 내려다보며 기다렸다. 이나코에게 안긴 진은 축 늘어져 있었는데, 육체의 이상 때문이 아니라 장시간 계속된 흥분으로 지쳤기 때문이었다. 진은 이나코의 품에서 닫힌 동그라미 상태의 안정감을 보였다. 생각이 많아 보이는 이나코는 이사나를 강한 눈빛으로 한 번 바라보았을 뿐, 아무 말 없이 그의 옆을 스쳐 지나갔다. 이사나의 페니스가 위축된 채로 수줍은 자부심을 느끼며 꿈틀하고 움직였다. 그가 이나코를 위해 완수한 임무로 인하여, 앞으로는 어떤 젊은 남자든지 이 여자아이를 새로운 성적 해방으로 인도할 수 있으리라…….

이사나는 거실로 내려가 정면 총안에서 전방을 바라다보았다. 대형 경비차와 방패 울타리에 새로운 움직임은 없었다. 단지 방패가 햇빛을 반사하지 않게 된 지금은 그 건너편에 쌓인 흙이 울타리 틈으로 또렷이 보였다. 이런 식이라면 셸터에서 총격하는 효과는 무척이나 한정될 것이다. 그러나 더 이상 다마키치에게 보고할 필요는 없었다. 이사나는 우거진 푸른 잎과 함께 불탄 산벚나무의 검게 그은 나무줄기를 바라보았다. 어떤 적에게 습격당한 것인지 판단하지 못한 채 절망하여 양팔을 든 사람 같은 빈사 상태의 나무.

발칸반도의 소년이 소생했음을 감지했을 때, 이사나가 처음 느꼈던 건 방울져 튀는 끓는 물 같은 공포심이었다. 이어서 그는 양팔이 들어 올려진 채 매달린 인간이 얼마나 무력한가를, 설사 미세한 것이라 할지라도 잔인한 우월감과 함께 자각하며 하던 일을 끝마쳤다. 그렇게 자각했던 순간을 지금도 기억할 수 있는 이상, 막다른 곳에 몰려 죽기 살기로 한 짓은 아니었던 것이다. 괴가 절규에 대해 물었을 때 그는 부정했고, 물론 팔목에 난 상처에 대해 말하지도 않았다. 괴는 지금, 자신의 육체에 자신의 단백질로 육성한 자신의 암을 상대로 자기 나름으로 고통을 받으며 죽어간다. 고통받는 일을 감히 희망하며 스스로 관리하면서. 그러나 괴는 노년의 자폐적인 공포심에서 마취제 주사를 거부하고 있는 것뿐이지, 발칸반도의 소년의 일 따위는 한순간도 떠올리지 않을지도 모른다…….

이사나는 영혼의 덩어리라고 불릴 만한 것이 몸속에서 몸부림치는 걸 자각했다. *나의 생애는 무정형이었어* 하고 그는 나무의 혼·고래의 혼에게 호소했다. *어떻게든 정해진 형태를 취하려고 하면서도 무너져버리는 무정형의 나에게 주어진, 그러한 무정형의 렌즈에 비춘 것으로서 이 현실 세계가 있어. 그리고 이 세계는 나 자신의 죽음과 함께 무정*

형인 채로 폭발하지. 그리고 무無야. 무정형인 채 모든 게 손을 쓸 도리도 없이 때를 놓치고 폭발, 그리고 '무'야. 모든 것이 어중간하고 그대로 '무'지…….' 이사나는 그렇게 호소하면서 눈앞에 있는 산벚나무가 감응하지 않음을 느꼈다. 검게 탄 산벚나무는 이미 우주 공간으로 나무의 혼을 제트 발진시킨 것이다. 그리고 '무'다. 더구나 이 산벚나무를 산 채로 태워 죽인 것은 이사나 쪽의 인간이다. 지금 그는, *아니야, 나는 저 방화자와 한패가 아니야* 하고 모든 나무의 혼에게 부정할 마음은 없었다. *오히려 나는 저 청년의 독특함, 그 전체를 사랑해. 저 청년이 운전하는 차를 타고 나는 꽤 긴 거리를 달렸는데, 그는 스노클링 주니어 선수권의 이야기 같은 건 한 번도 꺼내지 않았어. 아무리 늦어도 해가 지기 전에는 내가 사살될 거라 치고, 한 가지 아쉬운 건 죽어버리면 저렇게 독특한 청년을 계속 기억할 수 없다는 거야. 다른 모든 어중간한 것들은 어중간한 채로 '무'로 돌입한다 해도 안타깝지 않지만…….*

"다카키가 찾아." 잠들기 시작한 진을 안고 닥터와 함께 내려온 이나코가 불렀다.

이나코의 눈은 빛바랜 실내에 드리운 어스름의 징후 속에서 지금은 갈색 홍채를 부드럽게 빛내고 있었다. 눈 주위와 콧방울 옆에는 딱딱하게 주름이 패어 있었다. 마치 십 년 후 그녀 모습의 비전 같았다. 이사나는 기름으로 번들거리고 거무스름한 빛을 띤 이나코의 가슴에 마치 자석처럼 달라붙어 있는 진의 머리를 바라보았다. 진의 머리는 수술 상처로 고리 모양으로 벗겨져 있었지만 여전히 아름답다. 그 머리에 무정형한 것이 일으킨 장애를 생각하면 영원히 이의를 제기하지 않을 수 없다. 그러나 그것에 관해서도 그는 역시 어중간한 채로, '무'로 향하게 되리라. *그럼, 진* 하고 이사나는 나무의 혼·고래의 혼에게 호소하는 것과 같은 내면의 소리를 내었다. *죽음은 네 머리에 둥지를 튼 것과 같이 무정형이야. 그것은 얼마간 모양을 잡아가는 것까지 전부 파괴하고 말지. 하지만 그렇기 때문에 이전부터 생각해온 대로, 죽음에 이르는 폭발 그 자체가 기대돼. 나는 그걸 제대로 완수하게 될 거야.*

"나도 나갈게, 진이랑 닥터랑 함께." 이나코가 말했다. "……난 이렇게 즐거운 일은, 언제까지라도 계속될 줄 알았는데 이렇게 되다니 놀라워……."

"즐거운 일은 언제까지나 계속되지 못한다고, 보통은 그런 식으로 생각하겠지." 이사나는 일종의 감명을 받았다. "어쨌거나 너에 대해서도 진에 대해서도 걱정은 안 해. 그럼, 잘 가, 이나코. 닥터도 잘 가."

다카키는 3층 층계참의 채광창에서 건물 뒤편을 살피고 있었다. 진중하게 의자에서 내려서는 다카키의 눈과 코 옆에서 이사나는 딱딱하게 팬 주름을 발견했다. 그걸 보며 이사나는 이나코가 띠고 있던 표정도 단순히 육체의 초췌함에 기인한 것은 아니었음을 거꾸로 깨달았다. 아마도 입안이 씁쓸하고 말라 화끈거리는 기분과 조응하는 것이리라. 실제로 다카키는 마른 혓바닥으로 침을 찾는 모습으로 이사나를 바라보고 있었다. 그러고는 도발하듯이 이렇게 말했다.

"고래나무 말인데, 그건 당신을 자유항해단에 끌어들이려고 아무렇게나 말한 거야. 고래나무는 만들어낸 이야기야. 당신이 소중하게 생각하는 두 개를 연결한 것뿐이야."

이사나는 조금도 동요하지 않았다. 눈곱의 막이 살짝 낀 듯한 눈을 하고 얇은 일자형 입술을 움찔움찔하는 이 청년이 성과가 의심스러운 필사의 공격으로 셸터에서 나가는 역할을 교체하려고 하고 있음을 이사나는 알아챘다.

"나는 고래나무 이야기로 내가 오랫동안 생각해온 것이, 그야말로 보이가 말하던, 비전이 되어 나타났기에 흥분했지." 이사나가 말했다. "하지만 그 이전부터 나는 나를 나무와 고래의 대리인으로 간주하고 있었잖아? 고래나무가 실재하지 않는다 하더라도 내게 심각한 영향은 없어. ……아침나절에 다마키치가 이 건물에서 밖으로 나가 확인할 수 없는 이상은 햇빛에 빛나는 물웅덩이는 은광의 노두와 같은 거라고 얘기했어. 그런 다마키치의 생각을 빌려 말하자면, 지금 내가 네 고향으로 가서 그런 전승이 있는지 없는지 확인하지 않는 이상, 내가 고래나무를 실재하는 것으로 믿는다 한들 문제될 건 없지."

이사나가 그렇게 이야기하는 동안, 다카키의 눈을 뒤덮은 얇은 눈곱 너머에 처음 자기가 생각한 대로 되지 않아 성내는 어린아이의 갑갑함 같은 것이 번쩍였다. 하지만 이윽고 다카키는 젖은 개처럼 머리를 털고 땀을 주변에 튀기면서 푸르고 맑고 순수한 눈으로 돌아가 씁쓸하고 조용히 이렇게 말했다.

"그런가? 그런 건가……?"

"그런 거야." 이사나가 말했다. "설마 넌 자유항해단까지도 단지 지어낸 이야기였다는 식으로 말하지는 않겠지?"

"그럴 일은 없어." 다카키가 잘라 말했다. "지금까지 내가 자유항해단의 앞길을 완전히 믿고 있었냐 하면 그렇지 않아. 하지만 지금은 그것도 믿지 않을 수가 없어. 실제로 자유항해단이 이렇게 확실히 실재하고 있으니까. 더구나 그걸 믿는 사람은 이제는 우리만이 아니야. 이 셸터 밖의 막대한 수의 타인들 모두가 그걸 믿기 시작했잖아?”

“적어도 나는 지금 자유항해단을 믿고 있어.” 이사나가 말했다.

“이다음에는 실패하지 않고, 자유항해단의 크루저를 공해로 출범시킬 수 있지 않을까 생각해.” 다카키는 그렇게 말하고, 그리운 땀 냄새를 풍기면서 이사나 옆을 스쳐 지나 나선계단을 뛰어내려 갔다. 그리고 현관 옆에서 뒤돌아보며, “고래나무 말인데” 하고 말을 건넸다.

그런 다카키를 향해 이사나는, “아니, 그만 됐어” 하고 미소 지으며 머리를 흔들었다.

“수류탄으로 파괴한 비탈을 놈들이 불도저로 다지고 있는 걸 지금 막 다카키가 정찰했어.” 주선실에 혼자 남은 다마키치가 말했다. “그렇게 해놓고 쇠 추를 매단 크레인을 밀며 닥칠 거야. 뭐 이쪽은 그걸 기다리면 되니까, 마음 편한 거지.”

다마키치는 군용 침대를 해체해서 기다란 금속 파이프를 두 개 빼냈다. 이어서 그가 나이프로 시트를 끊는 걸 이사나도 도왔다. 다마키치가 그 하얀 천을 금속 파이프에 잡아매는 손길은 돛의 밑단을 수리하는 것 같았다. 창백하고 굳은 표정으로 그는 쾌활하게 일했다. 이사나도 다마키치를 따라 백기를 또 하나 만들었다.

"그걸 총안으로 잘 보이게 내밀어줘. 바로 거둬들일 테니까 그때 걸리지 않도록 부탁해." 다마키치가 말했다. "지금 이 기를 다카키 일행에게 주고 올게. 앞으로 정확히 5분 뒤에 내보낼게."

시트를 동여맨 금속 파이프의 끝부분을 이사나는 라디오 장치 코일 조각으로 보강했다. 셸터에 남은 승조원까지도 전투 의지를 버렸다고 여기고 기동대 무리가 밀어닥친다면 다마키치가 보이는 아수라 같은 활약도 소용이 없을 것이다. 투항하는 무리가 저편 진영에 들어가면 시트로 만든 백기는 지체 없이 끌어올리지 않으면 안 된다. 정면 중앙 총안에서 충전재를 꺼낸 이후 다시 쏟아져 들어오는 스피커 소리를 백기로 물리치려 한다. 금속 파이프에 돌돌 말아놓은 시트가 백기임을 아직 인지하지 못한 저격수의 총탄이 콘크리트 벽을 날카롭고 짧게 때렸다.

"**인질을 석방하라, 무기를 버려라, 건물 안의 제군!**" 스피커는 첫 부분부터 동일한 목소리로 되풀이했다…….

이사나는 금속 파이프를 돌려서 시트로 만든 백기를 펼

치며 바람의 저항력을 받았다. 그러나 경비차에서도 방패의 참호에서도 저 멀리 전방의 작은 바리케이드들에서도, 육안으로 살피는 한, 눈에 띄는 움직임은 나타나지 않았다. 석양의 가라앉은 붉은빛 속에 술렁거리는 광경. 이사나는 그와 동일한 경험을 예전에 한 적이 있다고 느꼈다. 그러나 그것은 분명히 가짜 기억이다. 그가 미래에 보게 될 광경의, 어쩌면 세계 최후의 날의 광경의…….

스피커 소리가 멈췄다. 술렁임은 한층 더해갔다. 총안에서 비스듬히 내려다보다, 이사나는 먼저 백기를 발견했고, 깃발을 매단 금속 파이프를 양팔로 치켜든 다카키를 발견했다. 잠든 진을 안은 이나코가 그 뒤를 따랐다. 진의 무거운 머리가 이나코의 셔츠를 흐트러뜨려 젖가슴 한쪽이 밖으로 나와 있었다. 그걸 이사나는 타는 마음으로 보았다. 두세 걸음 뒤처져 닥터가 진의 물건을 넣은 바구니를 들고 나타났다. 바구니에 무기를 감추고 있다고 오인되어 저격당할 위험을 생각해, 진에게서 거리를 두고 있는 것이리라. 그들은 모두 머리를 똑바로 들고 등을 펴고 정면 경비차를 향해 빠른 걸음으로 나아갔다.

그들이 나아가는 방향을 향해 이사나가 눈을 들었을 때, 그곳에는 갑작스러운 대전환이 일어나고 있었다. 두 대의 대형 경비차 주위와 전방의 촬영소터, 그 양옆 자동차 공장, 그리고 자위대의 운동장에 이르기까지 수많은 기동대원이 모습을 드러낸 것이다. 전원이 같은 헬멧을 쓰고 실드를 내려 검게 그늘진 얼굴로 이쪽으로 향하고 있었다. 각각 방패를 들었는데, 그들의 몸 전체가 오히려 거무스름한 방패 같았다. 더구나 그들 기계인간은 일제히 조롱을 퍼부었다.

다카키는 이미 대형 경비차 바로 앞에 이르렀다. 뒤처진 이나코가 잔걸음으로 서둘렀고, 계속 두세 걸음 떨어져 따라가던 닥터 역시 잔걸음으로 쫓아가, 이번에는 이나코 옆에 꼭 붙어서 따라가고 있었다. 대기하던 기동대원들은 투항자를 경비차 뒤로 돌아들어 가도록 대열을 만들었다. 다카키 일행은 좁은 간격을 두고 서로 마주 보는 기동대원들 사이를 지나가야만 한다. 기동대원들은 무거워 보이는 장비의 팔 부분을 이용해 선두에 선 다카키의 이마를 쿡 찌르고 머리채를 잡고 휘둘렀다. 진을 보호하며 앞으로 숙인 이나코의 머리에도 기동대원들은 팔을 쑥 내밀었다. 닥터가 제지했다. 그러다 닥터는 허벅지 근처를 맞고 공중제비하듯 고꾸라졌다. 그의 목덜미를 잡고 끌어올리는 놈을 둘러싸고 모든 기동대원이 대열을 허물고 즉시 한 덩어리가 되어서는 경비차 뒤로 몰려갔다.

“너무하잖아? 스스로 나간 건데, 무슨 짓이야!” 다마키치가 욕을 퍼부었다.

그는 두 어깨에 세 자루의 총을 걸치고 탄약과 다이너마이트를 넣은 나무 상자를 안고는 이사나 옆에서 총안으로 살펴보고 있었다. 나무 상자의 한쪽 구석에 처박아둔 닭고기 통조림에서 고기를 한 조각 꺼내 볼이 미어지게 입에 넣으며 그는 분개했다.

이사나가 금속 파이프를 빙글빙글 돌려 백기를 말기 시작하자마자, 외부의 풍경은 그 전체가 뒤흔들리는 듯했다. 회청색의 부피가 큰 기계인간은 모두 사라지고 아무도 없는 조용한 습지대로 변해 있었다. 자동소총의 개머리판을 한쪽 무릎 위에 두고 다른 한쪽 무릎은 세운 다마키치가 그 광경을 바라보았다. 마지막 날의 전투 내내, 누구보다도 격렬하게 임해온 다마키치는 육체적인 초췌함이 확연히 드러났지만, 눈 주위가 거무스름하게 팬 그의 얼굴은 오히려 그 눈에 모든 힘을 집중하고 있는 것처럼 보였다.

“저쪽은 구급차를 불러 투항자를 데려가도록 한 다음에 총공격해올 것 같아.” 다마키치는 매의 눈으로 전방을 지켜보며 말했다. “우리도 그때 가서 공격하지. 놈들은 동료가 당하면 마치 자신들 모두가 모욕당하기라도 한 양, 발끈해서 더러운 짓을 벌이니까. 경비차에 끌려가 있는 동안에는 매스컴도 보고 있지 않으니, 저 새끼들이 무슨 짓을 할지 몰라."

다마키치는 다름 아닌 자기 자신이 육체적으로 심한 처사를 당하고 있다는 듯이 혐오에 가득 차 몸서리를 한 번 치고, 후다닥 일어나 배후의 상황을 살피러 층계참으로 갔다.

"크레인도 살수차도 맨 앞까지 밀고 나왔어, 엄청나게 많은 방패로 엄호하면서. ……저 크레인 높이라면 우리가 있는 층이 아니라 2층이나 1층을 부술 모양이야. ……아마도, 2층일 거 같아. 2층 외벽에 구멍을 뚫고 가스탄이랑 물을 퍼부을 거야. 이어서 사다리를 뻗고 특공대가 나타나겠지."

다마키치는 그렇게 말하며 돌아와서는,

"그나저나 당신은 지하벙커를 본거지로 할 셈이지?" 하고 눈길을 돌린 채 물었다. 꿍꿍이속이 있을 때 다카키가 쓰던 방법 그대로. "2층 벽이 뚫리면 그때는 지하벙커로 내려갈 수 없어. 총공격이 시작되기 전에 우리는 주선실과 지하벙커로 찢어지자고……."

다마키치는 자기 혼자서 전투를 벌이겠다고 대놓고 말하는 걸 꺼리는 것이다. 다마키치답지 않은 그 배려에 이사나는 오히려 당황하여,

"물론 나는 당장이라도 여기서 물러가지" 하고 말했다.

"나는 총을 쏘지도 못하는 인간이고 네가 벌일 전투에 거치적거리기만 할 테니까……."

"아직은 괜찮아." 다마키치 쪽도 당황한 듯 서둘러 말했다. "그리고 당신이 총을 쏘지 못할 건 없어. 이제 총알이라면 탄창 하나밖에 없지만, 그거라도 스무 발은 쏠 수 있으니까, 당신이 이 자동소총을 가지고 있어. 전자동으로 해둘 테니까, 바로 쏠 수 있어……."

"너는 괜찮아?"

"나는 라이플총이랑 엽총으로 정확하게 한 명씩 쓰러뜨릴게." 다마키치는 그때까지 그가 독점해온 자동소총을 이사나에게 건넸다. 역시 눈은 다른 데로 돌린 채…….

구급차가 이미 어스름이 가라앉은 풀밭을 가르며 달려오고 있었다.

"진 일행을 옮기러 온 거야." 다마키치는 가만히 차의 움직임을 좇으며 말하더니, 이어서 결단한 듯 이사나를 똑바로 쳐다보며 이렇게 물었다. "홍당무는 *황당무계*하니까 성공할지도 몰라, 하는 말을 했지? 그건 진심이었다고 생각해?"

"죽은 인간에 대한 건, 그 사람은 진심이었다고 살아남은 사람이 그야말로 진심으로 그렇게 여기면, 그렇게 되는 거야." 이사나가 말했다. "난 그렇게 여기고 있어."

다마키치의 거무스름하게 움푹 팬 눈에서 역시 어둡게 얼룩진 얼굴 전체를 향해 기쁨의 반짝임이 방사상으로 퍼져나갔다.

"나도, 지금 홍당무 같은 황당무계한 생각을 하고 있어." 다마키치가 흥분하여 말했다. "정말 황당무계하고 바보 같은 이야기인데 말야. 내가 철저하고 확실하게 한 명씩 쓰러뜨리면, 대역전이 일어날 수 있어. 몇백 명이나 되는 기동대원이 내 편에 서고 싶어 할 거야. 그러면 우리는 대형 경비차와 트럭을 타고 도심으로 쳐들어가서 계속 돌진하다 하루미晴海 부두에 정박된 배를 유조선이든 뭐든 전부 징발해서, 자유항해단의 확대판을 출범시키는 거야. 진짜 너무 황당무계하지만……."

다마키치가 그렇게 말하고 무척 진지하게 수치심을 드러냈기 때문에, 이사나는 그 안쓰러운 황당무계에 가담하지 않을 수 없었다.

"여기로 출동해서 하루 종일 더위를 참아온 기동대원이, 난 이제 싫어, 저 녀석이랑 배를 타고 나갈 거야 하고 생각하는 건 꽤 있을 법한 일이야." 이사나가 말했다. "일단 그렇게 생각하고 용기를 내서 실행에 옮기면 일은 간단하지. 저 정도 수의 무장한 기동대원이 도심으로 쳐들어간다면, 거기에 대항할 수 있는 건 자위대밖에 없을 테니까. 치안을 위한 자위대 출동에 관해 정부가 토론하는 사이, 자유항해단의 확대판은 출항해버리면 그만이야."

"그렇게 되면 바로 국적 이탈 선언이 되겠군. 기동대원은 땀 냄새 나는 출동복을 벗어던지고, 나는 이대로. 하하! 잘됐네, 좋은 결말이야, 하하!"

"네가 그 황당무계한 대역전에 성공하면." 이사나가 진지하게 얘기하면서 자신의 목소리가 나무의 혼·고래의 혼에게 들리기를 희망했다. "너한테 고래와 나무의 대리인 역할을 양보할게. 결국 나는 '옛 시대의 인간'이니까. 핵셸터에 은둔하는 게 고작이지, 너처럼 대역전할 수 있는 '새로운 시대의 인간'이 아니니까……."

구급차가 대형 경비차 뒤에서 투항자들을 싣고 전속력으로 사라져갔다. 서쪽 하늘은 석양으로 물들어 있었다. 하늘은 맑았지만 서쪽 강 너머 멀리 공업지대의 스모그는 마른 안개의 띠 같은 줄무늬 층을 만들어, 그 모든 층에 적동색 가루가 뿌려진 듯했다. 조금씩 농담이 다른 여러 층의 석양. 그 가장 안쪽에 위치한 태양만이 하얘서, 오히려 그곳만 석양이 물들지 않은 것처럼 보였다. 그 서쪽 하늘에 느티나무

거목에서 헤아릴 수 없이 많은 찌르레기가 날아오르던 이즈의 비전이 되살아났다. *하지만 여기에는 새들도 없고, 여기에는 그런 거대하고 장려한 나무도 없어.* 산벚나무마저도 *나와 같은 편 인간이 태워버렸어* 하고 거대한 쓸쓸함 가운데 이사나는 나무의 혼·고래의 혼에게 말했다. *이 석양에는 나무가 결여되어 있어. 분명 그게 가장 중요한 문제야.*

대형 경비차 두 대가 동시에 전진하기 시작했다. 두 겹의 바퀴 달린 방패 위로 헬멧을 슬쩍슬쩍 보이며 기동대원들도 도보로 전진했다. 그 아득한 뒤편으로는 습지대 전체를 뒤덮을 큰 규모의 횡렬을 이루고 거의 무한대에 가까운 기동대원들이 방패 위로 실드를 내린 눈을 슬쩍 보이며 달리듯 전진해왔다. 그들의 검푸르게 그늘진 방패에도 석양의 적동색 가루가 뿌려져 있어, 그 전진은 그야말로 무거운 기계인간의 전진으로 보였다…….

"그 말 말인데, 다시 한번 가르쳐주겠어?" 군용 라이플의 총구를 총안 모서리에 받치고 다마키치가 말했다. "투항할 때 그걸 쓴 종이를 이나코가 뜯어 가버려서 말야. 나는 기억이 잘 안 나, 맘에 들었었는데."

"Young man be not forgetful of prayer." 이사나는 첫 행을 암송하고 숨을 돌렸는데, 다마키치가 총안 밖을 감시하면서 아무 말 없이 귀를 기울이고 있었기 때문에 그대로 다음 행을 암송해갔다. "Every time you pray, if your prayer is sincere, there will be new feeling and new meaning in it, which will give you fresh courage, and you will……."

"고마워" 하고 다마키치가 부드럽게 가로막았다. "나는 거기까지밖에 의미를 몰라. 그래도 거기까지는 뚜렷이 기억났어. 안심했어. 뭔가 잊어버리면 계속 신경이 쓰이니까……."

다마키치가 쐈다. 정면 경비차 오른쪽에 바싹 달라붙어 다가오던 기동대원이 쓰러지고 하얗고 가는 막대가 공중으로 날아갔다. 방패 밖으로 헬멧에 가려지지 않은 무방비 상태의 부분, 필시 눈이 살짝 드러난 걸 다마키치는 놓치지 않았던 것이리라. 쓰러진 남자가 지휘봉을 쥐고 있던 걸 보면, 그는 아마도 투항자에 대한 폭행을 묵인하던 지휘관이리라. 총성이 바깥의 모든 움직임을 순식간에 정지시켰다. 앞에서도 뒤에서도 모든 기동대원이 방패 뒤로 몸을 움츠렸고, 그들 머리 위 부유하는 적동색 가루가 더욱더 짙어진 공간은 순식간에 더 높아 보였다. 그리고 다시 찌르레기가 난무하는 비전과 겹치며 가스탄과 발연통이 석양이 진 하늘을 시커멓게 엄습해왔다. 셀터 뒤편에서는 거대한 망치 같은 것이 계속해서 외벽을 두드렸다.

"크레인으로 치기 시작했어." 이사나는 상황을 확인하기 위해 말해보았는데, 그건 그저 살수에 따른 충격이었을 뿐이었다. 곧바로 전과 비교할 수 없는 강진이 한 번, 두 번, 외벽을 흔들었다.

"그러면 이제 갈라지지." 다마키치가 총안을 막는 적회색 연기의 짙은 그늘 속에서 외쳐댔다. "이건 진짜 *황당무계*해! 대역전을 믿어봐!"

그러더니 이사나의 대답은 기다리지도 않고, 다마키치는 삶은 닭고기를 한 덩어리 볼이 미어지게 입에 넣고 젖은 손가락을 가슴에 문지르고 나서는, 다이너마이트를 조작하기 시작했다. 이제 그는 이사나의 존재를 전혀 받아들이려 하지 않았다. 그러나 이사나가 일어나자, 다마키치는 으엇 하는 소리를 내며 나무 상자에서 물에 삶은 커다란 통조림을 꺼내 들었다. 이사나도 통조림에 직접 손가락을 집어넣어 닭고기 한 덩어리를 잡고 꺼냈다. 그 삶은 닭고기를 입안 가득 넣고 폭발을 두려워하며 자동소총을 가슴에 안은 이사나는 주선실을 나갔다. 쇠 추가 부딪칠 때마다 나선계단은 소리를 내며 진동했다. 그때마다 이사나는 앉아서 기다렸다. 외벽을 따라 폭포 같은 물소리가 났다. 현관문에 수평으로 쏘는 가스탄이 집중되어, 급한 용건이 있는 사람들이 몰려들어 계속 문을 두드리는 듯했다. 문이 충격으로 덜거덕거리면 한꺼번에 무너뜨리고 침입해오겠지. 2층 층계참까지 내려간 이사나는 아래에 있는 현관을 비스듬히 내려다보며 거기서 매복하고 기다릴까 생각해보았다. 현관으로 쳐들어오는 기동대원을 사살하고 다마키치를 엄호한다. 엄호 활동은 2, 3분쯤 지속될 것이다. 머리 위로는 다마키치가 돌아다니는 기척이 느껴졌다. 개가 달리고 있는 게 아닌가 싶을 만큼 분주히 움직이고 있다. 적에게 더 큰 타격을 줄 수 있는 장소에 다이너마이트를 설치하며 돌아다니는 것이다. 그러고 나서 그는 장전한 총과 수류탄을 최후 점검한 후 대기하리라. 확실히 다마키치에게는 엄호가 필요 없다. 건물의 지상부 전체가 그의 전장이 된 이상, 오히려 그 근방에서 우물쭈물하다가는 이사나가 제일 먼저 다이너마이트에 날아가버릴 것이다.

이사나는 거실에서 손전등을 집어 들고 지하벙커로 통하는 철제 사다리를 타고 내려가 자동소총과 환하게 밝힌 손전등을 나란히 바닥에 내려놓았다. 그리고 다시 철제 사다리를 붙잡고 덮개 문을 닫으러 올라갔다. 덮개 문에는 견고한 자물쇠를 채울 수 있지만 부상당한 다마키치가 피난해

올 가능성이 있다. 그걸 생각한 이사나는 덮개 문을 닫아만 두고 철제 사다리에서 내려왔다.

물소리가 차단되었다. 외벽을 치는 발연통, 가스탄 소리도 들리지 않는다. 쇠 추가 건물에 충돌하는 울림만은 지하 벙커까지 흔들었는데, 이사나는 거기에 위협을 느끼지는 않았다. 어린 시절부터 익숙한, 완전히 닫힌 장소에 혼자 있는 상황이 주는 흥분이 용솟음쳤다. 지상과 비교하면 얼마쯤은 차갑게 느껴지는 공기가 그의 발치로 다가왔다. 어둠 속을 이사나는 손전등을 의지해 걷다가 차트테이블에 놓여 있던 알코올램프에 불을 붙였다. 명상용 지면에 맨발을 올리고 대기하고 싶지만, 그곳은 덮개 문에서 보았을 때 시야에 가장 잘 들어오는 장소다. 이사나는 맨 안쪽 구석에 놓인 간이침대를 앞으로 끌어냈다. 침대에서 작은 종이가 하나 떨어졌는데, 거기에는 pilot berth(항해사 침상)라고 적혀 있었다. 홍당무는 배의 세부를 제도하는 데 있어서 철저하게 구체적인 방법을 취하고 있었던 것이다. 이사나는 종잇조각을 원래 자리로 되돌려놓고 비어 있는 공간에 명상용 의자를 옮겨놓았다. 장전된 총을 벽에 기대어 세워두면 안 된다는, 어디서 얻었는지 모를 어렴풋한 기억에 그는 자동소총을 pilot berth에 올려두었다.

이사나는 명상용 의자에 허리를 똑바로 펴고 앉았다. 그리고 어떤 생각이 떠올라 낮에 진이 누워 있던 침대에 테이프리코더의 상태를 보러 갔다. 그 전지는 아직도 쓸 수 있을까? 스위치를 누르자 새소리가 수증기처럼 피어올랐다. 자신의 생애 마지막 순간에 듣는 이 새소리는 어떤 새의 소리일까? 이 작은 질문을 결국은 대답을 얻지 못할 질문으로 어중간하게 남기고, 그대로 '무'다, 하고 이사나는 생각했다. 그러나 그런 상념에 머물러 있을 순 없었다. 테이프를 되감는 시간을 아까워하며 이사나는 그대로 두 개의 릴을 뺀 후, 테이프 상자에서 새로운 릴과 고래 울음소리 녹음테이프를 꺼내 세팅했다. 버뮤다 앞바다에서 수중 마이크로 녹음한 혹고래 노래를. 볼륨을 최대한으로 올리고 다시 리코더를 작동시키자 처음에 들려온 건 바닷속 깊은 곳에 들어가면 분명 저렇게 들리겠다 싶은 파도 소리와 모터보트 기계음이었다. 그 소리는 순식간에 지하벙커 전체를 버뮤다 해저 속으로 깊이 빠뜨렸다. 그리고 윙 윙 윙 보오오 보오오 윙 윙 하는 고래 울음소리가 울리며 쇠 추의 충격을 압도했다.

"고래, 입니다." 이사나는 자신을 향해 만족감을 표하기 위해 말했다. 윙 윙 윙 보오오 보오오 윙 윙 하고 우는 한 마리 혹고래 뒤로 대양 속에 사는 모든 고래의 노래가 멀리서

호응하는 것 같다…….

명상용 의자로 돌아가려다가 이사나는 진의 시트 뒤쪽에서 붉은 표지의 작은 책이 핏자국처럼 살짝 보이는 걸 손전등으로 포착했다. 그것은 영어와 일본어 텍스트가 짝을 이루고 있는 기드온판 성경이었다. 자유항해단의 영어에 대한 학습욕이 그것을 호텔에서 훔쳐내도록 했다는 것과 이나코가 진과 지하벙커에 틀어박혀 지내는 동안 그걸 읽고 있었다는 것은 생각지 못한 사실이다. 또한 이사나는 자신이 탐지할 수 없었던 깊숙한 내부가 또 하나 이나코에게도 있었을지 모르겠다는 사실에 생각이 미쳤다. 그러나 그것도 어중간한 채로, '무'다. 이사나는 기드온판을 가지고 명상용 의자로 돌아가 점을 쳐보려 했다. 지하벙커의 막다른 곳에 몰려 거의 자유로운 선택의 길이 닫혀버린 이상, 그는 자유롭게 점칠 수 있을 터였다. 적어도 그는 어떤 타인에게라도, 저놈은 뭔가 원하는 게 있어 점을 치는 거야, 라고 말하지 못하게 할 권리를 가지리라. 눈을 감은 이사나는 다시 바닷속 고래의 노랫소리가 울려 퍼지는 곳에 잠긴 듯한 느낌을 받으며 기드온판 성경을 열고 손톱으로 자국을 남겼다. 눈을 뜨고 이사나가 손전등 빛에 발견한 것은 다음과 같은 영문 부분이다.

……, yet ye seek to kill me, because my word hath not free course in you. 이사나는 그것이 나무의 혼·고래의 혼이 보내온 마지막 통신이 될 것을 직감했다. 이때까지 그는 나무의 혼·고래의 혼에게 몇 번이나 되풀이해 말을 걸었는지 모르는데, 나무도 고래도 직접 대답한 적이 없었다. 그러던 것이 이제 와서, 실로 명확하게 총정리를 하여 회답해 온 것이다. 그러나 내 말이 너희 안에 있을 곳이 없으므로 나를 죽이려 하는도다. 나무의 혼·고래의 혼에게 '너희'라 불리는 자들 가운데는, 말할 것도 없이 나무와 고래의 대리인을 참칭해온 이사나 자신도 들어갈 것이다. 왜냐하면 그의 고막을 진동시키는 황홀한 말, 고래의 노래를, 그 의미를 해독하지도 못한 채, 이사나는 시간의 흐름 속에 소멸시키고 있으니까. 이렇게도 확실한 예증이 또 있을까? 그러나 이러한 깨달음 역시 어중간하고, 그리고 '무'다. 그 생각이 이사나를 위로하고 어두운 심연의 견인력으로부터 그를 자유롭게 했다. *나는 나무와 고래의 대리인을 참칭해왔지만, 나는 피할 길 없이 인간, 즉 나무를 베고 고래를 도살하는 자들 중 하나야*, 하고 그는 나무의 혼·고래의 혼에게 말했다. *이렇게 생각하면 진이 그럴 수밖에 없었던 것처럼, 나도 먹으면 토하고 일어서면 굴러 넘어지고 온몸 가득 상처투성이*

가 되어 쇠약해져 죽을 수밖에 없었을 거야. 이런 점을 생각하면 모든 것은 어중간한 채로 남고 '무'라는 깨달음은 어떻게든 넓고 자유로운 곳으로 나를 밀어줄 거야…….'

고래 소리를 녹음한 배경이 된 바닷물 소리에 겹쳐서, 또 다른 콸콸 하는 물소리가 점점 더 커져갔다. 맨발의 바닥을 찬물이 적신다. 이사나는 의자에서 일어나 손전등 빛을 비추고 명상용 네모난 지면 위로 흙탕물이 거세게 용솟음치는 것을 보았다. 살수차가 대량으로 살포한 물이 셸터 뒤편에서 기반으로 스며들어 여기에서 분출되는 건 분명하지만, 그렇다고는 해도 복사뼈를 적실 만큼 맹렬한 이 물의 기세는 어떤 유체역학적 관계에 기초하는 것일까? 그러나 그 의문 또한 어중간하고, 그리고 '무'다.

쇠 추 충격음의 변화는, 지금은 확실히 외벽 한 귀퉁이가 무너졌고 그 틈을 벌리기 위해 보다 복잡한 타격으로 나아가고 있음을 나타낸다. 그런데 현재 지상에서는 무슨 일이 일어나고 있을까? 이 절실한 두려움에 싸인 의혹은 핵셸터에서 살아남는 인간에게 주어진 새로운 숙명이었다. 핵셸터의 힘이 핵공격을 견딜 수 있다고 해도 지상에서 핵폭발이 어떤 결과를 가져왔는지 안쪽에서 파악할 방도는 없다. 몇 메가톤 규모의 핵폭탄이 떨어졌나? 국지적 핵전쟁에 그

쳤나, 세계 마지막 전쟁으로까지 발전되고 말았나? 자기 말고도, 과연 인류는 살아남아 있는가? 더 낙관적인 자들에게도 2차 방사능의 양을 내부에서 계산하지 못하는 이상, 언제 지표로 나가도 될지 결정할 수 있는 근거는 없다. 용기를 내서 지상으로 나간다 하더라도 그것은 절망적인 도박과 같은 용기이다. 오히려 외부로부터 주어질 작용을 기다리는 편이 자연스러우리라. 하지만 드디어 외부에서 핵셸터의 덮개 문을 두드리는 소리가 난다 하더라도, 그 두드리는 자는 살아 있는 인간일까? 세계 마지막 전쟁의 결말을 확인하려고 지구에 상륙한 우주인이라거나 혹은 우주적인 영혼일지도 모르지 않나? 나는 예전에 그 점에 대해서, 고객을 향한 발뺌의 말 말고 나 스스로를 어떤 말로 납득시켰던가? 실제로 지금 그것에 대해 나는 어떤 답을 갖고 있나? 그것 또한 어중간하고, 그리고 '무'다.

머리 위에서 계속해서 폭발이 일어났고, 네모난 지면에서 나오는 물은 기둥을 이루며 무릎 높이 정도까지 솟아올랐다. 그리고 최대의 폭발. 지하벙커 전체가 울려 술렁거렸고 차트테이블에서는 램프가 튕겨 나가 바닥의 물웅덩이로 떨어졌다. 이사나도 암흑 속 힘에 의해 쓰러지고 바닥에 굴러, 스스로에게는 보이지 않는 물보라를 일으켰다. 일어섰을 때 그는 손전등이 있는 곳을 얼추 짐작할 수 있었지만, 그걸 가지러 가지는 않고 명상용 의자로 돌아갔다. 팔을 전방의 암흑 속으로 쭉 뻗어 자동소총을 들어 올렸다. 무릎 사이에 개머리판을 꽉 끼우고 방아쇠의 위치와 방향을 확인했다. 맹인처럼 눈으로는 암흑 가운데 정면을 바라보고 귀로는 고래의 외침과 분출하는 물소리를 들으며. 그리고 이사나는 나무의 혼·고래의 혼을 향해 기도하듯 말하며 기다렸다.

지상에서는 무슨 일이 일어나고 있을까? 내가 지하벙커로 잠입한 뒤 핵폭발이 일어났을까, 그보다 더 거대한 지각변동이 일어나 지상에 해일이나 대홍수가 일어난 건 아닐까? 핵셸터 내부까지 이미 무릎을 넘을 정도로 물이 찼으니까. 이 많은 물은 인류를 멸망시키고 인류에 의해 절멸의 위기에 처하게 된 고래들에게 되살아날 힘을 주어, 이제는 거대한 고래들의 큰 무리가 지상의 동료인 나무 사이를 유영하고 있는 게 아닐까? 그렇다면 거대한 고래의 무리는 이 지하벙커에서 나는 흑고래의 외침을 듣고 갇혀 있는 고래를 구출하러 밀려들리라. 나는 고래와 나무의 대리인을 참칭해왔으니, 지금 지상에서 그 패권을 잡은 고래들은 물 위에서 우듬지를 나부끼는 나무에 대한 태도와는 반대로, 나를 하나의 적으로 간주할 것이다. 나 자신이 그것을 희망하

니까. 나는 나무와 고래에 대한 인류의 흉포함을 고발하기를 소망해왔다. 그런 자로서, 가장 인간답게 태어나면서부터 갖고 있던 흉포함을 드러내고, 오랫동안 가져온 생각의 옳음을 증명해야만 한다. 흉포하게 저항하는 동안 마지막 인류인 내 육체=의식이 어중간한 채 폭발하고, 그리고 '무'다. 그때야말로, 고래여, 너희는, 나무여, 다름 아닌 너희를 향해 ***다 잘되었다****라는 대합창을 보낼 것이다. 모든 잎사귀는 몸을 떨며 이어서 노래할 것이다,* ***다 잘되었다!***

덮개 문이 열린다. 해가 진 지상의 빛 가운데 고래의 피부처럼 검푸른 것이 한순간 보였다. 날아오는 가스탄에 눈을 감고 이사나는 방아쇠를 당긴다. 다섯 발. 총탄을 소중히 사용하지 않으면 안 된다. 방아쇠를 금방 풀어서 연사를 짧게 해야 한다. 가스탄이 집중한다. 그는 호흡을 멈춘다. 두 번 다시 숨을 쉬는 일은 없으리라. 그는 세 발을 쏜다. 강한 물살이 지하벙커 내벽에 닿고 튕겨서 그에게 엄습한다. 이미 깊은 물 속에 다시 잠기며 그는 네 발을 쏜다. 모든 것은 어중간 한 채로 그 너머에 '무'가 드러나 있다. 나무의 혼·고래의 혼에게 그는 마지막 인사를 보낸다. **다 잘되었다!** 모든 인간에게 마침내 찾아올 것이, 그를 찾아왔다.

해설

이 소설을 감싸고 있는 것은 세계에 대한 과잉 위기의식이자, 그것으로부터 오는 공포 및 전율, 비애의 과잉 피해 의식이다. 그야말로 '홍수'라 부르고 싶은 이 감각의 과잉은 이 책에 흩뿌려진 과잉 참극의 상상력imagination과 겹쳐 독자를 터무니없는 파국catastrophe으로 끌어들인다.

두괄식으로 말하자면, 이 소설에는 평균적인 것, 흔해빠진 것, 일상적인 것은 전혀 등장하지 않는다. 존재하는 건 과잉된 것, 일그러진 것, 이탈한 것이기에, 이 책은 한 편의 정적인 소설의 틀을 넘어, 악몽 같은 판타지, 그로테스크하면서도 어딘가 그리운 우화가 된다. 기성 세계의 이미지를 거부하고 '홍수 후'의 변용된 미래를 꿈꾸는 풋풋한 상상자=창조자의 힘이 넘치는 SF소설이라 부를 수도 있겠다. 그 경우, SF의 S는

science의 S라기보다 speculation(사변)의 S이자 spectacle의 S이며 홍수 후에 오는 silence의 S이기도 하다. 지적장애가 있는 어린아이 진을 데리고 도쿄 교외의 핵셸터에 스스로를 가두고 만 아버지 오키 이사나와 도쿄 붕괴를 예견하고 탈출하기 위해 바다로 배를 타고 나가려는 '자유항해단'이 합심해 탈출을 몽상하면서 결국엔 자진해서 반사회적인 집단이 되어 스스로를 파괴해가는, 죽음(그리고 그로 인한 재생)을 지향하는 이 이야기를 나는 먼저 현대의 '노아의 방주' 이야기라 느꼈다.

그러나 이 방주에 타고자 하는 인간들은 신에 의해 선택된 자들이 아니라 스스로 홍수의 비전을 과도하게 꿈꾸게 된 환시자幻視者들이다. 홍수가 정말로 닥칠지, 자신들이 선택받은 자들인지는 이사나도 자유항해단 멤버도 모두 알지 못한다. 이 노아의 방주는 말하자면 신에게 버림받은 방주, 어디로 흘러가는지 알 수 없는 주인 없는 방주이다.

핵셸터 안에 스스로를 가둬버린 이사나도, 그와 운명을 함께하려는 자유항해단의 다카키 무리도 기존의 현실 질서, 시민 생활에서 이탈해버린 쓸모없는 존재들이다. 정통의 성숙한 사람들이 보기에 기괴하고 유치하다고밖에는 보이지 않는 미숙아들이다. 정통의 어른들이 평범한 세계의 이미지 아래 일상생활을 평온무사하게 보내려는 데 반해 이사나 무리는 과잉 위기의식을 자기 증식시키며, 특권적으로 세계에 대해 두려워하고 세계로부터 상처받는다. 성숙한 사람들은 세계의 현재를 조용히 수용하고 있는 데 반해 이사나 무리는 그것에 동조하지 않고 참극이 일어날 미래를 망상한다.

이런 의미에서 이사나 무리는 그 나이에도 불구하고 성숙과는 거리가 먼 '소년'이라는 주변적 존재이다. 실제로 이 소설이 차례차례 덮쳐오는 참극의 상상력에도 불구하고 그것을 관통한 듯한 한 점의 밝음을 유지하는 것은 이사나나 자유항해단 멤버가 기성의 질서로부터 스스로 이탈drop out 해버린, 끝끝내 어른이 되지 못하는 어른들=소년이기 때문이다.

그 때문인지 내게 이 파국적 소설은 실제로 일어난 정치집단의 자멸적 패배를 연상시키기보다 일종의 소년 모험소설의 자기 완결적 우주를 상기시킨다. 예를 들어 대도시 주변 지역의 쓰레기장에 있는 은신처에서 돌연 모습을 드러내는 대형 스쿠너는 나에게는 아서 랜섬의 소년 해양 모험소설《제비호와 아마존호》를 떠올리게 하고, 처음에는 일종의 '놀이'적 유희로 시작한 자유항해단이 가진 탈출의 꿈이 점차 동료 린치, 탈주, 내부의 불화로 음산하게 빠져드는 음의 되먹임은 윌리엄 골딩의 소년 반모험소설《파리대왕》을 연상시키기 충분하다.

더 나아가, 어른들의 기성 질서에 적대하여 '침묵하는 신치하의 방주'에 타려는 이사나 일행은 오에 겐자부로의 초기 대표작《새싹 뽑기, 어린 짐승 쏘기》의 숲속을 헤매는 소년 집단과 겹친다. 시골 공동체로부터 버림받은 제2차세계대전하의 소년 무리가 그 후로도 '소년십자군'의 길을 걷다가 이번에는 1970년대, 제3차세계대전 전야의 '늦게 온 어른들'=소년들과 합류하는 것이다. 그런 의미에서 오에 겐자부로는 항상 성숙한 사람들이 중심에 있는 기성 질서 속에서는 주변적 존재로서 다른 우주로 스핀오프할 수밖에 없는 소년이라는, '이쪽'의 인간이면서 '저쪽'으로 비어지려는 양의적 존재의 오디세이에 천착해왔다. 이 소설을 읽는 독자 중에는 1969년 현실 세계에 일어난 도쿄대학교 야스다 강당 사건과 1972년의 아사마 산장 연합적군 농성 사건을 떠올리는 사람들도 있을 테다. 그러나 그와 같은 생생한 현실을 상기시키면서도 오에 겐자부로는 현실을 훨씬 뛰어넘는, 유토피아라고 불러도 좋을 소년들의 오디세이를 만들어냈다. 그런 의미에서 오에 겐자부로는 '소년 연금술사'이다. 그는 어떤 현실도 지나치게 감각의 날이 선 소년들의 이야기로 만들어낸다.

여기에서는 성의 이미지와 폭력의 이미지가 확실히 넘쳐흐른다. 린치와 살인과 강간이 있다. 그럼에도 불구하고 그것이 어둡고 비참한 인상을 주지 않는 것은 그것이 모두 '저쪽'에 열린 탈출구를 둔 소년과 관련되어 있기 때문이다. 린치도 살인도 강간도 현실의 피비린내 나고 거스러미 이는 사건이라기보다 소년들이 만든 신화적 세계의 놀이, 유희에 수용된다. 마지막에 질서를 지키려는 쪽이 기동대를 파견해 '소년들'을 잡으려는 것은, 단순히 반사회적인 행위자에 대한 징벌이라는 무기적無機的 모티프가 아니라, 소년들의 신화적 공간에 대한 질투에 비롯된다.

그러나 주변적 존재인 소년들은 '이쪽'에서는 항상 상처받기 쉬운vulnerable 약자이다. 그 점에서는 그들은 병자나 기형자freak를 닮았다. 아니, 오히려 그들은 스스로 방주에 오를 수 있도록 체중을 줄이기 위해 자진해서 상처받기 쉬운 사람들이 되어간다. 스스로 자진해 상처받음으로써 자신을 성숙한 자들 쪽에서 소년 쪽으로 전이시킨다. 이사나가 자유항해단의 멤버로 받아들여지는 것은 그가 자전거 조작에 서툴러 넘어지고 상처를 입기 때문이고, 이사나가 자유항해단의 리더인 다카키와 마음을 터놓게 된 것은 다카키가 일찍이 소년 시절, '고래나무'라는, '저쪽'에 연결되는 상처받기 쉬운 비전을 가진 적이 있음을 알기 때문이다. 즉, 이 소년들은 성인이 되는 통상의 과정에서 일어나는, 소년 시절에 입은 마음의 상처의 회복→어른이라는 벡터와는 반대로 마음속 숨겨진 상처의 고해라는, 역행의 벡터에 의해 처음으로 서로 상처받기 쉬운 인간으로서 연대의 계기를 마련하게 된다.

지적장애를 가진 아이를 둔 이사나뿐만이 아니라, 그가 만나는 소년십자군 멤버는 모두 기성 질서와 접점의 어긋남을 느끼는 인간이라는 것이 밝혀진다. 예컨대 다카키는 어린 시절에 어른들에게 유기되었다는 악몽으로 괴로워한 남자이며, 이나코는 소두증을 앓는 오빠를 둔 여자아이이며, 오그라드는 남자는 (당사자의 환상인지 아닌지 독자는 마지막까지 알 수 없지만) 신체가 갑자기 오그라들기 시작해 언젠가는 축소의 극한에 도달해 죽는다는 공포에 부대끼는 남자이며, 홍당무는 아버지가 '녹색 카레'를 만든 후 목을 맨 사건을 경험한 남자이다. 이사나를 비롯하여, 이 세계와의 위화에 번민하는 자유항해단 소년들은 그렇기 때문에, 그들 무리 중 하나의 말을 빌리자면, "졸업 전에 죽을 어린아이들만 1학년으로 모아놓은 특별학급 같다". 이 노아의 방주 승조원들은 건강하고 경건한 어른들이 아니라, 마음 어딘가에 구멍이 뚫려 '이쪽' 세계에서는 협조적으로 평온하게 살아가는 걸 금지당한 '버림받은 아이'들인 것이다.

그리고 그들의 중심에 이사나의 아이, 적어도 50종의 들새 소리를 식별할 수 있다는 지적장애아, 진이 있다. 가장 상처받기 쉬운 존재이며 주위 사람들과는 "검은지빠귀, 입니다" "힝둥새, 입니다"라고 정중하게 '입니다'를 붙여 새 울음소리를 알리는 형태로밖에 커뮤니케이션하지 못하는 진이야말로 이 소설의 '저쪽' 세계의 중심이다. 자유항해단을 노아의 방주로 보는 연상 작용상에서는 진이야말로 멤버들의 중심에 위치한 그리스도라고 할 수도 있으리라. (진을 최후까지 비호하는 이나코는 마리아다.)

진이라는 가장 상처받기 쉬운 소년이 존재하기에 이 소설 여기저기에 그려지는 '소년의 죽음'—예를 들면 이사나 이야기에 등장하는 발칸반도 사회주의국가의 수도에서 능욕당하고 살해된 소년, 혹은 무리의 밖으로 나가 혼자 죽임당하는 보이—은 결코 어둡고 비참한 인상을 주는 일 없이 그 죽음에 의해서 진과 일체화하는 것이 가능하다는, 행복한 역전에 도달한다.

마지막, '이쪽' 어른들의 습격을 앞에 두고 주인공 이사나는 자신은 결코 생각만큼 고래와 나무의 대리인이 아니었다, 자신도 결국은 고래와 나무의 적인 인류 중 하나에 지나지 않는다고 참회하며 죽음을 수용한다. 이사나가 그와 같이 자기 처벌할 수 있는 것도 진이라는 중심이 있기 때문이다.

그러나, 예고된 이사나의 죽음이라는 비극이 일어난 후, 우리 독자들은 진을 중심으로, 이사나를 비롯해 죽어간 소년들이 재생하는, 고래와 나무의 유토피아를 꿈꿀 수 있다. 그것은 세계에 대해 과잉 위기의식을 가질 수 있었던 자들만의 '홍수 후'의 유토피아이다.

1983년 4월

가와모토 사부로(문학평론가)

옮긴이의 말

현실과 소설의 공명共鳴

"모든 인간에게 마침내 찾아올 것"의 방문

오에 겐자부로의 궂긴 소식이 언론을 통해 전해진 것은 지난 3월 13일이었다. 과거사 문제에 한층 더 노골적으로 퇴행적 조짐을 보이기 시작한 일본 정부뿐 아니라 우리 정부의 태도에도 우려와 비판의 목소리가 거세던 때였다. 하필이면 그런 때, 일본을 향해 전쟁 중 잔혹 행위에 대한 책임과 피해국이 납득할 수 있는 사과를 촉구해온 오에의 부고라니. 그가 평생 추구한 가치에 상반되는 현실의 파찰음이 그를 배웅하는 뒤늦은 장송곡으로 울려 퍼지게 된 상황이 안타까웠다. 일본의 양심적 지식인, 전후 세대를 대표하는 작가라 불려온 그의 죽음은 마치 한 시대의 종언처럼 느껴져 울적해지기도 했다.

오에의 별세가 공교롭게 느껴진 또 하나의 이유는 당시 내가 이 번역서의 출간을 앞두고 결말부를 매만지고 있었기 때문이다. 소설은 "모든 인간에게 마침내 찾아올 것이, 그를 찾아왔다"라는 문장과 함께 주인공의 죽음을 암시하며 끝을 맺는다. 허구 속 인물의 죽음과 그 작가의 현실 속 죽음의 공명은 소설의 말을 환기하며 내 안에 번역서 출간의 의미를 새로이 했다. 이 책은 여러 해 전 '인간으로서 꼭 읽어야 할 책'이라는 화두로 두 선배 연구자와 의기투합한 번역 프로젝트에서 시작되었다. 막연한 구상이 은행나무 출판사와의 인연으로 이어지고 마침내 출간을 앞두게 되었다. 인간으로서 꼭 읽어야 할 책으로 당시 내가 꼽은 책이 바로 이 작품, 《홍수는 내 영혼에 이르고》이다.

반세기 전에 울려 퍼진 오늘을 위한 경고

《홍수는 내 영혼에 이르고》는 1973년에 발표되었다. 대학원에서 오에 소설에 대해 논문을 쓰며 처음 만난 이 작품에 놀란 건, 수십 년 전, 일본을 배경으로 쓰인 것임에도 마치 현재의 이야기처럼 느껴지는 생생함 때문이었다. 꼭 번역되어 한국의 독자에게 가닿기를 바라는 문학작품으로 고른 이유 또한 이 소설이 오랜 세월의 더께에도 빛바래는 일 없이 그 보편적 가치를 스스로 증명하는 소설이라 생각해서였다. 핵전쟁이나 핵오염, 제노포비아, 부패한 정치 세력의 모습, 사회적 약자들의 취약성 같은 이야기 속 많은 요소가 지금 우리의 현실과 겹친다. 겹치는 정도가 아니라 오히려 더욱 절실하고 절박해졌다. 최근의 방위력 증강 정책이나 후쿠시마 오염수 방류 이슈가 잘 보여주듯, 일본을 둘러싼 문제는 단순히 그들의 일로만 한정되지 않고 세계와 동아시아의 여러 나라, 특히 한국과 밀접하게 관련된다는 사실을 생각하면 이 소설이 우리나라 독자들에게 주는 울림은 각별하다. 그렇기에 주인공 이사나가 처한 상황과 그의 내면 깊숙이 똬리 튼 죄의식, 세상으로부터 철저히 유폐되었다 자유항해단을 만나며 그들과 연대해가는 과정은 우리에게 많은 이야기를 건넨다.

소설은 핵전쟁과 방사능 오염에 대비하기 위해 설계된 핵셸터에서 폐쇄적인 삶을 영위하던 주인공 이사나와 어린 아들 진이 자유항해단이라는 조직을 만나서 사회의 강한 자들에 대한 투쟁에 참여하게 되는 과정을 그린다. 자유항해단은 이사나를 새로운 멤버로 맞아들이며, 자신들이 그를 선택한 이유에 관해 이사나가 다른 시민들과 다르다는 것, '어딘가 특별한 사람'임을 오랜 관찰 끝에 알아냈기 때문이라

밝힌다. 그들이 말하는 이사나의 특별함은 자유항해단 무리와 이 세계의 다른 시민들을 놓고 보았을 때 자유항해단 무리에 가깝게 설 인간이라는 데에 있었다. 파괴되어가는 자연과 사멸 직전의 동물, 살기를 거부하던 장애아, 사회적 희생의 제물로 예정된 청년과 같은 취약한vulnerable 존재들의 편에 선다는 면에서 이 소설은 이사나를 닮았다. 이는 아사마 산장 사건과 교차하는 지점에 있어 특히 그러하다(1972년 일본 나가노현 가루이자와의 아사마 산장에서 발생한 신좌파 테러 조직의 농성 사건으로, 진압 과정이 텔레비전 방송으로 현장 중계되며 전 일본을 경악게 했다. 오에는 이 작품 집필 중 맞닥뜨리게 된 현실의 사건이 소설의 구상과 비슷하게 흘러가는 것을 목격한 후 사건을 예언한 작품으로 인식되는 것을 경계해 대폭 수정할 수밖에 없었음을 밝힌 바 있다. 그럼에도 아사마 산장 사건을 패러디한 것이 아니냐는 언급이 이어져왔다. 멤버들의 내부 숙청, 경찰과의 대치와 총격전, 크레인에 의한 파괴 및 최루가스와 살수가 동원된 진압 과정 등 소설과 실제 사건 사이에 유사성이 많은 건 사실이다). "그 사건을 우리가 인류의 문제로서 함께 짊어질 수 있는가"(《깨지기 쉬운 존재로서의 인간-활자 건너편의 어둠》의 문고본(1972) 부록)라는 오에 자신의 물음에 답하듯, 이 소설은 대중의 말초적 본능을 자극하고 호기심에 호소하는 방식으로 저널리즘에 의해 무한 소비되었던 사건을 일본 사회 내부의 문제로 철저하게 받아들이며 그 문제를 함께 짊어지려 한다.

오에 겐자부로의 행동하는 "말의 전문가"로서의 삶

주인공은 나무와 고래의 대리인 역할을 스스로 떠맡으며 이름마저 그 역할의 본질을 시사하기 위해 오키 이사나大木勇魚(큰 나무 고래)로 바꾼 뒤, 나무 · 고래와 교감하고 그들에게 호소하면서 살아간다. 그러다 자유항해단이 나타난다. 이사나는 자유항해단이 하려는 일을 말로 표현해주는 사람, 말을 제공하는 사람이 된다. 그리고 그들을 통해 이사나에게는 자신의 말을 외부를 향해 발신하는 새로운 가능성이 열린다. 사람들을 향해 총을 쏘는 행위로 상징되는, 행동가로서의 삶을 향해 나아가는 것이다.

"말의 전문가"와 행동가라는 두 가지의 면모는 오에 삶의 궤적 그 자체이다. 오에는 전후 민주주의와 평화주의에 천착하는 비판 의식을 문학과 사회적 활동, 양 축을 통해 적극적으로 표현하며 자신과 사회와의 연대 가능성을 열어왔다. 1960년대 초반 히로시마를 여행한 후《히로시마 노트》(1965)를 통해 피폭에서 살아남은 사람들의 삶과 죽음을 그려냈고, 이후《오키나와 노트》(1970)에서는 동아시아 근현대사의 축소판이라 할 오키나와의 비극적인 역사를 돌아보며 일본의 과오를 반성한다. 일본 평화헌법을 지키기 위한 모임인 '9조의 모임'에 참여해 개헌에 저항했고, 후쿠시마 원전 방사성 물질 누출 사고 뒤에는 '사요나라 원자력발전 천만인 행동' 집회 연단에 노구를 이끌고 등장한 모습이 화제가 되기도 했다. 1975년 김지하 시인 탄압에 항의하는 단식투쟁을 벌인 일화도 우리에게 잘 알려져 있다.

《홍수는 내 영혼에 이르고》는 행동하는 말의 전문가였던 오에의 비판적 현실 인식과 개혁 의지를 드러낸다. 씁쓸하게도 그 인식과 의지는 지금도 절실하다. 반세기 전과 비교해 조금도 나아지지 않은 듯한 세계와 오히려 더 뚜렷해진 공멸의 징후들 앞에서, 우리는 우리의 과거와 현재에 "아무것도 하지 않은 것과 똑같아져!"라 소리 지르던 보이와 자유항해단이 그 어떤 사상이나 주장도 갖지 못한 채 사라져갈 것을 염려한 오그라드는 남자가 보여준 주의력과 민감성이 결여되었다는 사실을 직시하게 된다. 그리고 오에 겐자부로와 이사나의 삶과 죽음의 공명은 반세기 동안의 제자리걸음, 혹은 퇴보가 또 다음 세기로 이어지지 않도록 하기 위해 앞으로 어떻게 해야 하는지, 묵직한 질문 앞에 우리를 다시 한번 세운다.

이나코, 소설이 남긴 하나의 문제

반세기의 시차를 두고 소설을 번역하며 머뭇거리게 되었던 몇몇 구절이 있었다. 대부분 이나코에 대한 묘사 부분이었다. 이나코는 진에게는 엄마, 이사나에게는 성적 역할을 수행하여 고립 상태에 있던 그들을 사회화하는 조건을 제공한다. 공동체를 위해서는 남자를 유혹하고, 돌보거나 위무하고, 성적 폭력의 희생자가 된다. 남성에 의해 '인도'된 '성적 해방'은 또 다른 남성에 의해 새로이 인도될 것이 예고된다.

오에 문학에 있어 여성 재현의 방식은 초기 여성상을 변용하고 또 계승한다. 초기 작품에 그려진 여성은 미일 관계에 종속당하는 일본과 연결되는 존재로서 젠더적 구별이 무의미했고 섹슈얼리티 또한 '성적 인간'화한 남자를 그리기 위한 도구에 불과했다. 구체성을 가지는 인물로 형상화된 첫 여성 인물은《개인적인 체험》(1964)의 히미코라 할 수 있다. 히미코는 상식을 뛰어넘는 성적 모험가로 그려지며 주인공을 치유하고 자폐적 상태에서 벗어나 사회로 복귀할 수 있도록 구제하는 역할을 한다. 성적 치유자라는 점에서《홍수는 내 영혼에 이르고》의 이나코는 히미코를 계승한다. 나아가 그 전의《외치는 소리》(1962)에 등장하는 여대생이 레자미호라는 공동체로부터 철저히 배제되었던 것과 달리 자유항해단의 일원으로서 수용되고 있다는 면에서 확실히 진화한 여성상이라고 평가할 수 있다. 그럼에도 불구하고 여전히 남성 공동체의 존립을 위해 일하며 남성에게 의존하는 데에 머무는 것은 앞서 지적한 바와 같다.

여성주의적 시각 면에서의 한계는 3년 뒤 발표된《핀치러너 조서》(1976) 안에서도 뚜렷하다. 성과 지위를 둘러싼 문제에 대해 여성에 의한 비판의 목소리를 적극적으로 담고 있지만 역설적이게도 성적 필요를 충족시키기 위한 방편으로서의 역할은 한층 더 강조되고 있다.《레인트리를 듣는 여인들》(1982)에서는 여성이 이야기의 앞으로 나오기 시작하고,《인생의 친척》(1989)에서는 주인공,《조용한 생활》(1990)에서는 화자로 등장하는 등, 80년대는 '여성이 주역이 된' 시기로 평가된다. 여성을 중심으로 가져오는 글쓰기는《아름다운 애너벨 리 싸늘하게 죽다》(2007)와 같은 만년의 작품에도 이어져,《익사》(2009)에서는 어머니와 여동생, 부인 등 여러 여자들이 남자들에 의해 만들어진 근대 국가와 남자 주인공을 비판하는 역할을 하고,《만년양식집》(2013)에서는 여동생과 아내, 딸이 '3명의 여자들'로서 연대하며 주인공의 삶과 작품에 대해 각자 '자기표현'을 한다.《홍수는 내 영혼에 이르고》이후 여성재현이 이나코라는 인물이 보여준 여성주의적 관점에서의 한계를 어떻게 극복하는지, 혹은 답습하는지는 독자 개개인의 해석과 평가의 영역으로 남겨두고자 한다.

"다 잘되었다!"

이 소설은 'すべてよし!'(다 잘되었다)라는 말로 끝을 맺는다. 사회의 강한 자들에 저항하다 죽음을 맞이하며 나무의 혼과 고래의 혼에게 건네는 이사나의 마지막 인사이다. 우리가 품어야 할 의지적인 낙관주의를 강조하는 듯해 책을 덮고 난 후까지 마음을 먹먹하게 한다. 깊은 여운을 남기며 긴 이야기를 선선하게 매듭짓는 이 짧은 문장을 나는 특별히 신경 써 번역하고 싶었다. '終わりよければすべてよし'(끝이 좋으면 다 좋다)를 바로 떠올리게 하니 '해피엔딩'이 어떨까, 성서의 이야기를 곳곳에 차용하는 이 소설의 특징에 주목하면 'よしとされた'((하나님이) 보시기에 좋았더라)가 연상되니, '좋다'라는 표현을 살리고 원문에도 가깝게, '다 좋다!'로 해야 할까? 두 가지 안을 놓고는 어느 쪽도 마뜩잖아 한참을 망설였다. 그때 '다 잘되었다!'라는 제3의 안을 제시하며 내 무릎을 탁 치게 만든 사람이 있었다.

이경란 편집자님. 내게 이 문장은 편집자님의 것으로 돌리고 싶은 말이다. 이는 두 가지 이유에서인데, 일단은 위의 설명대로 번역 아이디어가 그녀에게서 왔기 때문이다. 편집자로서의 일은 적절한 번역어를 찾는 데에만 그치지 않았다. 오역을 바로잡고, 우리말로 순화하고, 독자라는 목적지를 잊지 않도록 많은 질문과 의견을 주셨다. 적재적소의 그 도움들이 아니었다면 지금의 형태로 작업을 마치지 못했을 것이다. 바로 이것이 '다 잘되었다!'라는 말을 편집자님께 돌리고 싶은 또 하나의 이유이다.

'다 잘되었다!'를 곱씹자니 감사를 표해야 할 많은 분들이 떠오른다. 이곳에는 그중 다섯 분의 이름을 적어두고 싶다. 가천대학교의 박진수 교수님. 언어와 문학, 문화를 들여다보는 일의 재미를 알게 하셨다. 무사시노대학교의 스가와라 가츠야 교수님. 문학의 넓고 깊은 스펙트럼을 보여주셨다. 무사시노대학교의 이남금 선생님. '인간으로서 꼭 읽어야 할 책'이라는 화두로 번역을 향해 내 등을 툭 밀어주셨다. 한국외국어대학교의 류리수 선생님. 은행나무 출판사와의 멋진 인연을 만들어주셨고 늘 따뜻한 격려를 보내주신다. 훌륭한 네 분의 선배 연구자 덕분에 다 잘되었다는 감사의 인사를 올린다. 마지막으로 고 이용길 목사님. 이 책의 출간을 앞두고 나는 오에 겐자부로에 이어 또 하나의 안타까운 죽음을 겪었다. 나를 실제의 나보다 훨씬 더 나은 사람으로 봐주시고 아껴주셨던 시아버지가 몇 주 전 유명을 달리하셨다. 신을 사랑하고 사람을 사랑하는, 두 가지 일에 바친 일생이었기에 그는 죽음 뒤에 더 많은 이야기를 주변 사람들에게 남겼다. 시아버지의 이 땅에서의 삶을 향해 같은 메시지로 마지막 인사를 건넨다. 다 잘되었습니다!

2023년 7월

김현경

오에 겐자부로 大江健三郎, 1935~2023 1994년 노벨문학상을 수상한 세계적인 소설가이자 사회활동가. 작품 안팎으로 일본 사회의 문제점을 고발하고 나아가 인류 구원과 공생을 역설했으며, '행동하는 일본의 양심' '전후 민주주의 세대의 거성' '시대의 지성'으로 불려왔다. 1954년 도쿄대학교 불문과에 입학, 재학 중 발표한 단편 〈기묘한 아르바이트〉(1957)로 평론가들의 호평 속에 데뷔했고, 이듬해 단편 〈사육〉(1958)으로 아쿠타가와상을 수상하며 신진 작가로 주목을 받기 시작한다. 이후 《개인적인 체험》(1964)으로 신초샤문학상을, 《만엔 원년의 풋볼》(1967)로 다니자키준이치로상을, 《홍수는 내 영혼에 이르고》(1973)로 노마문예상을, 《레인트리를 듣는 여인들》(1982)로 요미우리문학상을 수상하였고, 1994년 일본문학사상 두 번째 노벨문학상 수상자가 되었다. 이 밖에도 《체인지링》《우울한 얼굴의 아이》《책이여 안녕!》《익사》 등의 소설과 《읽는 인간》《말의 정의》《회복하는 인간》 등의 에세이 및 르포르타주 등 다양한 분야의 글들을 썼다. 2023년 3월 3일 타계했다.

옮긴이 김현경 고려대학교에서 언어학과 일어일문학을 이중전공하였고 졸업 후 일본 문부성 장학생으로 도쿄대학교 대학원에서 비교문학을 전공했다. 현재 가천대학교 아시아문화연구소 연구원으로 언어와 문학, 문화를 연구하고 있다.

홍수는 내 영혼에 이르고 2

1판 1쇄 발행 2023년 7월 18일
1판 2쇄 발행 2023년 8월 28일

지은이·오에 겐자부로
옮긴이·김현경
펴낸이·주연선

(주)은행나무
04035 서울특별시 마포구 양화로11길 54
전화·02)3143-0651~3 | 팩스·02)3143-0654
신고번호·제 1997—000168호(1997. 12. 12)
www.ehbook.co.kr
ehbook@ehbook.co.kr

ISBN 979-11-6737-317-5 (04830)
ISBN 979-11-6737-315-1 (세트)